REBECCA GABLÉ

DIE FARBEN DES CHAMÄLEONS

KRIMI

BASTEI LÜBBE TASCHENBUCH
Band 14985

Erste Auflage: Juli 2003

Vollständige Taschenbuchausgabe

Bastei Lübbe Taschenbücher ist ein Imprint
der Verlagsgruppe Lübbe

© 1996 und 2003 by Verlagsgruppe Lübbe GmbH & Co. KG,
Bergisch Gladbach
Lektorat: Karin Schmidt
Umschlaggestaltung: HildenDesign, München
Satz: hanseatenSatz-bremen, Bremen
Druck und Verarbeitung: Nørhaven Paperback A./S., Viborg
Printed in Denmark
ISBN 3-404-14985-8

Sie finden uns im Internet unter
http://www.luebbe.de

Der Preis dieses Bandes versteht sich einschließlich
der gesetzlichen Mehrwertsteuer.

1

»Ich hätte nicht gedacht, daß Sie so jung sind«, sagte der Mann mißbilligend.

Ich wußte nie so recht, was ich darauf erwidern sollte. Ich bemühte mich um einen vertrauenerweckenden Gesamteindruck. »Möchten Sie etwas trinken, Herr äh ...«

»Van Relger.« Er sah kurz auf seine Armbanduhr. »Nein, danke. Zu früh«, schloß er mit einem dünnen Lächeln.

So, so. Ein Kerl mit eisernen Prinzipien und einer Rolex-Imitation. So ziemlich das letzte, was man sich an einem frühen Freitag abend wünscht.

»Und was kann ich für Sie tun?«

Offenbar war meiner Stimme anzuhören, daß ich an den lauen Maiabend draußen dachte, an schräge Sonnenstrahlen auf jungen Blättern, an eine Flasche Bier und Feierabend. Mein geheimnisvoller Besucher zog amüsiert die Augenbrauen hoch. »Wie ich höre, sind Sie die richtige Adresse, wenn man eine Menge Geld anlegen will.«

»Stimmt.«

»Steuerneutrales Kapital.«

»Steuerneutral, versteuert, ganz gleich. Ich nehme alles, was kommt.«

»Keine Ausnahmen?«

»O doch. Aus dem Wäschereigeschäft halte ich mich, wenn möglich, raus. Weniger Ärger mit den Aufsichtsbehörden und keine schlaflosen Nächte.«

Er nickte, ohne zu erkennen zu geben, was er von meinen Grundsätzen hielt. »Wie lange sind Sie schon im Geschäft?«

»Ein paar Jahre. Ich bin auch nicht so jung, wie ich aussehe. Und jetzt wäre ich Ihnen wirklich dankbar, wenn wir zur Sache kommen könnten.«

Ich will ihn nicht, dachte ich vage, als ich das sagte. Ich wollte ihn rausekeln.

Van Relger schlug die Beine übereinander. »Ich will ehrlich sein. Ich bin nicht gekommen, weil ich Geld anlegen möchte.«

Als ob ich's geahnt hätte. Ich wartete ungeduldig.

Er räusperte sich, es schien plötzlich, als fühle er sich nicht besonders wohl in seiner Haut. »Sehen Sie, Herr Simons, ich bin, äh ... Rechtsanwalt. In Pretoria. Ich vertrete die Interessen Ihres Vaters.«

Ich blinzelte und versuchte, nicht so auszusehen, als hätte er mir einen Zahn ausgeschlagen. Natürlich. Van Relger. Der schwache niederländische Akzent. Ich hätte selbst drauf kommen können, wäre es nicht so abwegig gewesen.

Ich atmete einmal tief. »Wenn das so ist, verschwenden Sie hier nur Ihre Zeit. Tut mir leid wegen der weiten Reise.«

Für eine Sekunde zeigte er erneut das dünne Lächeln, aber es verschwand sofort wieder. »Oh, ich reise sehr gern. Und ich bin es gewöhnt.«

»Um so besser. Ich denke, es ist das beste, Sie gehen einfach wieder. Es ist spät. Ich hatte einen langen Tag. Also ...«

»Ihr Vater ist ein schwerkranker Mann. Wußten Sie das?«

»Nein. Und es ist mir auch egal. Wirklich, Herr van Relger, was immer Sie mir sagen wollen, ich will es nicht hören.«

»Es geht dabei aber auch um eine Menge Geld. Ich meine wirklich eine Menge. Und außer Ihnen gibt es niemanden ...«

Ich stand auf. »Gehen Sie.«

Er schien nicht sonderlich beeindruckt. Er blieb sitzen und sah mich durch seine dicke, schwarzumrandete Hornbrille neugierig an. »Sie sollten mich wirklich anhören. Ich bin sicher, es würde Sie interessieren. Sehen Sie, die Dinge haben sich geändert in Südafrika.«

»Ich weiß, was sich in Südafrika geändert hat und was nicht. Das tut nichts zur Sache. Das Problem zwischen meinem Vater und mir ist nicht politischer Natur.«

Er schüttelte den Kopf. »Nein, ich weiß. Glauben Sie mir, ich bin über die Fakten im Bilde, und ich verstehe, daß mein Besuch Sie ... schockiert. Trotzdem bitte ich Sie, mir zuzuhören.«

Ich hatte genug davon. Ich ging um den Schreibtisch herum und öffnete die Tür. »Die Antwort ist nein. Wenn Sie jetzt bitte so freundlich wären ... Ich würde Sie ungern rauswerfen. Ist ja nicht Ihr Fehler.«

Er seufzte leise und stand auf. »Wie Sie wünschen.« Er nahm seinen Aktenkoffer in die Rechte, ging an mir vorbei und nickte mir zu. »Auf Wiedersehen.«

Es klang wie eine Drohung.

Ich sah ihm nach, bis ich sicher war, daß er im Aufzug verschwunden war. Dann ging ich wieder hinein, zog mein Jackett über und schaltete das Licht aus. Die Sonne schien immer noch. Die blasse Marmorfassade gegenüber sah beinahe freundlich aus, es herrschte ein fast grünes Licht, wie verzaubert.

Mit einem unruhigen Schulterzucken ging ich zur Tür, schloß ab und überquerte den Korridor, um bei der Konkurrenz anzuklopfen.

»Stella? Bist du noch da?«

»Kommt drauf an. Was willst du?«

Ich steckte den Kopf durch die Tür. »Ich dachte, ich könnte dich zum Essen einladen.«

Sie sah vom Handelsblatt auf und schüttelte ihre kurzen, hellbraunen Zotteln. »Bin noch nicht soweit.«

»Ach, komm schon. Steht wieder nur Schrott drin, ehrlich. Nichts, was du nicht schon mindestens seit gestern weißt. Auf diesen Quatsch bist du doch nicht angewiesen.«

Sie runzelte die Stirn. »Wenn du so redest, führst du was im Schilde. Raus damit. Was willst du?«

»Essen. Dich nach Hause bringen. Und so weiter.«

Sie lachte. »Meinetwegen. Klingt gut.«

Sie packte zusammen und kam raus auf den Flur, eine schlanke Frau in einem unaufdringlich eleganten, fast salopp wirkenden Designerkleid, die nichts von tristen Bürouniformen hielt und Ausgeglichenheit und Selbstvertrauen ausstrahlte. Verstohlen bewunderte ich ihren leichten Schritt. Ohne noch großartig zu reden, gingen wir zum Aufzug.

Wir hatten uns kennengelernt, als sie ihren Ein-Frau-Laden bei mir gegenüber aufmachte. Anfangs hatte ich sie nicht weiter beachtet, weil die meisten innerhalb von drei, vier Monaten wieder verschwanden. Aber sie blieb. Sie war wirklich gut, von der Sorte bedrohliche Konkurrenz. Eine Weile hatten wir einen stillen kleinen Stellungskrieg geführt, weil sie auf eine geschäftliche und ich auf eine genitale Fusion aus war. Irgendwie hatten wir uns arrangiert. Sie schickte mir ihre Kunden, wenn deren Wünsche in mein Spezialgebiet fielen, und umgekehrt, und hin und wieder verbrachten wir eine Nacht zusammen. Ohne Dramen und Schwüre und Exklusivrechte.

»Ärger gehabt?« fragte sie, als wir in der Tiefgarage in meinen Wagen stiegen.

Ich zündete den Motor und schüttelte den Kopf. »Nicht mehr als sonst.«

»Du siehst so aus, als wolltest du jemandem die Kehle durchschneiden.«

»Nein, nein. So schlimm ist es nicht.« Ich fuhr die Rampe hinauf, und wir reihten uns in den dichten Feierabendverkehr auf der Königsallee. »Italienisch, chinesisch, japanisch, indisch, argentinisch ... Was willst du?«

Sie überlegte einen Moment. »Laß uns zu dir fahren.«

Ich wunderte mich und folgte schweigend ihrer Bitte.

Ich wohnte ein bißchen weiter draußen in Anrath, denn ich lebe nicht gern in der Stadt. Stella hatte ein Apartment in Oberkassel, und wenn sie mit zu mir kam, hieß das, daß sie die Nacht bei mir verbringen würde. Das kam selten vor. Es kam auch selten vor, daß wir zu Hause aßen. Jede Form von häuslicher Zweisamkeit vermieden wir für gewöhnlich; es sah zu sehr nach einer ernsten Sache aus. Aber in diesem Fall hatte ich nichts dagegen. Im Gegenteil.

Wir brauchten eine knappe Stunde, denn auf der Autobahn herrschte das totale Chaos. Als wir ankamen, war die Sonne fast untergegangen. Es hatte keinen Zweck mehr, sich in den Garten zu setzen.

Wir gingen in die Küche, machten was zu trinken, begutachteten den Inhalt der Tiefkühltruhe und bestellten schließlich ein italienisches Essen.

Ich fand eine Flasche brauchbaren Wein. Wir saßen im Wohnzimmer, ich machte Feuer im Kamin.

»Und?« fragte sie, als wir schließlich beim Kaffee angekommen waren. »Was war mit deinem geheimnisvollen Termin, der am Telefon keinen Namen nennen wollte? Das große Los?«

Ich winkte ab. »Ein Reinfall, wie erwartet.«

»Für einen Reinfall hast du aber viel Zeit mit ihm verbracht.«

»So, so. Ich hab immer geahnt, daß du mir nachspionierst.«

Sie lächelte unschuldig. »Deine Bürotür quietscht. Wenn ich höre, daß sie geöffnet wird, sehe ich auf die Uhr. Wenn sie das nächste Mal geht, wieder. Du behauptest doch immer, ich könnte noch so viel von dir lernen. Betriebswirtschaftlich und so. Ein gesundes Aufwand-Ertragsverhältnis. Effizienz. Das ganze Blabla. Ich lerne.«

Ich seufzte. »In diesem Fall habe ich meine Zeit jedenfalls verschwendet. Noch Kaffee? Einen Cognac?«

»Ja und ja. Ich hole Gläser.«

Ich sah ihr nach, als sie in der Küche verschwand, und dachte an van Relger. Und an meinen Vater ...

»Hendrik. Träumst du?«

»Entschuldige. Was hast du gesagt?«

Sie schüttelte ungeduldig den Kopf, stellte die Gläser auf den Tisch und setzte sich neben mich. »Ich fragte, ob du von der New-Zealand-Sowieso-Mining-Anleihe gelesen hast.«

»Ja.«

»Und?«

»Laß bloß die Finger davon.«

»Wieso? Okay, das Währungsrisiko ist gewaltig, aber die Zinsen ...«

»New Zealand Tikanamaro Mining ist pleite. Eigentlich schon seit Jahren. Die Zinslast für diese Anleihe wird ihnen endgültig das Kreuz brechen.«

Sie sah mich verdutzt an. »Wie kommst du darauf?«

»Hat mir jemand erzählt.«

»Wer?«

»Ein Kerl, den ich von früher kenne. Ziemlich große Nummer im Goldgeschäft. Verläßliche Quelle.«

Sie schüttelte den Kopf. »Du immer mit deinen geheimnisvollen Quellen. Sehr verdächtig. Woher kennst du diesen Typen, he?«

»Von früher eben. Ein ... Schulfreund.«

»Hm.« Sie schien mit der Antwort nicht zufrieden und sah mich mißtrauisch an. »Ich frage mich, wieso ich den Verdacht nicht loswerde, daß du eine finstere Vergangenheit hast. Vielleicht, weil's so ist, he?«

Ich lachte, so gut ich konnte. »Sag mal, bist du mit zu mir gekommen, um über wüste Goldminenanleihen zu reden und diesen ganzen Quatsch, oder weil du mit mir ins Bett willst?«

Sie grinste. »Ich dachte schon, du würdest überhaupt nicht mehr zur Sache kommen.«

2

Samstag morgen brachte ich Stella nach Hause. Das Wetter war immer noch so göttlich. Als ich zurückkam, zog ich mir ein paar alte Klamotten an und stürzte mich mit Feuereifer auf meinen Garten, beflügelt von der Aussicht, zwei volle Tage lang keinen Menschen sehen und kein Wort reden zu müssen.

Ich reparierte ein Stück Zaun, sah nach den Rosen und pflanzte die kleinen Setzlinge aus dem Frühbeet in kaum weniger als dreißig Töpfe, in der Hoffnung, daß sie sich zu prächtigen, üppigen Blumen entwickeln würden. Ich hatte es gern, wenn's im Sommer in meinem Garten so richtig griechisch aussah, alles voll blühender Töpfe und Schalen. Nachdem ich die vielversprechenden kleinen Pflanzen sorgsam begossen hatte, schnitt ich das Gras.

Die Sonne hatte eine erstaunliche Kraft, bedachte man, daß gerade mal Mai war. Als ich in Fahrt kam, zog ich mir das T-Shirt aus.

»Äh ... Entschuldigung«, ertönte eine leise Stimme hinter mir, und mir fiel vor Schreck die Sense aus den Händen.

Ich fuhr herum und konnte kaum glauben, was ich sah: schlechtsitzender Anzug, schwarzer Lederkoffer, eisig blaue Augen hinter schwarzer Hornbrille, tiefbraunes Gesicht, silberblonde Locken. Nicht schon wieder.

»Sie geben so leicht nicht auf, was?«

Van Relger zuckte unter meinem Sarkasmus fast unmerklich zusammen und lächelte gequält. »Nein. So leicht nicht.«

»Das ist Hausfriedensbruch.«

»Äh ... ja. Aber ich kann einfach nicht zurückfliegen, bevor ich nicht wenigstens noch einmal versucht habe, Ihnen zu erklären, wie sich die Lage darstellt.«

»Zum Teufel damit. Verschwinden Sie.«

Er zog eine Augenbraue hoch. »Es ist erstaunlich, wie mühelos Sie mit Ihrer Krawatte Ihre geschliffenen Umgangsformen ablegen. Sie sind genau wie Ihr Vater.«

Das war nun wirklich das letzte, was ich hören wollte. »Runter von meinem Land, van Relger. Sie haben zwei Minuten.«

Er seufzte. »Das wird kaum reichen, um die Situation zu erklären.«

Ich schüttelte den Kopf. »Sie haben mich falsch verstanden. Sie haben zwei Minuten, um Ihren Arsch von meinem Land zu bewegen.«

Er war nicht so leicht aus der Ruhe zu bringen. »Schön, wie Sie wünschen. Dann werde ich morgen eben wiederkommen. Und am Montag in Ihr Büro. Und am Dienstag ...«

So langsam kochte mir die Galle über. »Den Teufel werden Sie! Ich werde den Sicherheitsdienst im Büro anweisen, die Hunde auf Sie zu hetzen, wenn Sie es wagen, Ihr Gesicht da noch mal zu zeigen. Ich werde die Polizei anrufen, wenn Sie sich hier morgen blicken lassen. Ich werde ...«

»Finden Sie das nicht lächerlich?«

Ich wischte mir mit dem Arm über die Stirn und sah über seine Schulter hinweg kurz zum Horizont. Grüne Wiesen, blühender Flieder, blauer Himmel, alles wie gehabt. Ich wollte Zeit schinden. Ich dachte nach.

»Nein. Ich glaube nicht, daß das lächerlich ist. Ich will einfach, daß Sie mich in Ruhe lassen. Daß *er* mich in Ruhe läßt.«

Van Relger blinzelte in die Sonne und ließ ein paar Sekunden verstreichen. Die Luft summte leise von den ersten Insekten. Im Ginster sang eine Amsel sich die Seele aus dem Leib.

»Ich verstehe Sie durchaus, Herr Simons. Ich kenne Ihren Vater gut, ich weiß, wie er ist.«

»Ah ja? Dann muß ich annehmen, daß Sie sich Ihre Klienten nicht sehr sorgfältig aussuchen.«

Das steckte er gelassen weg. Mit dem allzeit bereiten dünnen Lächeln. »Wie ist das denn mit Ihnen und Ihren Kunden?«

Tja. Mit Anwälten sollte man einfach nicht diskutieren. Das kann immer nur nach hinten losgehen. »Die zwei Minuten sind um.«

»Denken Sie eigentlich je an Ihre Schwester?«

Ich zuckte mit den Schultern. »Nein. Ich kenne sie nicht. Im übrigen ist sie meine Halbschwester. Und wenn Sie an meinen brüderlichen Beschützerinstinkt appellieren wollen, sind Sie tatsächlich dümmer, als ich gedacht hätte.«

Diesmal war er wirklich amüsiert, das Lächeln wurde breiter. »Nein, das war nicht meine Absicht. Aber immerhin ist sie schuldlos an der Situation, und sowohl ihre finanzielle als auch ihre gesellschaftliche Position stehen auf dem Spiel. Sie wird das eigentliche Opfer sein, wenn nichts getan wird.«

Pech, dachte ich, aber ich wußte im selben Moment, daß dieser verdammte Bure gewonnen hatte.

Ich war neugierig geworden. »Trinken Sie samstags morgens Champagner, oder verstößt das gegen Ihre Prinzipien?«

Er schüttelte den Kopf. »Unter gewissen Umständen trinke ich zu jeder Tageszeit Champagner.«

»Sie meinen, wenn Sie gekriegt haben, was Sie wollen, ja?«

»Soweit ist es noch nicht«, erwiderte er vorsichtig.

Ich führte ihn durch die Gartentür ins Wohnzimmer. »Machen Sie's sich bequem. Ich zieh' mir was an und hol' den Champagner.«

Als ich zurückkam, fand ich ihn mit auf dem Rücken verschränkten Händen vor meinem Bücherregal. Ich stellte die Gläser auf den niedrigen Tisch am Fenster und schenkte ein.

Er drehte sich zu mir um. »Interessante Bücher.«

»Sie können gern eins borgen, wenn Sie möchten.«

»Sehr freundlich, aber nein, danke. Ich war nur überrascht. Ich hatte gedacht, alle Finanzleute seien Fachidioten.«

»Das habe ich von Juristen auch immer angenommen.«

Er lächelte, dünn, versteht sich, und nahm das Glas, das ich ihm reichte. Er kostete und nickte.

Dann setzte er sich mir gegenüber und sah kurz aus dem großen Fenster.

»Wunderschön ist es hier. Ich hätte nicht gedacht, daß es so wenige Kilometer außerhalb der Stadt so malerisch sein könnte.«

»Ja, mir gefällt's auch.«

Ich war gespannt, wann er zur Sache kommen würde. Aber wenn er drauf wartete, daß ich ihn auffordern würde, dann konnte er lange, sehr lange warten.

»Dieses Grundstück ist wirklich sehr groß. Und ich dachte immer, die Grundstückspreise in Deutschland seien astronomisch«, plauderte er weiter.

Ich grinste ihn an. »Man kann auch Glück haben. Machen Sie mir nicht vor, Sie hätten keine Erkundigungen über mich eingezogen, van Relger. Ich wette, Sie wissen genau, wie's um mich steht.«

Das bestritt er nicht. »Warum arbeiten Sie allein?« wollte er wissen.

»Warum nicht.«

»Nun, wie ich höre, gibt es namhafte Firmen, die Sie gern zum Kompanion hätten. Und das, obwohl Sie gerade mal Anfang dreißig sind. Das ist erstaunlich. Aber Sie lehnen sogar die scheinbar unwiderstehlichen Angebote ab.«

»Ja. Das tue ich.«

Er nickte und machte sich wohl so seine Gedanken.

»Wie denken Sie über Südafrika?« fragte er schließlich unvermittelt.

Ich machte eine vage Handbewegung. »Ich mache

mir selten Gedanken darüber. Aber ich denke, vieles hat sich geändert, und viel muß noch passieren. Vor allem in den Köpfen.«

»Sympathisieren Sie mit einer bestimmten Partei?«

Ich schüttelte den Kopf. »Nein. Ich bin zu lange weg. Ich weiß nicht genug. Ich bin überhaupt ein unpolitischer Mensch.«

»Weil das bequemer ist?«

»Völlig richtig.«

»Haben Sie den Namen Terre Blanche schon mal gehört?«

»Klar doch. Der Name ist ein Pseudonym. Seinen richtigen Namen kenne ich nicht. Er ist der große Zampano bei den Nazis in Südafrika.«

Van Relger nickte und sah für einen Moment grimmig und sorgenvoll aus. »So ist es. Er ist ... die größte Bedrohung für den friedlichen Wandel in Südafrika. Terre Blanche ist eine Pest.«

Ich schwieg, erstaunt darüber, wie plötzlich die kühle Maske gefallen war.

»In letzter Zeit ist bekannt geworden, daß die extreme Rechte sich zu einer Internationalen formiert. Vielleicht haben Sie auch darüber gelesen. In ganz Europa gibt es Verbindungen, und sie reichen inzwischen auch bis nach Südafrika. Ich fürchte, damit ist die Bedrohung für alle betroffenen Länder größer und zugleich unüberschaubarer geworden.« Er machte eine Pause.

»Das läßt Sie wirklich nicht kalt, was? Ich meine, ich bin überrascht, daß Sie persönlich so engagiert sind.«

Er nickte zögernd. »Ja, das bin ich. Sehen Sie, niemand in Südafrika kann es sich leisten, unpolitisch zu sein.«

Ich seufzte. »Das kann sich hier eigentlich auch keiner leisten.«

Nach einer Weile fuhr er fort: »Terre Blanche selbst verläßt Südafrika selten. Er lebt auf seinem Anwesen in Transvaal, wo er seine Paraden abhält und den Nachwuchs zu paramilitärischen Jugendverbänden ausbildet. Aber es gibt andere, die die internationalen Kontakte aufbauen und pflegen. Einer dieser Leute heißt Anton Terheugen. Schon mal gehört?«

Ich schüttelte den Kopf.

»Er ist Geschäftsmann. Noch ziemlich jung, vielleicht fünf Jahre älter als Sie und sehr erfolgreich. Wie er an sein Geld gekommen ist, weiß keiner. Im- und Export, diese Art von Geschäften. Undurchsichtig. Jedenfalls ist er vermögend. Er lebt für gewöhnlich auf einem alten Landsitz außerhalb eines Dorfes nahe der niederländischen Grenze, nicht sehr weit von hier. Der Ort heißt Verndahl. Terheugen gehört keiner politischen Partei an, aber seine Gesinnung ist bekannt. Er macht auch keinen Hehl daraus. Er unterhält persönliche Beziehungen zu Le Pen in Frankreich und zu Haider in Österreich. Seit Jahren gibt er jeden Sommer zur Sonnenwende ein großes Fest auf seinem Landsitz, wo prominente Redner auftreten und junge Neonazis in Scharen aufmarschieren. Sie zünden Lagerfeuer an, schwenken Fahnen und singen alte Lieder. Kundgebungen, verstehen Sie?«

Ich nickte mit zunehmendem Interesse.

»Soweit ich in Erfahrung bringen konnte, kam Terheugen vor sieben Jahren zum ersten Mal nach Südafrika. Es gibt Fotos neueren Datums, die ihn mit Terre Blanche zeigen. Die Verbindung ist eine Tatsache. Terheugen transferierte große Geldsummen über die Schweiz auf verschiedene Banken in Kapstadt und Durban und investierte in südafrikanische Werte. Auf dem Silvesterball im Deutschen Club in Pretoria letztes Jahr, also vor ungefähr sechzehn Monaten, wurde er Ihrem Vater vorgestellt.«

Ich hatte plötzlich einen bitteren Geschmack im Mund. Ich erinnerte mich an diese Festlichkeiten im Deutschen Club in Pretoria. Ich erinnerte mich nur zu gut. Mit zunehmendem Alkoholspiegel wurden sie immer deutscher, bis die Stimmung hohe Wellen schlug, und es fand sich immer eine Handvoll trinkfester Urdeutscher, die mit erhobenen Gläsern das Horst-Wessel-Lied grölten.

»Wenn er sich mit diesem Terheugen eingelassen hat, geschieht es ihm verdammt recht, wenn er in Schwierigkeiten ist.«

Van Relger lächelte gequält »Vielleicht haben Sie recht. Wer weiß.«

»Haben Sie ihn nicht gewarnt?«

Er hob leicht die Schultern. »Er wollte nichts hören.«

»Das sieht ihm ähnlich.«

Dazu sagte er nichts. »Niemand, weder ich noch Ihr Vater, konnte damals ahnen, wohin es führen würde. Und ich bin sicher, Ihr Vater würde einen Arm dafür geben, wenn er es rückgängig machen könnte.«

Er hatte es wirklich drauf, die Sache dramatisch zu gestalten.

»Aber was ist denn nun passiert?« Nur flüchtig dachte ich daran, daß ich das doch eigentlich gar nicht wissen wollte.

»Gehe ich recht in der Annahme, daß Sie über die finanziellen Verhältnisse Ihres Vaters nicht das Geringste wissen?«

»So ist es.«

Er holte tief Luft und setzte mich ins Bild: »Als vor etwa zehn Jahren der Goldpreis so rasant abstürzte, geriet die Mine in ernste Schwierigkeiten. Für Monate lief sie erheblich im defizitären Bereich. Viele sind damals untergegangen. Ihr Vater nicht. Er wollte nicht untergehen. Gegen meinen dringenden Rat wandelte er die Gesellschaft in eine Aktiengesellschaft um. Ich dachte, das wäre das Ende, weil natürlich niemand damals Goldminen-Aktien haben wollte. Aber ich irrte mich, und er hatte recht. Vierzig Prozent behielt er selbst, jeweils zwanzig Prozent überschrieb er aus steuerlichen Gründen Ihrer Schwester und Ihrer äh... Stiefmutter.«

Ich verschluckte mich, und er wartete höflich, bis ich aufhörte zu husten.

»Über diese weiteren insgesamt vierzig Prozent hat er laut notariellem Vertrag das volle Stimmrecht. Bis auf Widerruf, versteht sich. Die restlichen zwanzig Prozent gingen an den Markt, und so überlebte die Mine die Krise. Können Sie folgen?«

Ich winkte schwach ab. »Mein täglich Brot.«

»Ach so, ja, natürlich. Terheugen, fanden wir später heraus, hat über Jahre langsam und unauffällig ein Paket von einem zehnprozentigen Anteil erworben. Er hat es wirklich sehr geschickt gemacht. Niemand hätte ihm auf die Schliche kommen können.«

Ich sah ihn erwartungsvoll an. »Na und? Um Schaden anzurichten, braucht er eine Sperrminorität. Dreiundzwanzig Prozent mindestens.«

Van Relger nickte traurig. »Ja. Und die wird er auch bekommen, wenn nichts passiert.«

»Aber wieso denn? Es sind doch nur zwanzig Prozent auf dem Markt...« Ich sah in sein Gesicht und wußte, was kommen würde. Und meine Reaktion brachte mich völlig aus der Fassung.

»Was denn? Dieses elende Nazi-Schwein will meine kleine Schwester heiraten?!«

3

Nachdem van Relger gegangen war, ging ich zurück in den Garten, legte mich ins hohe Gras auf die nur zur Hälfte gemähte Wiese und dachte über all das nach, was er mir erzählt hatte. Und ich dachte mehr an meinen Vater als in den letzten zwanzig Jahren zusammengenommen, und vor allem mehr, als mir lieb war.

Der andauernden, tiefen Krise zwischen meinem Vater und mir lag keine bildzeitungstaugliche Tragödie zugrunde. Ich war weder mißbraucht noch mißhandelt worden, nicht im herkömmlichen Sinne jedenfalls. Alles war mehr die Folge einer Verknüpfung unglücklicher Umstände. Oder so was Ähnliches.

Mein Vater war, als er meine Mutter heiratete, Steiger auf irgendeiner Zeche in Bochum. Er führte ein für seine Generation und seine Herkunft völlig normales, ereignisarmes Leben.

Fünf Jahre vor meiner Geburt erbte er von einem lange verschollenen und totgeglaubten Onkel eine Goldmine in Südafrika.

Obwohl nichts ihn dafür qualifizierte und niemand

es je gedacht hätte, erwies mein Vater sich als cleverer Geschäftsmann. Als ich zur Welt kam, war er viel reicher als zum Zeitpunkt seiner Erbschaft, und meine Eltern waren in ihrer neuen Heimat etabliert. Alles traumhaft. Keine Ahnung, woher die Probleme eigentlich kamen.

Er hatte sich in den Kopf gesetzt, einen richtigen Kerl aus mir zu machen. Ich sollte kein verwöhntes Söhnchen aus reichem Hause werden. Die Idee war ja vielleicht nicht übel. Nur die Umsetzung war völlig daneben.

Er nahm mich mit auf Großwildjagd, als ich kaum laufen konnte, und ich hatte Angst. Er nahm mich mit in die düsteren, katakombenartigen Schächte der Mine, und ich hatte Angst. Er nahm mich im Jeep mit ins Sperrgelände, wenn sie neue Sprengungen in der Mine vornahmen, und der Lärm und das umherfliegende Geröll lähmten mich geradezu. Er brüllte mich an, ich sei ein verdammter Feigling, und davor hatte ich die größte Angst. Er erfand drakonische Maßnahmen, um mich zu stählen: fünf Wochen Pfadfinderlager mit sechs, eine Nacht allein auf dem Minengelände mitten in der Wüste mit sieben Jahren, und alles wurde immer nur noch schlimmer. Meine Erinnerung an meine frühe Kindheit besteht nur aus Angst und Scham für meine Angst.

Meine Mutter war keine große Hilfe. Die verdammte Malaria hatte sie erwischt, als sie kaum ein Jahr in Südafrika lebte. Sie war fast ständig krank. Und es wurde immer schlimmer mit ihr.

Als ich neun war, fing mein Vater an, meine Mutter

zu betrügen. Nüchtern betrachtet, muß man ihm das vielleicht nachsehen, nach so vielen Jahren mit einer kranken Frau. Aber niemand soll von mir verlangen, daß ich ihm das verzeihe. Ich finde, er ist der letzte Dreck.

Meine Mutter starb an meinem zwölften Geburtstag. Er war nicht da. Er vögelte seine Flamme in irgendeinem Luxushotelbett in Port Elizabeth. Als er zurückkam, hab' ich ihm endlich gesagt, was ich von ihm hatte. Er reagierte einfach nicht darauf. Er sagte mir nur, daß er die Flamme geschwängert habe und daß er sie heiraten würde.

Ich machte mich davon. Nach zwei Monaten griff die Polizei mich in Johannesburg auf, und sie brachten mich zurück. Ich lernte die Flamme kennen, hielt es eine Woche aus und machte mich wieder davon. Diesmal war ich schlauer. Als sie mich schnappten, nannte ich ihnen einen falschen Namen. Und mein Vater hatte keine Vermißtenanzeige erstattet.

Zuerst steckten sie mich ins Waisenhaus, und weil ich da ständig abhaute, steckten sie mich schließlich in die Besserungsanstalt. Mit solchen wie mir wußten sie nicht viel anzufangen. Es war keine besonders sonnige Zeit.

Aber ich lernte ein paar wichtige Sachen. Zum Beispiel, daß es schlimmere Dinge als meinen Vater gab, vor denen man Angst haben konnte, und das heilte meine Angst vor meinem Vater. Und daß es überhaupt nicht von Vorteil ist, ständig Angst zu haben, daß man immer den Kürzeren zieht, wenn man nervös ist, und das heilte meine grundsätzliche Neigung zur Angst.

Und ich lernte eine Menge Leute kennen, kleine und große Ganoven. Leute, die ich heute anrufen kann, wenn ich mal ein paar fundierte Informationen über eine Minengesellschaft in Neuseeland brauche. Und auch Leute, denen man niemals den Rücken zudrehen darf.

Irgendwann hatte ich genug von der Straße und von Besserungsanstalten, und ich nahm an Schule mit, was sie mir boten. Mit achtzehn ließen sie mich raus, weil ich zum Militär sollte, aber ich wollte nicht. Ich wollte so weit weg wie möglich. Ich arbeitete und stahl, bis ich genug hatte für ein Ticket nach Deutschland. Ich reiste ein bißchen rum, sah mir dies und jenes an, blieb irgendwie in Düsseldorf hängen und suchte mir Arbeit. Weil ich kein Bedürfnis nach der Gesellschaft anderer Menschen habe, war ich oft allein und hatte viel Zeit.

Aus Langeweile ging ich zur Abendschule. Zu meiner Überraschung fand ich heraus, daß ich eine Begabung für Volkswirtschaft und solche Sachen hatte. Auf gut Glück bewarb ich mich um ein Stipendium an der *European Business School*.

Ein paar Jahre später, an dem Tag, an dem die Börsenaufsicht mir meine Zulassung als Broker erteilte, schrieb ich meinem Vater einen Brief. Ich war sehr betrunken. Ich schrieb ihm, was aus mir geworden war, und ich schrieb ihm auch, was ich nach wie vor von ihm hielt. Vielleicht nicht verwunderlich, daß er nie geantwortet hat.

So war der Stand der Dinge gewesen, und ich war wunderbar damit zurechtgekommen. Bis van Relger gestern in meinem Büro aufkreuzte. Van Relger, der von mir verlangte, meinem lange vergessenen und doch immer noch verhaßten Vater in einem aussichtslosen Kampf gegen die internationale extreme Rechte zur Seite zu stehen. Meine unbekannte Schwester ritterlich vor ihrer eigenen Dummheit zu retten. Van Relger, der, wenn auch unausgesprochen, doch irgendwie den Verdacht geäußert hatte, daß meine Ablehnung gegenüber seinem Ansinnen nur in der nach wie vor tief verwurzelten Angst begründet sein konnte. Was für ein Irrsinn.

Was in aller Welt ich denn tun könnte, hatte ich ihn gefragt.

Er hatte es mir erklärt. Er hatte mir erklärt, daß Terheugen und damit die internationale extreme Rechte offenbar eine Menge Geld zu waschen hatte.

Zu diesem Zwecke wurde schmutziges Geld in die Schweiz transferiert, auf verschwiegene Nummernkonten gelegt und von da aus als Guthaben des ehrenwerten Herrn Anton Terheugen nach Kapstadt oder Durban weitergeleitet, wo Terheugen und Terre Blanche es dann für ihre fragwürdigen Absichten einsetzten. Van Relger glaubte, daß die Mine meines Vaters nur der Anfang sei, daß sie sich auf diese oder ähnliche Weise auch noch in andere Wirtschaftsbetriebe einschleichen wollten, um einen der empfindlichsten Machtfaktoren des Landes, die Wirtschaft, unter ihre Kontrolle zu bringen. Er gab zu, daß ihre Chancen nicht schlecht stünden, denn viele der Wirtschaftsbosse seien Buren wie er selbst und fürchteten eine zu starke schwarze Mehrheit im Lande. Viele sympathisierten mit Terre Blanche. Deshalb war er wirklich gefährlich.

»Ihr Vater ist verzweifelt. Terheuger setzt ihm die Pistole auf die Brust. Entweder, er wird an den Geschäftsentscheidungen beteiligt, oder er legt den Betrieb lahm. Und die Möglichkeit wird er haben. Sobald Ihre Schwester ihn geheiratet hat, wird sie den notariellen Vertrag zu Gunsten Ihres Vaters widerrufen. Das hat sie klipp und klar gesagt. Sie ist Terheugen voll und ganz auf den Leim gegangen. Mit ihr ist nicht zu reden. Im Zweifel würde sie sich gegen ihren Vater stellen.«

Ich überlegte für einen kurzen Augenblick, ob mir das die Sache nicht wert wäre. Zum Teufel mit der südafrikanischen Wirtschaft und dem Kreuzzug gegen die rechtsextreme Internationale. War es nicht eine erhebende Vorstellung, daß der alte Tyrann schließlich beide seiner Kinder verlieren sollte?

Van Relger hatte offenbar auf einen Blick erkannt, was ich in diesem Moment dachte. Er hatte mir mit eherner Stimme vorgehalten, daß es kleinmütig und unzivilisiert wäre, dieser Bedrohung nur aufgrund persönlicher Ressentiments tatenlos zuzusehen. »Ihr Vater braucht Ihre Hilfe. Wenn er wüßte, daß ich Ihnen das sage, würde er mich vermutlich erschießen, aber es ist so. Er ist machtlos. Und er ist sehr krank. Er sagt niemandem, was ihm fehlt, aber ich bin sicher, daß er Krebs hat. Er wird schwächer. Er sagt, es bleibt ihm vielleicht noch ein Jahr. Und wenn Ihre Schwester seinen Anteil an der Mine erben sollte, wird de facto Terheugen eine Aktienmehrheit haben. Das ist es, was er am meisten fürchtet. Er haßt Terheugen. Und er ist verbittert, daß er so hereingelegt wurde. Wo er doch sein Leben lang ein guter Sozialdemokrat war, wie er sagt.«

Ich hatte schallend gelacht, obwohl ich nicht wollte. »Sozialdemokrat? Das hat er gesagt, ja? Der Blitz hätte ihn treffen müssen. Mit meinen eigenen Augen habe ich gesehen, wie er einen Minenarbeiter mit einem Knüppel halb totgeprügelt hat, weil der Mann versucht hatte, eine halbe Unze Gold zu stehlen.«

Ich erinnerte mich genau daran. Aus meiner Kinderperspektive dem stummen, blutenden Mann am Boden näher als meinem Vater und den ängstlich umherstehenden Zuschauern, hatte sich sein Bild in mein Gedächtnis eingebrannt. Der schwarze Körper im heißen gelben Staub, riesig war er mir vorgekommen, mit großen, hilflos geballten Fäusten, und in seinem schweißnassen Gesicht war unversöhnlicher Haß. Ich hatte ihn um seinen Mut zur Rebellion beneidet.

»Ich bin sicher, Sie wissen, wie lächerlich die Löhne waren und noch sind. Der Mann hatte einen kranken Jungen, und trotz der Knochenarbeit war er so bettelarm, daß er keinen Arzt bezahlen konnte. Und das hat meinen Vater einen Dreck gekümmert. Er ist ein geldgieriger, rassistischer Prolet. Ignorant, rücksichtslos, tyrannisch. Er hat alles verdient, was ihm passiert. Und Schlimmeres.«

Van Relger hatte mir nicht widersprochen. Aber ich

hatte trotzdem gespürt, daß er anderer Meinung war. Mit einer unauffälligen Geste, die zerstreut wirken sollte, legte er zwei Fotos auf meinen Wohnzimmertisch. Dann stand er auf. »Ich danke Ihnen, daß Sie mich angehört haben. Es war mehr, als Ihr Vater erwartet hat. Sie sollten erkennen, wie verzweifelt seine Lage ist, daß er *Sie* um Hilfe bittet.«

»Ich bin denkbar ungeeignet.«

»Nein. Das sind Sie nicht. Sie sind ein Fachmann. Sie haben Verbindungen. Gute Verbindungen, wie ich höre. Sie könnten vielleicht herausfinden, woher das Geld kommt, das bei uns investiert wird. Und außer Ihnen gibt es niemanden, der helfen könnte. Ich habe mit der Staatsanwaltschaft gesprochen, mit den Finanzbehörden, sogar mit Leuten von der EG. Man hat mir unmißverständlich zu verstehen gegeben, daß es andere Probleme gibt und daß ich darüber hinaus vage Verdächtigungen gegen einen vollkommen unbescholtenen Mann äußere. Die Presse hat auch kein Interesse gezeigt, weder hier noch in Südafrika. Für sie ist Terheugen ein zu kleiner Fisch, um Schlagzeilen zu machen. Aber Sie könnten vielleicht die Wahrheit ans Licht bringen. Damit Ihrer Schwester endlich die Augen aufgehen und die Behörden in Südafrika eine Handhabe bekommen, um Terheugen des Landes zu verweisen.«

»Warum verweist ihr ihn nicht wegen seiner Gesinnung des Landes? Mit linken Journalisten habt ihr das doch dauernd gemacht.«

Er war nicht verärgert. Er nickte. »Ja. Das haben wir. Aber die Zeiten haben sich geändert.«

Er gab mir eine Karte mit einer Telefonnummer und verabschiedete sich.

Als die Sonne schräg stand, erhob ich mich mit steifen Gliedern und zerstochenen Armen aus dem Gras, schnappte mir die Sense und ließ es am Gras aus. Ich tobte und wütete, bis mir der Schweiß in Strömen über Brust und Rücken lief, und mähte die Wiese in beispielloser Rekordzeit.

Dann ging ich nach drinnen, legte mich mitsamt Cognacflasche in die Badewanne, ließ mich vollaufen und schlief natürlich im Bad ein.

Der Sonntag morgen fand mich verkatert und übellaunig mit einem Sprudel-Aspirin und trockenem Toast auf meiner Küchenbank. Vor mir lagen zwei Farbfotos, die ich stumpfsinnig anstarrte.

Das erste zeigte einen Mann, der neben einem Rennpferd stand, das er am Zügel hielt. Er lächelte in die Kamera. Hinten auf dem Foto stand in einer feinen, säuberlichen Handschrift *Anton Terheugen mit seinem Derby-Sieger ›Hell Fire‹ auf der Rennbahn in Durban, 23. November.*

Ich betrachtete das Bild eine Weile. Terheugen war ein gutaussehender Mann. Schlank, sportlich und ungefähr meine Größe, um die einsachtzig. Seine dunklen Haare waren an den Schläfen schon ein bißchen grau, aber er hatte ein jungenhaftes, fröhliches Lächeln. Eine athletische Figur in einem exzellent geschneiderten Anzug, ein freundliches Gesicht. Er sah aus wie ein Mann, dem ich meine Schwester, hätte ich sie gekannt und gemocht, liebend gern anvertraut hätte.

Auf dem zweiten Foto war ein braungebranntes Mädchen in einem zitronengelben Bikini. Sie war groß und schlank, da war irgend etwas Fohlenhaftes an ihrer Figur. Ihre weizenblonden Haare waren kurz, beim Lächeln zeigte sie wundervolle, ebenmäßige Zähne. Ich brauchte nicht auf die Rückseite des Fotos zu gukken, um zu wissen, wer sie war. Sie war meinem Vater wie aus dem Gesicht geschnitten. Ich drehte es trotzdem um.

Elisabeth ›Lisa‹ Simons.

Jetzt hatte meine unbekannte Schwester also ein Gesicht und einen Namen.

Ich sah ihr Bild lange an und fragte mich verdrießlich, wie sie so unendlich bescheuert sein konnte, Terheugen in die Falle zu gehen. Ich hatte Lust, sie zu packen und zu schütteln, ich versuchte, ihre Dummheit höhnisch zu belächeln. Um keinen Preis wollte ich das Gefühl haben, daß es an mir liegen könnte, sie vor ihrem eigenen Fehler zu bewahren. Schließlich, ich schuldete ihr nichts.

Ich beschloß, den Tag mit Arbeit zu verbringen, aber meine Unruhe wollte nicht weichen. Immer wieder kehrten meine Gedanken zu der Unterhaltung mit van Relger zurück und mein Blick zu den beiden Fotos. Mein großes Haus erschien mir eng und trotz des Sonnenscheins dunkel, und ich floh wieder nach draußen in den Garten. Das Telefon klingelte ein paarmal, aber ich ging nicht ran, ich wollte mit niemandem reden. Am wenigsten mit van Relger. Ich wollte nicht mit ihm reden, bevor ich nicht soweit war, daß ich klipp und klar nein sagen konnte.

4

Am nächsten Morgen kam ich spät in die Gänge und fuhr direkt zur Börse. Ich kam so gegen zehn an, und noch herrschte die alltägliche Ruhe vor dem Sturm in dem hohen, fensterlosen Saal. Männer in Hemdsärmeln und dezent gekleidete Frauen standen in kleinen Gruppen zusammen, die kühle, klimatisierte Luft war erfüllt vom Summen vieler murmelnder Stimmen, hin und wieder lachte jemand. Ziellos schlenderte ich an ein paar Monitoren vorbei, machte mich mit dem Verlauf der Vorbörse vertraut und fragte nebenbei ein paar Leute nach Anton Terheugen.

Kann ja nicht schaden, dachte ich mir. Wenn ich was rausfand, war van Relgers weite Reise nicht ganz umsonst gewesen.

Ich fand nicht viel, aber ein paar interessante Kleinigkeiten heraus. Zwei der Leute nickten fröhlich, als ich den Namen erwähnte, und meinten, Terheugen wäre einer, der mächtig was auf dem Kasten hätte, vor allem politisch, endlich mal jemand, der die richtigen Ansichten über dieses leidige Ausländerproblem hätte, und ein guter Unternehmer wäre er noch dazu, echt, ein toller Typ.

Angewidert strich ich diese beiden von der Liste der

Leute, die ich ab und an von meinen ungewöhnlichen Quellen profitieren ließ.

Eine Frau, die für eine der großen Banken arbeitete, erzählte mir, sie hätte Terheugen kennengelernt, als sie noch in der Kundenbetreuung war. Sie sagte, er habe eine glückliche Hand mit exotischen Aktien. Was er anfaßte, verwandelte sich in Gold. Es hätte eine Reihe Kollegen von der Bank gegeben, die sich in sein Kielwasser gelegt hätten und immer die Aktien kauften, die Terheugen auswählte. Und, das sagte sie noch, er wäre der größte Aufreißer unter der Sonne gewesen. »Ehrlich, Schatz, ich sag's dir, da blieb kein Auge trokken. Gab kaum eine, die hart geblieben ist. Er ist einfach unwiderstehlich charmant, und die Mädchen erzählten unter der Hand wilde Geschichten. Er hatte einen schillernden Ruf.«

Ich grinste. »Und was war mit dir?«

Sie lachte und zog mich am Ohr. »Das wüßtest du wohl gern, was?«

Ein alter Hase, so einer von der aussterbenden Sorte mit Stirnglatze und Hosenträgern, maß mich auf meine Frage mit einem mißtrauischen Blick. »Läßt du dich jetzt mit solchen Leuten ein, mein Junge?«

Ich machte ein verdutztes Gesicht. »Wieso? Was ist mit ihm?«

Er schnaubte verächtlich. »Er ist ein Dreckskerl. Schöne Politur und drunter nur Abschaum. Mach einen Bogen um den Mann.«

»Aber warum? Bisher hab' ich nur gehört, wie respektabel er ist und so weiter.«

»Respektabel, he? Scheiße. Er ist auf mysteriöse

Weise an einen Haufen Geld gelangt und hat sich in feine Gesellschaft eingeschleimt. Aber wenn du fragst, wie er denn eigentlich an sein Geld gekommen ist, machen die Leute den Mund zu. Nein, nein, mein Junge, laß dich nicht mit Terheugen ein. Hast du doch nicht nötig. Du bist doch ein begabter Knabe. Du kannst sie dir doch aussuchen. Hör lieber auf mich.«

Ich nickte ergeben und dankte ihm, und in diesem Augenblick ertönte die Glocke. Schlagartig verwandelte der Saal sich in einen Hexenkessel. Leute fingen an zu brüllen und wild zu gestikulieren, rannten hierhin und dorthin, und ein ganz normaler Börsentag nahm seinen Lauf.

5

Ein paar Tage hielt mein Geschäft mich in Atem. Wie das manchmal so geht, plötzlich rannten sie mir die Türe ein, alte und neue Kunden, und ich war froh, daß sie mich beschäftigten.

Donnerstag abend saß ich unschlüssig in meinem Büro und dachte darüber nach, ob ich Stella zu einer Wiederholungsvorstellung des genußreichen letzten Freitags einladen sollte, wog für und wider ab, da klingelte das Telefon. Ohne große Lust ging ich ran.

»Äh ... van Relger hier.«

»Das glaub' ich einfach nicht.«

»Ich dachte, Sie hätten vielleicht Lust, mit mir zu essen.«

Merkwürdigerweise hatte ich tatsächlich Lust. »Wenn Sie versprechen, daß Sie die Daumenschrauben nicht mitbringen, meinetwegen.«

Das dünne Lächeln tröpfelte die Leitung entlang. »Einverstanden. Sie suchen das Restaurant aus, ich bezahle die Rechnung.«

»Gut. Klingt sehr vernünftig. Mögen Sie japanisches Essen?«

Er war entsetzt. »Sie meinen die Schuhe ausziehen und rohen Fisch vom Boden essen? Mein lieber Junge ... ich dachte an ein kultiviertes Essen und abendländische Zivilisation!«

»Na schön. Kennen Sie Kaiserswerth?«

»Nein.«

»Wird Ihnen gefallen. Sie haben's doch gern malerisch. Ich hol' sie ab.«

»Wann?«

Wir einigten uns auf acht, und als ich gerade aufgelegt hatte, kam Stella herein. Anders als ich, hielt sie es nicht für nötig anzuklopfen. »Hallo. Fertig? Kann ich dich zu 'ner Pizza einladen?«

Ich schüttelte bedauernd den Kopf. »Leider nein. Geschäftsessen.«

Sie lächelte spöttisch. »Geschäftsessen, he? Hör schon auf, Hendrik. Ich dachte, wir hätten mal ausgemacht, daß kein Grund besteht, daß wir uns gegenseitig was vorlügen.«

»Was? Wovon redest du?«

»Davon, daß du jemanden kennengelernt hast.«

Ich war erstaunt. »Komm rein und mach die Tür zu. Setz dich. Ein Bier?«

»Ja.« Sie machte es sich auf einem meiner Besuchersessel gemütlich und legte die Füße auf den Tisch.

Ich holte zwei Flaschen KöPi aus dem Kühlschrank, hebelte sie auf und reichte ihr eine davon. »Hier. Hör mal, ich hab' niemanden kennengelernt, wie du es so diplomatisch ausdrückst. Keine Ahnung, wie du darauf kommst. Ich weiß, was wir abgemacht haben, und ich werd' mich dran halten, und das erwarte ich auch von dir.«

Hätte ich es nicht besser gewußt, hätte ich geschworen, daß sie erleichtert war. »Also schön. Aber wenn es das nicht ist, was ist es dann?«

Mir wurde ein bißchen unbehaglich. »Keine Ahnung, was du meinst.«

Sie lachte. »Nein. Natürlich nicht.« Sie trank von ihrem Bier und sah nachdenklich auf die Luftblasen im Flaschenhals. »Wenn ich so drüber nachdenke«, meinte sie zögernd, »bist du so merkwürdig, seit dieser komische Kauz dich letzten Freitag besucht hat. Was wollte er wirklich, he?«

»Ach, das war nur ein Spinner.« Und ich dachte, daß ihre Beobachtungsgabe einer der Gründe für ihren Erfolg sein mußte.

»Ich glaub' dir kein Wort.« Ihre graublauen Augen sahen halb belustigt, halb skeptisch drein.

»Aber du brauchst mir natürlich nicht davon zu erzählen. Nur wenn du willst.«

Es war einen Moment still. Ich hatte eigentlich wirklich nicht vor, ihr von der Sache zu erzählen.

Nur aus Gewohnheit stellte ich ihr die Frage, die ich in den letzten Tagen hin und wieder gestellt hatte.

»Schon mal von einem Anton Terheugen gehört?«

Sie legte den Kopf zurück und dachte nach. »Ja«, sagte sie zögernd, dachte noch ein bißchen weiter nach und nickte schließlich mit mehr Überzeugung. »Ja, jetzt weiß ich wieder. Die taz hat über ihn geschrieben vor zwei, drei Monaten.«

»Echt? Und was stand drin?«

»Daß er die Republikaner und die DVU unterstützt, daß namhafte Jungnazis bei ihm ein und aus gehen, daß er Verbindungen zu Jörg Haider in Österreich hat und zu diesem David Irving in England, der Vorträge über die Auschwitz-Lüge hält. Sie sagen, Terheugen sei ein unsympathischer Zeitgenosse. Sehr reich. Warum fragst du nach diesem Typen, he?«

»Och, nur so.«

Sie traktierte mich mit einem forschenden Blick. »Hm. Also ich weiß nicht. Ein geheimnisvoller Besucher in deinem Büro, über den du mir nichts sagen willst, und Fragen über den vielleicht finanzstärksten Neonazi. Das ist wirklich mysteriös. Du machst mich richtig neugierig.«

»Tatsächlich?«

»Ja. Ich meine, ich frage mich ... He, nimm deine Hände weg, Hendrik Simons, wir sind hier schließlich im Büro und ...«

»Wir könnten die Tür abschließen.«

Sie lachte leise. »Also schön. Aber glaub' nicht, ich hätte nicht gemerkt, daß du nur das Thema wechseln willst.«

Ich holte van Relger am *Ramada* ab, und eine halbe Stunde später saßen wir *Im Schiffchen* an einem kleinen Tisch in einer ruhigen Ecke.

Als ich ihn aus der Halle seines nicht gerade schlichten Hotels hatte kommen sehen, hatte ich mich plötzlich gefragt, ob der altmodische Anzug und der Rest seiner unauffälligen Erscheinung nicht vielleicht ebenso zu seiner Taktik gehörten wie das ewige ›Äh‹ und ›Hm‹, und wenn es so war, warum er mir eine Komödie vorspielte.

Darüber dachte ich auch jetzt nach, als er treffsicher ein exzellentes und sündhaft teures Essen zusammenstellte. Ich hörte interessiert zu, während er mit dem Weinkellner konferierte. War schwer zu sagen, wer von den beiden sich besser auskannte.

Wir aßen einträchtig und in entspannter Atmosphäre, ohne ein einziges Mal auf das Thema zu sprechen zu kommen, das uns zweifellos beiden die ganze Zeit durch den Kopf ging.

Zum Kaffee holte er eine lange Zigarre aus einer Innentasche und betrachtete sie liebevoll. »Stört es Sie ...«

Ich winkte ab. »Nur zu.« Ich rührte in meiner Tasse und sah ihm zu, als er mit Ernst und Gründlichkeit seine Zigarre anzündete und genüßlich daran sog.

»Einen Brandy?« schlug er vor.

Ich schüttelte den Kopf. »Ich muß uns beide noch heil nach Hause bringen. Zwei Gläser Wein zum Essen ist das Limit für mich.«

Er war erstaunt. »Ich hätte nicht gedacht, daß Sie das so ernst nehmen.«

»Jeder, der bei Verstand ist, tut das hier. Ich weiß, daß das bei Ihnen zu Hause anders ist. Aber hier sind auch schätzungsweise zweihundertmal so viele Autos pro Quadratkilometer Straße unterwegs.«

Er nickte nachdenklich. »Sehr vernünftig. Und ich bin völlig Ihrer Ansicht. Wenn ich fahre, trinke ich keinen Tropfen. Anders als mein Sohn. Er lebt in Johannesburg, und da ist der Verkehr kaum besser als hier. Aber natürlich hört der Junge nicht auf mich.«

Zum zweiten Mal überraschte er mich mit diesem plötzlichen Anflug von Menschlichkeit.

»Ist Ihr Sohn auch Anwalt?«

Er nickte, und seine Augen hinter den dicken Brillengläsern leuchteten auf. »Er ist Staatsanwalt. Alle Verteidiger zittern vor ihm.«

»Staatsanwalt in einem Land von zweifelhafter Rechtsstaatlichkeit. Ein bißchen fragwürdig, oder?«

Er war nicht beleidigt. Er schüttelte den Kopf und hob leicht die Schultern. »Die Dinge in Südafrika haben sich geändert. Sie haben es selbst gesagt. Es ist nicht mehr so, wie Sie es erlebt haben. Davon abgesehen, jede Form von Rechtsstaatlichkeit ist zweifelhaft. Rechtsprechung deckt sich nirgendwo wirklich mit Recht. Oder Gerechtigkeit.«

»Nein, das ist wahr. Aber Sie wissen besser als viele, wie es wirklich um Südafrika steht. Und Sie sind nicht zufrieden. Und Sie sind kein Staatsanwalt geworden. Sie stehen ... auf der anderen Seite.«

»Ich mußte mich vor dreißig Jahren entscheiden. Das war eine andere Sache. Unter den heutigen Voraussetzungen kann ein guter Staatsanwalt dem Wandel von großem Nutzen sein.«

»Und er ist gut?«

»Er ist ein Genie. Viel besser als sein alter Vater«, schloß er mit einem echten, warmen Lächeln.

Ich dachte, daß van Relger mir unter anderen Umständen vermutlich wirklich sympathisch gewesen wäre, und ich fragte mich für einen kurzen Moment, wie es wohl war, einen Vater zu haben, der vor Stolz über seinen Sohn förmlich aus dem Häuschen gerät.

Und ich zuckte innerlich mit den Schultern. Wie immer es sein mochte, ich hatte es nie vermißt. Er sah mich durch den dichten Zigarrenrauch hindurch an. »Es kommt mir so vor, als seien Sie heute sehr nachdenklich, Herr Simons.«

Aha. Vorsichtige Annäherung an das heiße Eisen. Ich lächelte. »Kann schon sein.«

»Soll ich Ihnen sagen, was ich denke?«

»Ich brenne darauf.«

»Die Sache läßt Ihnen keine Ruhe. Sie würden am liebsten so tun, als wäre nichts, und einfach weitermachen wie bisher, aber das klappt nicht so recht.«

Ich lehnte mich zurück. »Das hätten Sie wohl gern.«

Er antwortete nicht und bestellte sich einen Cognac.

»Haben Sie schon mal daran gedacht, einen Privatdetektiv zu beauftragen? Ich meine, wenn Sie rauskriegen wollen, ob Terheugen eine Leiche im Keller hat, haben Sie doch mit einem Profi die besten Chancen.«

Er schüttelte seufzend den Kopf. »Das hätte wenig Sinn. Es geht ja nicht darum, nachzuweisen, daß er irgend etwas offensichtlich Illegales tut, sondern es geht um vergangene Transaktionen und die Quellen, aus denen das Kapital kommt.«

»Sie wissen so gut wie ich, daß es Firmen gibt, die auf solche Sachen spezialisiert sind. Detekteien für Wirtschaftsspionage oder Wirtschaftsspionageabwehr und dieses ganze Zeug. Das sind die Experten, die Sie brauchen.«

Er zog an seiner Zigarre und sagte nichts.

Das machte mich mißtrauisch. »Hat es Ihnen die Sprache verschlagen, van Relger? Was ist los? Hat mein alter Herr sich vielleicht geweigert, die stolzen Honorare einer solchen Firma zu zahlen? Hat er Sie angewiesen, lieber mich auf die Sache anzusetzen, weil ich es umsonst machen würde?«

Er warf mir einen Blick zu, als hätte ich irgendwas Obszönes gesagt. »Nein. Darum geht es nicht. Glauben Sie mir, es ist, wie ich gesagt habe. Er scheut weder Kosten noch Mühen.«

»Aber?«

Er seufzte leise. »Ich habe ein solches äh ... Unternehmen beauftragt. Schon vor zwei Monaten. Sie waren erfolglos. Sie sagten, Terheugen sei absolut integer.«

Ich konnte es nicht glauben. »Und wie kommen Sie auf den Gedanken, daß *ich* mehr Erfolg haben könnte? Das ist Schwachsinn!«

Er legte den Kopf zur Seite. »Vielleicht. Vielleicht auch nicht. Möglich, daß Sie mehr Sachkenntnis haben als die Leute dieser Agentur. Möglich, daß Terheugen die Leute bestochen hat. Schon möglich, daß Sie besser motiviert wären ...«

»Ich bin so unmotiviert wie ein Mensch sein kann.«

Das dünne Lächeln. »Wem wollen Sie das einreden?«

Ich brachte ihn zum *Ramada* zurück, ohne daß wir noch von der Sache sprachen. Als ich vor dem Eingang hielt, drehte er sich zu mir um und sah mich von der Seite eindringlich an. »Die Hochzeit ist in sechs Wochen.«

»In *sechs* Wochen? O Gott, das ist aussichtslos.«
»Noch nicht. Aber sie können nicht ewig überlegen. Bald ist es zu spät.«

Ich sah nach vorn. »Ich kann so lange überlegen, wie ich will. Das steht mal fest.«

Er öffnete die Tür. »Ich werde Sie anrufen.«

Ich seufzte. »Zweifellos.«

Aber zwei Tage lang hörte ich kein Wort von ihm.

Samstag nacht wachte ich davon auf, daß Stella an meinem Arm rüttelte, als wollte sie ihn mir ausreißen.

»Hendrik, verdammt, bist du taub? Es klingelt Sturm.«

Ich machte die Augen auf. Ich hatte von der Börse geträumt, von der Glocke ... Aber sie hatte recht. Es klingelte an meiner Haustür.

»Scheiße. Wie spät ist es?«

Sie sah auf meinen Wecker. »Halb vier.«

»Wer zum Teufel ...« Ich stand unwillig auf und zog mir was über. Bis ich in der Diele ankam, klingelte es noch zweimal. Ich öffnete die Tür.

Draußen stand ein Junge in Polizeiuniform, direkt hinter ihm ein Polizeiwagen, und das Blaulicht malte bizarre Muster in die Nacht.

»Entschuldigen Sie die Störung«, sagte der Junge höflich. »Sind Sie Herr Hendrik Simons?«

»Ja. Was ist los?«

»Ist Ihnen ein Rasmus van Relger bekannt?«

Mein Mund war plötzlich ganz trocken. Ich nickte.

Er räusperte sich nervös. Das macht er heute zum ersten Mal, dachte ich, und ich wollte es nicht hören.

Er trat von einem Fuß auf den anderen.

»Ja, also, ich muß Ihnen leider mitteilen, daß dieser Herr van Relger ... ähm ...«

»Ist er tot?«

Der Junge nickte unglücklich. »Würden Sie meinen Kollegen und mich bitte begleiten? Wegen der ... Identifizierung.«

Ich blinzelte gegen das zuckende Blaulicht. Es kam mir ungeheuer hell vor, es stach mir richtig in die Augen. »Augenblick. Ich zieh' mir was an. Komme sofort.«

Er lächelte erleichtert und ging zum Wagen zurück.

Ich schloß die Tür und lehnte mich für einen Moment dagegen. Stella stand in meinem Bademantel und mit nackten Füßen am Ende der Halle und sah mich an. »Was ist passiert?«

»Mein geheimnisvoller Besucher, weißt du noch?«

»Natürlich. Was ist mit ihm?«

»Tot. Keine Ahnung, was passiert ist. Sie wollen ... ich soll ihn identifizieren.«

»Aber warum du? Ist er ein Verwandter von dir?«

Ich schüttelte den Kopf. »Ich erklär's dir später, okay?«

»Soll ich mitkommen?«

»Nein. Aber wenn's dir nichts ausmacht, dann warte hier.«

»Klar.«

Sie brachten mich nach Düsseldorf, und wir fuhren durch nächtliche, mäßig belebte Straßen Richtung Uniklinik.

Der zweite Polizeibeamte war ein väterlicher Typ mit kurzen grauen Haaren unter seiner Mütze. Er saß am Steuer und warf mir im Rückspiegel einen Blick zu. »Gib Herrn Simons mal 'nen Kaffee, Junior.«

Der Junge griff folgsam unter seinen Sitz und förderte eine Thermoskanne zu Tage. Er schraubte den Deckel umständlich ab und reichte mir schließlich einen dampfenden Becher.

»Danke. Was ist passiert?«

Der Ältere hob die Schultern. »Die alte Geschichte. Sternhagelvoll über die Leitplanke und die Böschung runter. Manche werden einfach nie klüger ...«

Ich war fassungslos. Das konnte unmöglich wahr sein.

Wenn ich fahre, trinke ich keinen Tropfen.

Ich hatte das noch genau im Ohr.

Irgendwas konnte nicht stimmen. Irgendwas war falsch. Sie hielten an einer kleinen Seitenpforte irgendwo in dem unübersichtlichen Gewirr aus hellen Backsteinbauten im älteren Teil der Kliniken und führten mich durch eine menschenleere Halle, eine Treppe hinunter und einen neonbeleuchteten Gang entlang.

Unsere Schritte hallten auf den Steinfliesen. Am Ende des Ganges kamen wir in einen kleinen Raum, der aussah wie ein Behandlungszimmer beim Arzt. Drei Männer waren da, einer in einem weißen Kittel.

Einer der beiden anderen kam auf mich zu. »Herr Simons?«

Ich nickte. Er gab mir die Hand. »Kommissar Reuther. Das sind mein Kollege Färber und Dr. Hiltmann.«

Sie nickten mir zu, und ich nickte zurück.

Reuther sah mich kurz von oben bis unten an, eine schlechte Angewohnheit, die so viele Polizisten haben, und hob dann kurz die Schultern.

»Der Mann wurde gegen Mitternacht mit einer schweren Schädelfraktur eingeliefert. Er war offenbar nicht angeschnallt. Er starb auf dem Weg zum OP. Können wir?«

»Sicher.«

Er wies einladend auf eine Tür zur Rechten. Der Typ im Kittel ging voraus. Es war ein großer, kühler Kellerraum mit langen Reihen von Kühlschranktüren entlang den Wänden, vom Boden bis zur Decke. Ich sah mich ungläubig um. Ich hatte irgendwie nicht geglaubt, daß eine Leichenhalle in Wirklichkeit genauso aussieht wie die in einem Fernsehkrimi.

Van Relger war noch nicht in einem dieser Löcher.

Er lag auf einer Bahre mit Rollen, bis zum Kinn mit einer dünnen weißen Decke zugedeckt. Sah gar nicht mal so schlimm aus.

Vermutlich hatten Sie ihm das Blut abgewaschen. Auf seinem Kopf war eine weiße Stoffhaube, die wohl den eigentlichen Schaden verdeckte. Auf seiner Stirn waren Kratzer.

Ansonsten hätte man denken können, er schlafe. Abgesehen vielleicht von der komischen Blässe unter seiner Sonnenbräune.

»Und?« fragte Reuther.

Ich nickte. »Ja. Das ist van Relger.«

»Na bitte.« Er schien sehr zufrieden und lächelte mich an. »Ist Ihnen schlecht?«

»Nein.« Ich hatte mit Schlimmerem gerechnet. Trotzdem war ich erleichtert, als wir den Kühlraum verließen.

Draußen wiesen sie mir einen Stuhl an, und ich setzte mich. Sie flüsterten leise miteinander und beugten sich über irgendwelche Papiere.

Dann fiel mir etwas ein. »Wie sind Sie auf mich gekommen?«

Reuthers stummer Schatten reichte mir einen Umschlag. Ich nahm ihn. Er war an mich adressiert, in derselben feinen Handschrift, in der die Fotos beschriftet gewesen waren.

»In seiner Brieftasche war eine Karte vom Ramada. Als wir dort anriefen, sagte der Nachtportier, er habe einen Brief, den van Relger ihm gegeben habe, bevor er wegging. Er sollte dafür sorgen, daß Sie ihn bekommen.«

Ich brannte darauf, ihn zu lesen. Aber vermutlich besser, wenn ich das in Ruhe tat. Wenn ich allein war.

»Mit was für einem Wagen ist das denn überhaupt passiert?« Er hatte mir gesagt, er hätte keinen gemietet, weil er sich an den Rechtsverkehr nicht gewöhnen könnte.

»Ein brandneuer Golf. Schade drum. Ein Mietwagen. Na ja, die sind ja gut versichert, haha. Die Rezeption im Ramada hatte ihn auf van Relgers Anweisung besorgt. Mitten in der Nacht. Tja, in wirklich erstklassigen Hotels hat der Service eben keine Grenzen. Woher kannten Sie van Relger eigentlich?«

Ich sah von dem Umschlag auf und sammelte mich. »Er war der Anwalt meines Vaters.«

»Aber er war doch Ausländer?«

»Mein Vater lebt in Südafrika.«

»Und er war hierhergekommen, um etwas mit Ihnen zu regeln?«

»Könnte man sagen, ja.«

»Was?«

»Erbschaftsangelegenheiten.«

»Ah. Verstehe. Na ja. Schlimme Sache.«

»Kann ich jetzt gehen?«

»Ja, sicher. Vielen Dank für Ihre Hilfe, Herr Simons. Wir werden Sie in den nächsten Tagen anrufen, Sie müssen ein Protokoll unterschreiben. Die Kollegen bringen Sie wieder nach Hause.«

Ich nickte und ging zur Tür. »Wer wird seine Familie benachrichtigen?«

Reuther zuckte mit den Schultern. »Das regeln die Botschaften wohl irgendwie untereinander. Machen Sie sich darum keine Sorgen. Gute Nacht, Herr Simons. Und noch ein schönes Wochenende.«

Dasselbe ungleiche Paar brachte mich zurück nach Anrath. Es wurde schon hell. Ich fand Stella im Wohnzimmer. Sie war auf dem Sofa eingeschlafen. Ich holte eine Decke, deckte sie zu und ließ sie schlafen.

Mit van Relgers Brief in der Hand setzte ich mich an den Tisch und sah ihn eine Weile unentschlossen an. Dann riß ich den Umschlag auf.

Mein lieber Hendrik,

vielleicht hätte ich Ihnen besser gesagt, daß ich, seit ich in Deutschland bin, selbst Nachforschungen über Terheugen angestellt habe. Ich habe es Ihnen nicht erzählt, weil es Sie vermutlich verärgert hätte, und das Risiko wollte ich natürlich nicht eingehen.

Jedenfalls hat Terheugen mich heute abend hier im Hotel angerufen und mir gedroht. Er ist mir auf die Schliche gekommen, offenbar habe ich an der falschen Stelle nachgeforscht. Ich sehe mich gezwungen, noch heute abend das Land zu verlassen. Ich denke, es ist das klügste, Terheugens Drohung nicht in den Wind zu schlagen. Sobald ich zu Hause bin, werde ich Sie anrufen.

Sollte ich aus irgendeinem Grunde nicht heil zu Hause ankommen, lasse ich Sie auf diesem Wege wissen, daß einer der Schlüssel zur Lösung unseres Rätsels die Mermora-Handels-GmbH in Geldern zu sein scheint. Von dort aus werden sehr merkwürdige internationale Geschäfte betrieben. Terheugen scheint einer der Eigentümer der Firma zu sein.

Bitte lösen Sie das Rätsel, Hendrik. Ich habe mich vergewissert, daß Terheugen Sie nicht kennt und nichts von Ihrer Existenz weiß. Sie dürften eine Chance haben.

Es war mir eine große Freude, Sie kennenzulernen. Wie Sie sich denken können, waren Sie eine Überraschung für mich. Ich fürchte, Ihr Vater ist ein Dummkopf. Ich hoffe, Sie bald wiederzusehen.

In Freundschaft
Ihr Rasmus van Relger

Ich las den Brief noch mal, und eine Menge Dinge gingen mir durch den Kopf. Ich dachte an van Relgers Grundsatz über Alkohol am Steuer. Ich dachte über Terheugen nach. Ich dachte an meinen Vater, an van Relger junior in Johannesburg, an die Mermora-Handels-GmbH, an meine Schwester Lisa. Ich verfluchte den Tag, an dem van Relger in mein Büro gekommen war, und es beunruhigte mich, daß ich um ihn trauerte. Nach einer Weile stand ich auf, schlich leise an Stella vorbei in die Küche, nahm mir das Telefon, rief die Uniklinik an und ließ mich mit Dr. Hiltmann von der Pathologie verbinden. Ich sagte ihm, mein Name sei Ackermann, und ich schriebe für den Lokalteil der Rheinischen Post. Ob's was Neues gäbe.

Er war ein bißchen verwirrt. »Was ist mit Ihrem Kollegen, der sonst immer anruft, der Herr ...«

»Krank. Grippe. Ich bin neu. Stimmt es, daß heute nacht ein Anwalt aus Südafrika tödlich verunglückt ist?«

»Ja. Woher wissen Sie ...«

»Polizeifunk natürlich. Wär's möglich, daß es kein Unfall war?«

»Das halte ich für ausgeschlossen. Ihr Reporter wollt aus jedem Schlaganfall ein mysteriöses Verbrechen machen.«

»Wurde ein Alkoholtest gemacht?«

»Sicher. Zwei Komma acht.«

Gütiger Himmel. »Besteht die Möglichkeit, jemandem soviel Alkohol gegen seinen Willen zu verabreichen? Rein hypothetisch, meine ich.«

»Natürlich. Sie schlagen ihn k.o. und stopfen ihm

einen Schlauch die Kehle runter. Da können Sie dann reinschütten, was Sie wollen. Oder wenn Ihnen das nicht schnell genug geht, können Sie den Alkohol auch injizieren. Intravenös, verstehen Sie?«

Ich verstand. Ich bedankte mich und legte auf.

Eine Weile saß ich einfach nur da und wog alles ab, was ich erfahren hatte. Dann raffte ich mich unwillig zu einem Entschluß auf, nahm mir was zu schreiben und setzte mich wieder an den Küchentisch.

Es dauerte lange, bis ich es über mich brachte anzufangen. Dieses Mal fand ich es viel schwerer, weil ich viel nüchterner war. Dann riß ich mich zusammen und schrieb Ort und Datum. Eine Anrede ersparte ich ihm und mir.

Heute nacht ist van Relger gestorben. Es sah aus wie ein Autounfall, aber ich bin sicher, daß Terheugen dahinter steckt. Sag du es seiner Familie, bevor sie es durch irgendein amtliches Schreiben erfahren.

Ich werde tun, worum van Relger mich gebeten hat.

Ich war für einen Augenblick versucht, dazuzuschreiben, daß ich es nicht für ihn tat. Aber ich ließ es sein. Ich wußte inzwischen, daß man sich mit so was nur schadet. Es gibt zuviel preis. Ich schrieb nur noch meinen Namen darunter und adressierte den Umschlag an meinen Vater, mit der altbekannten Anschrift, die mir so vertraut und gleichzeitig so unendlich fremd war. Dann rief ich den Kurierdienst an, mit dem ich geschäftlich zusammenarbeitete und von dem ich wußte, daß man dort das Unmögliche für mich möglich machen würde. Sie sagten mir zu, daß die Sendung innerhalb der nächsten Stunde abgeholt und in weniger als vierundzwanzig Stunden am Ziel eintreffen würde. Ich hoffte, das war schnell genug, um die Behörden zu schlagen. Mehr konnte ich nicht tun. Telefon kam nicht in Frage.

Als das Mädchen vom Kurierdienst klingelte, schien schon die Sonne. Das Klingeln weckte Stella schon wieder auf.

Verschlafen setzte sie sich auf und rieb sich die Augen. »Verdammt, bin ich etwa eingeschlafen?«

»Macht doch nichts.«

Sie sah mich an. »Geht's dir gut? War's sehr schrecklich?«

Ich lächelte sie an. Sie sah wirklich schön aus, wenn sie aufwachte, nicht verquollen und verknittert. »Mit mir ist alles in Ordnung.«

Sie nickte, stand auf und ging ins Bad. Als sie zurückkam, trug sie immer noch meiner Bademantel. Wir setzten uns in die Küche, die Sonne schien durchs Fenster und wärmte uns den Rücken.

»Wirst du mir sagen, wer der Mann war?«

»Er war ein Rechtsanwalt. Er kam aus Südafrika.«

»Und was hattest du mit ihm zu tun?«

»Er war der Anwalt meines Vaters.«

Sie machte große Augen. »Lebt deine Familie in Südafrika?«

Was für ein unpassendes Wort, *Familie*. Ich nickte trotzdem. »Ich bin da geboren und aufgewachsen.«

Sie war sprachlos. Ungefähr fünf Sekunden. »Aber ... du hast überhaupt keinen Akzent!«

Ich grinste.

Die meisten Leute wissen so schrecklich wenig über Südafrika. »Nein. Stimmt. Deutsch ist meine Muttersprache. Ich habe beide Staatsbürgerschaften. Meine Eltern kamen aus dem Ruhrgebiet. Sie sind ausgewandert. Ich ging auf eine deutsche Schule. Bis ich zwölf war, konnte ich nicht besonders gut Englisch und fast überhaupt kein Afrikaans.«

»*Afrikaansi*«

»Himmel, bist du ungebildet. Afrikaans. Die zweite Landessprache. Ein niederländischer Dialekt. Von den Buren.«

»Aha. Sehr interessant. Und dann? Hast du die Schule gewechselt?«

Ich grinste.

»Könnte man sagen, ja. Als ich so ungefähr achtzehn war, bin ich dann ausgewandert. Hierher.«

Sie stöhnte. »Du mußt verrückt sein! Aus einem riesigen, paradiesischen Land mit ewiger Sonne wegzugehen, um in einem alten Bauernhaus in Anrath zu hausen, also, ich weiß nicht.«

»Tja.« Was sollte ich sagen.

»Und was wollte nun dieser Anwalt?«

Ich erzählte ihr von der Goldmine, der Aktiengesellschaft, Terheugen, Terre Blanche und von der süßen blonden Lisa. Und ich wußte nicht, ob ich nicht einen Fehler machte.

Sie staunte nicht schlecht. »Mann, was für eine wilde Geschichte. Also ehrlich, deine Schwester ... nimm's mir nicht übel, aber es kommt mir so vor, als wäre sie ein ziemliches Gänschen, oder? Ich meine, warum übt sie ihr Stimmrecht nicht selber aus? Wozu braucht sie diesen Typen? Sind alle Mädchen in Südafrika so unselbständig?«

»Nein. Nur die, die einen Vater wie meinen haben.«
»Wie alt ist sie denn eigentlich?«

Gute Frage. Ich rechnete kurz. »Zwanzig. So mehr oder weniger.«

Sie sah mich mißbilligend an. »Du solltest schon wissen, wie alt deine Schwester ist, oder?«

»Äh ... na ja ...«

»Ich verstehe das irgendwie nicht. Wenn sie schon so dämlich ist, warum fährst du nicht hin und wäschst ihr den Kopf? Ich dachte immer, große Brüder hätten Einfluß auf ihre Schwestern ... was gibt's denn da zu lachen?«

Ich weiß auch nicht, vermutlich lag es daran, daß ich so müde und ziemlich angespannt war. Aber ich fand es schwierig, wieder aufzuhören. Ich biß die Zähne zusammen und gluckste hilflos vor mich hin. Die Vorstellung war einfach zu komisch. Oder grotesk.

»Hendrik, was zum Teufel ist los mit dir? Bist du betrunken?«

»Nein.« Ich beruhigte mich endlich wieder. »Nein, ich bin nicht betrunken. Entschuldige. Es ist nur ... na ja ... ich habe meine Schwester noch nie im Leben gesehen. Vermutlich weiß sie überhaupt nicht, daß es mich gibt.«

»*Was?*«

Ich zögerte nur einen Moment. Aber eigentlich

war's leicht, es ihr zu erzählen. Obwohl ich noch nie jemandem davon erzählt hatte, war's plötzlich ganz einfach. Ich beschränkte mich allerdings auf die Tatsachen, die dramatischen Einzelheiten sparte ich mir.

Als ich fertig war, sah ich sie an, und ich war erleichtert, daß sie nicht entsetzt war. Sie saugte an ihrer Lippe und schüttelte leicht den Kopf. »Jetzt wird mir so einiges klar.«

»Was meinst du?«

Sie lächelte.

»Zerbrich dir nicht den Kopf. Egal. Das ist ... wirklich eine verrückte Sache.«

»Hm.«

»Dein Vater ist ein richtiges Arschloch, was?«

»Denk' schon, ja.«

»Und trotzdem willst du für ihn die Kartoffeln aus dem Feuer holen?«

»Nein. Für ihn ganz sicher nicht.«

»Für wen denn?«

Gute Frage. Ich wußte es selbst nicht so genau. »Wenn ich es rausfinde, wirst du es als erste erfahren.«

6

Montag gab's einen netten, kleinen Börsencrash, weil irgendein Computer an der Tokioter Börse vermutlich mal wieder Verdauungsbeschwerden gehabt hatte und somit die internationale Finanzwelt kurzfristig ins Chaos stürzte. Von der Vorbörse an der Wall Street kamen nur noch Notsignale. So was passierte in letzter Zeit schon mal öfter.

Weil die Sonne von Osten nach Westen wandert, ist es nun mal so, daß die Börsenzeit in Tokio schon lange zu Ende ist, wenn bei uns die Wecker klingeln, und in New York läuten sie die Börse ein, wenn wir so langsam an Feierabend denken. Also sind die Japaner immer die ersten, und was bei ihnen passiert, beeinflußt den Börsentag überall auf der Welt. Unvorstellbare Mengen an Abschlüssen werden alltäglich in Tokio getätigt, allein in Aktien der Deutschen Bank, zum Beispiel, wird dort täglich ungefähr das Fünf- bis Zehnfache der tatsächlich vorhandenen Anzahl an Aktien umgesetzt. Der Computer macht's möglich.

Angenommen, durch einen simplen Eingabefehler ordert jemand in Tokio eine zu große Menge an Deutsche-Bank-Aktien, stellt seinen Fehler dann fest und muß versuchen, wieder loszuwerden, was er nicht braucht. Der Kurs gerät unter Druck. Das hochsensible, weltweite Informationsnetz leitet diese Information weiter, so daß bei uns der Kurs der Aktie schon in der Vorbörse abbröckelt. Wie durch ein Seebeben wird eine Wellenbewegung ausgelöst, der Tag steht unter einem schlechten Vorzeichen, wir kriegen eine miserable Börse, als sei der Himmel plötzlich eingestürzt, und kein Mensch weiß, warum.

Irgend etwas dieser Art hatte sich an diesem Montag vermutlich ereignet, und ich wunderte mich nicht zum ersten Mal darüber, daß immer noch so viele Leute auf diese Panikwellen reinfielen, die in den Eingeweiden irgendeines Mikrochips entstanden waren. In aller Seelenruhe deckte ich mich reichlich ein mit guten soliden Standardwerten und einer breitgestreuten Auswahl deutscher und internationaler Optionsscheine, die ich aus den Panikverkäufen zu traumhaften Schleuderpreisen erwarb. Meine Kunden, die zum Glück bessere Nerven hatten als der Durchschnittsanleger, würden entzückt sein, ihre Bestände zu so moderaten Einstiegskursen aufzustocken.

Von der Börse fuhr ich ins Büro. Um drei hatte ich alles plaziert, was ich am Vormittag gekauft hatte. Ich befragte meinen Computer und stellte fest, daß ich an diesem Morgen mehr verdient hatte als im ganzen Vormonat, und ich beschloß, Feierabend zu machen. Ich stahl mich an Stellas Bürotür vorbei zum Lift, fuhr hinunter in die Tiefgarage und machte mich auf den Heimweg.

Den ganzen Sonntag hatte ich mir den Kopf darüber zerbrochen, wie ich es anstellen sollte, an Terheugen heranzukommen. Ich kam einfach zu keiner befriedigenden Lösung. Ich wartete auf eine Eingebung, und ich wartete vergebens.

Es war übers Wochenende richtig heiß geworden, und wollte man dem Wetterbericht glauben, war keine Abkühlung in Sicht. Die Leute auf der Kö in ihren feinen Zweireihern hatten rote Köpfe, und die Straßencafés quollen über. Eisverkäufer hatten Hochkonjunktur. Alle sahen so aus, als hätten sie den Sommer schon satt, bevor er eigentlich angefangen hatte. Allen war zu warm. Mir nicht. Ich genoß die Sonne, hatte so viel Zeit wie nur möglich in meinem Garten verbracht und war, weil ich dazu neige, schon einigermaßen braun. Winter und Winterblässe sind mir verhaßt, ich werde mich nie richtig dran gewöhnen.

Ich kurbelte die Scheibe runter und erfreute mich an den Fata Morganas auf dem Asphalt vor mir. Im Radio sang Marius, daß er zurück auf die Straße wolle, und ich grinste vor mich hin, dachte, du weißt ja nicht, wovon du redest, Junge, und legte eine Kassette mit erträglicherer Musik ein.

Es war ein herrlicher Tag, um einfach nur so in der Gegend rumzufahren, und das brachte mich auf eine Idee. Ich hielt nur kurz zu Hause an, um die Büromontur mit Jeans zu vertauschen und einen Blick auf die Straßenkarte zu werfen. Dann fuhr ich nach Verndahl.

Van Relger hatte recht gehabt. Es war nicht sehr weit. Ich nahm die Autobahn nach Mönchengladbach und von da aus Richtung Venlo, fuhr die letzte Ausfahrt vor der Grenze ab, dann noch ein Stück nach

Norden, und kurz hinter Straelen fand sich ein Schild, *Verndahl, 1 km.*

Ich stellte den Wagen auf einem Spaziergängerparkplatz in einem Wald ab und machte mich zu Fuß auf den Weg. Ich ging ohne Eile die Straße entlang, es war kaum Verkehr. Ich steckte die Hände in die Hosentaschen, pfiff ein bißchen vor mich hin und dachte darüber nach, daß Geldern und damit die Mermora-Handels-GmbH vermutlich kaum zwanzig Kilometer von hier entfernt waren.

Ein vorbeidonnernder Lastzug riß mich unsanft aus meinen Betrachtungen und hüllte mich von Kopf bis Fuß in feinen, hellbraunen Staub. Ich hustete ein bißchen und sah an mir runter. Phantastisch. Alles reif für die Waschmaschine. Ich zuckte mit den Schultern und setzte meinen Weg fort. Als ich schließlich nach Verndahl kam, fand ich ein verträumtes, malerisches Nest mit alten Bauernhäusern entlang einer gewundenen Dorfstraße, Tore standen offen und gaben den Blick frei auf ordentliche Höfe, die nach Wohlstand aussahen. Blumenkästen hingen an den Fenstern, voller Geranien in allen denkbaren und undenkbaren Farben. Ich dachte darüber nach, warum die Leute bei der schier unendlichen Auswahl an wundervollen Blumen ausgerechnet immer wieder bei Geranien ankamen. Ich war überhaupt kein Geranien-Fan. In meinem Garten gab's keine einzige. Aber es war einer von diesen seltenen Tagen, an denen die Sonne eine so außergewöhnliche Magie hat und einen mit solcher Harmonie erfüllt, daß man sogar den Phantasielosen ihre Geranien verzeihen kann. Ich genoß die Stille;

nur in der Ferne hörte man einen Trecker auf dem Feld, im Ort selbst herrschte behäbiger Nachmittagsfriede.

Ich wollte niemanden nach dem Weg fragen, weil ich vermeiden wollte, daß sich später jemand an einen Fremden erinnerte, der sich nach Terheugen erkundigt hatte. Also machte ich meine Forschungsreise durch Verndahl gründlich und bog in jede Seitenstraße ab, die sich fand. So groß war das Kaff ja nicht. Und schließlich wurde meine Mühe auch belohnt. Nur ein paar Meter vor dem Ortsausgangsschild an der anderen Dorfseite hing ein handgemaltes Schild an einem Baum. *Gut Verndahl* stand drauf, und ein Pfeil zeigte nach rechts in einen Feldweg. Van Relger hatte was von einem Gutsbesitz gesagt. Außerhalb des Ortes. Groß genug für Kundgebungen nach Nürnberger Vorbild. Ich beschloß, es mit dem Schild zu versuchen.

Nach ungefähr zwei Kilometern machte der Feldweg eine Biegung nach rechts und tauchte in einen Wald ein. Vielleicht eine Viertelstunde lief ich im Schatten alter Bäume, und als ich wieder herauskam, stand ich an einem sehr hohen, schmiedeeisernen Tor, das in wuchtigen, kunstvoll gemauerten Steinsäulen verankert war und einfach so in der Landschaft herumstand. Es gab keinen Zaun. Die beiden Torflügel standen offen, der Weg führte hindurch und wurde jenseits des Tores zu einer schmalen, asphaltierten Straße. Sie führte einen für die Gegend bemerkenswert steilen Hügel hinauf, der sich wie eine Bodenfalte zu beiden Seiten weit hinstreckte und den Blick auf alles, was dahinter liegen mochte, verbarg. Der Hügel war mit exzellent gepflegtem Rasen bedeckt, jedes Gänseblümchen, jedes Kleeblatt war mit preußischer Gründlichkeit ausgemerzt worden. Ich hatte das Gefühl, als sei ich hier richtig.

Ich unterzog die steinernen Torpfosten einer genaueren Inspektion und fand an der Innenseite der rechten Säule ein Messingschild. *Terheugen.* In gotischer Schrift.

Eine Klingel oder irgendwas Derartiges fand sich nicht. Mit einem Schulterzucken trat ich durch das Tor.

Ohne einen bestimmten Grund wandte ich mich nach rechts, betrat unter leisen Schuldgefühlen den makellosen Rasen und ging langsam den Hügel hinauf. Oben angekommen, hatte ich freien Blick auf ein herrschaftliches Haus aus sehr hellem Sandstein, schätzungsweise frühes achtzehntes Jahrhundert. Es lag in einer großzügigen, exquisit gestalteten Parkanlage, mit großen Rasenflächen wie die, auf der ich stand, Gruppen von alten Bäumen und blühenden Büschen und großen Beeten, in denen die ersten Rosen schon aufgegangen waren. Weiter hinten, wo das Gelände wieder abfiel, standen eine Scheune und langgestreckte Gebäude wie Viehställe, zweifellos der zum Gut gehörende Landwirtschaftsbetrieb. Das Ganze war riesig. Ich war beeindruckt. Es gab keine Einfriedung, und so war schwer zu sagen, wo der Besitz endete, ob beispielsweise das weite umliegende Waldgelände noch dazu gehörte oder nicht. Aber ich kam auf jeden Fall zu dem Schluß, daß Terheugen reicher sein mußte, als ich gedacht hatte.

Unentschlossen stand ich mitten in dieser Pracht und überlegte mir, daß es vermutlich das Klügste war, wieder zu verschwinden, nach Hause zu fahren und diskrete Erkundigungen über die Mermora-Handels-GmbH einzuziehen. Aber es fiel mir schwer, mich von dem Anblick loszureißen.

Ich hatte noch nie einen solchen Garten gesehen. Da waren Bäume und Büsche, die mir völlig fremd waren, und ich hatte immer gedacht, ich wisse eine ganze Menge über Pflanzen. Aber da gab es zum Beispiel eine niedrige Hecke, die eins der Beete umsäumte, die war über und über mit kleinen, zartorangen Blüten bedeckt, ganz filigran, sie wirkten irgendwie asiatisch. Ich fühlte mich magisch angezogen. Ich sah mich vorsichtig um, weit und breit kein Mensch zu sehen. Und das Haus war mindestens zweihundert Meter entfernt. Konnte vermutlich nicht schaden, wenn ich einen kurzen Blick drauf warf, vielleicht würde ich sie erkennen, wenn ich sie aus der Nähe sah. Ich dachte mir nichts dabei. Ich hatte fast vergessen, weswegen ich gekommen war.

Unbekümmert streifte ich durch den Park, sah mir dies und jenes an, nahm hier und da ein Blatt behutsam zwischen zwei Finger, um zu wissen, wie es sich anfühlte, und zog in Erwägung, mir von der Hecke mit den orangenen Blüten einen winzigen Zweig abzumachen und zu versuchen, einen Ableger zu ziehen. Während ich mich noch unentschlossen darüberbeugte, legte sich plötzlich unfreundlich eine Hand auf meine Schulter, wirbelte mich herum, und bevor ich wußte, was überhaupt los war, traf mich eine wahre

Hammerfaust am Mundwinkel, und ich segelte ins Gras.

»Was hast du hier verloren, he?« polterte eine Baßstimme.

Ich schüttelte kurz meinen summenden Kopf, stützte mich auf einen Ellenbogen und sah nach oben. Ich sah nur eine Silhouette vor der schrägen Sonne. Eine sehr, sehr große Silhouette.

»Na los, sag schon! Was suchst du hier, he?«

Ich schmeckte Blut, fuhr mit der Zunge meine Zähne entlang und war hocherfreut, keine Lücken und auch keine scharfen Kanten zu finden.

Laß dir was einfallen, dachte ich mir. »Ich ...«

»Ja? Ich bin ganz Ohr.«

Ich kam mir ziemlich dämlich vor, so am Boden und nicht zu sehen, mit wem ich redete. Also stand ich auf. Vor mir stand ein großer, bulliger Typ in den Fünfzigern, er trug eine alte Kordhose und ein ausgeblichenes Hemd undefinierbarer Farbe. In einer seiner massigen Hände hielt er eine Rosenschere. Seine Augen standen zu eng zusammen und sahen mich unfreundlich an. »Mach das Maul auf, Junge. Ich frag' nicht noch mal!«

»Ich such' Arbeit.«

Es war das erste, was mir einfiel, und es schien eine unverfängliche Antwort zu sein. Ich dachte, sie würde mich ohne weitere Komplikationen und vor allem ohne Aufsehen zurück auf die Straße befördern. Aber ich irrte mich.

Das finstere Gesicht hellte sich augenblicklich auf. »Arbeit, he? Ach, so ist das. Was kannst du denn?«

Ich starrte ihn verdutzt an. Damit hatte ich nun wirklich nicht gerechnet.

»Was du kannst, hab' ich gefragt! Bist du taub?«

»Nur ein bißchen schwerhörig.«

Es sollte eine bissige Antwort sein, damit er einen Grund hatte, mich zum Teufel zu jagen, aber Sarkasmus lag außerhalb der Reichweite seines Verstandes.

Er lächelte mitfühlend. »Armer Kerl«, brüllte er. »Aber macht ja weiter nichts! Verstehst du ein bißchen was von Gartenarbeit?«

Langsam wurde die Sache so grotesk, daß sie etwas Unwiderstehliches bekam. Ich nickte wahrheitsgemäß.

Er strahlte.

»Gut! Wir kommen hier nämlich um vor Arbeit, bei dem Wetter fängt ja alles gleichzeitig an zu blühen! Und wir haben in ein paar Wochen ein großes Sommerfest, da muß alles tiptop sein! Verstehst du?«

Sein Gebrüll tat mir in den Ohren weh. Ich biß die Zähne zusammen, rang um ein ernstes Gesicht und nickte wieder.

»Wie heißt du denn, Junge?«

»Si... Simon.«

»So! Simon! Der Allerneuste bist du nicht grad, was?«

Ich schüttelte enthusiastisch den Kopf.

»Na ja, was soll's! Die Klügsten sind nicht immer die Fleißigsten! Ich könnt's ja mal mit dir versuchen!«

Plötzlich kam mir eine verwegene Idee. Ich ignorierte die Stimme der Vernunft, die in meinem Kopf auf die Barrikaden ging, und traf eine blitzschnelle Entscheidung. Ganz sicher nicht die erste Dummheit in meinem Leben. Aber eine der schlimmsten.

»Wann kannste denn anfangen, he?«

Ich zuckte mit den Schultern. »Gleich.«

Er ließ seinen Blick über meine Erscheinung gleiten und nickte mit einem häßlichen Grinsen. »Du bist ein Rumtreiber, was?«

Ich versuchte, mich mit seinen Augen zu sehen. Uralte Jeans, formloses, ehemals schwarzes T-Shirt, Espandrillas für drei Mark fünfzig, die schon zu viele Sommer gesehen hatten.

Von oben bis unten dreckig nach dem Staubbad an der Straße. Ich machte ein beschämtes Gesicht und nickte.

»Na ja, mir soll's egal sein! Hast du denn gar keine Klamotten? Keinen Rucksack oder so was?«

»Am Bahnhof. In ... Geldern.«

Er nickte verächtlich, zog die Nase hoch und spuckte aus. Ich bekam eine Gänsehaut.

»Also schön, Simon! Geh zurück ins Dorf, heut abend fährt noch ein Bus nach Geldern! Morgen früh kommst du zurück und fängst an! Verstanden?«

Ich nickte. Und überlegte, daß ich mir Oropax besorgen sollte.

»Hast du eine Steuerkarte?«

Ich lächelte dümmlich und schüttelte den Kopf.

Er seufzte. »Nein, dumme Frage.« Und dann, wieder in Megaphonlautstärke: »Macht nichts! Du kriegst deinen Lohn bar!«

»Wieviel?«

»Vierzig Mark am Tag! Macht zweihundertvierzig

die Woche bei sechs Tagen, und du kannst hier auf dem Hof wohnen!«

Gütiger Himmel, dachte ich, gibt es in diesem Land irgendwen, der für das Geld arbeitet?

»Hast du gehört, Junge?«

Ich strahlte ihn an und nickte. »Zweihundertvierzig die Woche, und ich darf hier wohnen.«

Er grinste häßlich. »Genau. Hier gibt's noch ein paar Vögel wie dich, da kommt's auf einen mehr auch nicht an! Verstanden?«

»Ja.«

»Gut! Lauf jetzt, sonst kriegst du den Bus nicht mehr!«

Ich nickte, lächelte, sagte danke und verschwand.

Stella war ein bißchen außer sich. »Um Himmels willen, Hendrik, das kann nicht dein Ernst sein!«

Ich kämpfte immer noch gegen unangebrachte Heiterkeit, klemmte mir das Telefon zwischen Schulter und Ohr und unterzog meinen Kleiderschrank einer Inspektion. »Tja, ich weiß auch nicht. Nichts spricht dagegen, mich da einfach nicht mehr blicken zu lassen, aber dann denke ich andererseits, es könnte die beste Chance sein.«

»Was für eine Chance soll denn das sein? Was kannst du gewinnen, wenn du auf seinem Anwesen als Hilfsgärtner arbeitest?«

»Als beschränkter, schwerhöriger Hilfsgärtner.«

»Ich glaub's einfach nicht. Und wenn er dich erkennt?«

»Ausgeschlossen. Ich habe überhaupt keine Ähnlichkeit mit meinem Vater und meiner Schwester.« Zum Glück.

»Hendrik, du verschwendest deine Zeit.«

»Wenn es so ist, kann ich jederzeit damit aufhören. Ich will es ja nur ein, zwei Tage versuchen. Vielleicht krieg' ich ja die Möglichkeit, an ihn heranzukommen, in sein Haus zu gelangen, in sein Arbeitszimmer, was weiß ich. Ich denke, es ist eine Chance, weil er keine Ahnung hat, daß eine ... eine Laus in seinem Pelz sitzt, sozusagen.«

»Sozusagen. Ich halte es für Schwachsinn, und es könnte gefährlich sein. Und was wird mit deinem Geschäft?«

»Darum wirst du dich kümmern.«

»Sag mal, du ...«

»Es ist doch nur für ein paar Tage. Haben wir doch letztes Jahr für die Urlaubsvertretung auch so gemacht. Hat doch wunderbar geklappt, oder etwa nicht?«

»Ja. Schon. Aber ...« Ich machte sie mit ein paar Interna vertraut, erklärte ihr, wie sie meinen Anrufbeantworter im Büro besprechen sollte, wo mein Postfachschlüssel lag und all diese Sachen.

»Und du kannst noch was für mich tun.«

»Phantastisch. Bin ich die Heilsarmee, oder was?«

»Ach, komm schon. Nur 'ne Kleinigkeit.«

»Und zwar?«

»Mermora-Handels-GmbH. In Geldern. Sieh zu, was du darüber rausfinden kannst.«

»Schön.«

»Aber ganz diskret.«

»Ja, ja. Van Relger, ich weiß. Aber ob du's glaubst oder nicht, ich hab' auch ein paar gute Quellen.«

»Darauf wette ich. Hör mal, hast du nicht 'nen alten Rucksack oder irgendwas in der Art?«

»Nein. Tut mir leid. Wie wär's mit 'ner Plastiktüte?«

»Ja. Phantastisch. Ich muß Schluß machen, Stella. Ich meld' mich, sobald es geht. Paß auf dich auf, okay?«

»Ha. Paß du lieber auf dich auf.«

Wir legten auf, und ich widmete mich wieder meinem Kleiderschrank. Ich glaubte nicht, daß ich viel brauchen würde. Sollte ja wirklich nur für ein paar Tage sein. Meine Gartenmontur schien mir genau das Richtige. Ich stopfte ein bißchen Wäsche, ein Paar alte Jeans, ein paar ausrangierte T-Shirts und eine löchrige Strickjacke in einen grauen Baumwollsack, mit dem ich für gewöhnlich im Winter die Dahlienknollen zudeckte.

Sehr bewußt genoß ich an diesem Abend den Luxus, der mir so selbstverständlich geworden war. Ich machte Feuer im Kamin, obwohl es nicht kalt war, hörte die Wassermusik in Quadrophonie, ließ mir ein phantastisches indonesisches Essen kommen, aß bei Kerzenlicht, trank zwei Gläser vorzüglichen Rotwein dazu und danach einen Espresso und einen Cognac. Ich ging früh schlafen, bettete mich zwischen herrlich kühle, frische Laken auf verschwenderischen zwei mal zwei Metern und schlief zum ersten Mal seit Tagen tief und friedvoll.

Am nächsten Morgen rasierte ich mich nicht und

stieg unter heftigem Widerwillen in die Klamotten vom Vortag. Ich vergewisserte mich, daß ein Film in der Baby-Kamera war, ein winziges japanisches Wunder, kleiner als eine Zigarettenschachtel, steckte sie in die Hosentasche und schnappte mir meinen Kleiderbeutel. Sonst nahm ich nichts mit. Ich fuhr mit dem Wagen nach Straelen und suchte mir ein unauffälliges, aber ziemlich feines Hotel. Dem entsetzten Mädchen am Empfang erklärte ich, ich sei ein Geschäftsmann aus Düsseldorf und würde in einer landwirtschaftlichen Kommune in der Nähe an einem einwöchigen Seminar zur Besinnung auf die einfachen Werte des Lebens teilnehmen und brauchte hier ein Domizil, falls ich zwischendurch mal heimlich eine Pause von den einfachen Werten einlegen müßte. Ich zahlte für eine Woche im voraus. Sie war zufrieden und überreichte mir mit einem ungläubigen Kopfschütteln einen Schlüssel. Ich bedankte mich, ging nach oben und sah mir das Zimmer kurz an. Es hatte ein Telefon, wie sie gesagt hatte, und das war alles, was ich wollte. Ich hatte keineswegs die Absicht, mich hierher zu flüchten, wenn mir die Sache zu unbequem wurde. Ich wollte lediglich einen Ort, um in Ruhe telefonieren zu können, und einen sicheren Platz für meinen Wagen.

Ich fuhr ihn in den Innenhof des Hotels, ließ den Schlüssel an der Rezeption und machte mich zu Fuß auf nach Verndahl.

Kurz vor acht trat ich zum zweiten Mal durch das schmiedeeiserne Tor. Ich hielt kurz an, um ein letztes Mal zu erwägen, ob ich auch wirklich noch bei Verstand war, schulterte schließlich meinen Kleidersack und wandte mich zu den Wirtschaftsgebäuden.

Obwohl der Tag auf dem Bauernhof doch angeblich mit dem ersten Hahnenschrei anfängt, fand ich auf dem kopfsteingepflasterten Hof keine Menschenseele. Unsicher lugte ich durch Scheunentore und Stalltüren, aber außer ein paar stampfenden, schwanzwedelnden Kühen traf ich niemanden an. Schließlich kam ich an ein Gebäude, das wie eine menschliche Behausung aussah, Fenster mit Vorhängen und eine normal dimensionierte Tür. Ich klopfte an, wartete ein paar Sekunden und versuchte die Klinke. Es war nicht abgeschlossen.

Die Tür führte in eine kleine, dunkle Diele, es roch nach Kohl und Kaffee. Eine Tür zur Linken war angelehnt. Ich klopfte wieder und trat ein. Eine Küche. Eine dicke Frau in einem Kittel saß am Tisch und las die Bild.

Sie sah auf, musterte mich von oben bis unten, und ihr verächtlicher Blick trieb mir echte Schamesröte ins Gesicht.

»Und? Was willst du hier?« fragte sie barsch.

Mir fiel ein, daß ich nicht mal wußte, wie der komische Kauz hieß, der mir den Job angeboten hatte.

»Ich ... ich bin ... ich meine ...« Mein Stammeln war nur halb gespielt.

»Was?« fuhr sie mich an.

»Ich soll hier heute anfangen.«

»Auf dem Hof?« fragte sie ungläubig.

Gerade noch rechtzeitig erinnerte ich mich an meine Schwerhörigkeit. Ich tat so, als habe ich sie nicht verstanden. »Der Mann hat gesagt, ich soll heut anfangen ... als Gärtner.«

Sie war offenbar erleichtert. Und dann fiel ihr wohl ein, daß sie von mir gehört hatte.

»Bist du der Taube?«

Ich hatte das Oropax vergessen. Ich nickte ergeben.

»Du bist hier falsch! Geh zurück zum Herrschaftshaus, hinter den Apfelbäumen ist das Gärtnerhaus! Da findest du Wielandt und die anderen! Kapiert?«

Ich nickte und machte kehrt.

»He, warte! Deine Klamotten laß hier! Ich bring' sie später in euer Quartier!«

Ich drehte mich wieder um und reichte ihr meinen Dahliensack. Sie nahm ihn mit einem Ausdruck, als sei er eine langbeinige Spinne, und scheuchte mich dann mit der Hand weg. »Scher dich raus!«

Ich ging. Ich versuchte, darüber zu lachen. Es war nicht leicht. Ich dachte, daß ich ein dickeres Fell brauchen würde, wenn ich das hier durchziehen wollte.

Aber immerhin war die Nachricht, daß die Gärtner-Einsatzzentrale nah beim ›Herrschaftshaus‹ lag, doch erfreulich. Ich nutzte die Gelegenheit, um einen ersten gründlichen Blick auf das Haus zu werfen. Aber ich entdeckte weiter nichts, als daß es wirklich sehr groß war und an der Vorderseite eine großzügige Freitreppe hatte. Als ich daran vorbeiging, war niemand zu sehen.

Ich kam gerade recht. Vor dem Gärtnerhaus stand eine Gruppe von vier Männern um meinen alten Freund vom Vortag herum und ließ sich Arbeit zuteilen. Langsam ging ich auf sie zu und blieb ein paar

Meter entfernt stehen. Ich blieb nicht lange unentdeckt. Einer nach dem anderen drehte sich neugierig zu mir um, bis auch der Boß, Wielandt, wie ich annahm, mich bemerkte. »Ah, da bist du ja! Hier, das ist Simon, von dem ich euch erzählt hab'.« Ihr verstohlenes Grinsen ließ mich ahnen, was er ihnen erzählt hatte. »Also, macht euch an die Arbeit. Und du komm her!«

Die anderen verschwanden im Gärtnerhaus und kamen nach und nach mit verschiedenen Gartengeräten wieder heraus.

»So, hier ist das Gärtnerhaus!« erklärte Wielandt überflüssigerweise und zog mich am Arm durch die Tür. »Hier ist alles Gerät, was wir brauchen! Was du benutzt, bringst du anschließend wieder, machst es sauber und stellst es an seinen Platz! Wenn was fehlt oder irgendwas anfängt zu rosten, weil du schlampig damit umgegangen bist, reiß' ich dir den Arsch auf, klar?«

Ich nickte verstört.

»Weißt du, was vertikutieren ist?«

Ich unterdrückte ein Seufzen, bedauerte meine armen Knochen und nickte wiederum.

Er wies auf ein Vertikutiergerät, ähnlich wie ein Rasenmäher. »Nimm den mit. Ich zeig' dir, wo du anfangen sollst.«

Ich blieb stehen und sah ihn fragend an. Er schlug sich vor die Stirn und grinste. »Komm mit! Ich zeig' dir, wo du heute anfangen sollst! Wenigstens wird der Krach von dem Ding dich nicht stören! Wir müssen den ganzen Rasen auf der Festwiese fertig und wieder in Ordnung gebracht haben vor dem Sommerfest!«

Ich schob den Vertikutierer und folgte ihm. Wir gingen ungefähr zehn Minuten zu einem weit entlegenen Ende der Anlage, wo eine große gemauerte Feuerstelle war.

»Hier fängst du an! Sieh zu, wie weit du kommst! Wenn du dich auf die faule Haut legst, kannst du heut abend wieder verschwinden, klar!«

»Ja.«

»Hast du eine Uhr?«

Ich schüttelte den Kopf. Mein gutes Stück lag zu Hause. Sie wäre kaum passend gewesen.

Er seufzte. »Weißt du, wann Mittag ist?«

»Ja.«

»Gut! Wenn Mittag ist, kommst du zurück zum Gärtnerhaus! Essen, klar?«

»Ja.«

Er nickte und entschwand, und ich war glücklich, daß Ruhe einkehrte. Aber sie währte nicht lange.

Ich drückte den Zündknopf, und unter Husten und Keuchen sprang der kleine Benzinmotor an, ratterte dann mit einem Höllengetöse in gleichmäßigem Takt und verpestete die Frühlingsluft. Ohne großen Elan begab ich mich an die Arbeit.

Das Mittagessen bestand aus Erbsensuppe und Graubrot und wurde im ›Quartier‹ eingenommen, einem niedrigen Gebäude, das aus einem Schlafraum, einem Badezimmer und einem großen Raum mit einem Tisch und Stühlen bestand und wo die landwirtschaftlichen Hilfskräfte und außer mir noch zwei von den Hilfsgärtnern wohnten. Es war einigermaßen sauber und sehr spartanisch. Das Essen war reichlich und nicht übel; Wielandts Frau kümmerte sich darum, wie ich später herausfand. Sie war überhaupt so ziemlich das Beste in dem ganzen Laden.

Nach dem Essen gingen wir zurück an unsere Arbeit, und als es Abend wurde, war ich bis in die Knochen erschöpft. Wielandt kam, um mir zu sagen, es sei Feierabend. Er stand neben mir und sah sich um. Schließlich nickte er zufrieden. »Ja, nicht übel! Du bist kein Faulpelz, Junge!«

Ich strahlte ihn treuherzig an; irgendwie freute es mich tatsächlich, daß er mit mir zufrieden war, und ich überlegte, daß es zur Abwechslung mal nicht übel war, eine Arbeit zu tun, die man in den Knochen spüren und deren Ergebnis man mit bloßem Auge sehen konnte.

Zum Abendessen gab es Butterbrote und Bratkartoffeln und Hagebuttentee, und zum ersten Mal sah ich Wielandts Frau. Sie war ein kleines, schüchternes Geschöpf, schlank und hübsch und mindestens zwanzig Jahre jünger als er. Von meinem dunklen Eckplatz aus beobachtete ich sie und sah ihren gehetzten Blick und ihre Unruhe, und ich bedauerte sie. Ich fragte mich, was sie hierher gebracht hatte. Sie wirkte unpassend. Und sehr unglücklich. Einen flüchtigen Moment lang dachte ich daran, daß meine Schwester ebenfalls im Begriff war, einen Mann zu heiraten, der fast zwanzig Jahre älter war als sie. Komische Sache. Aber Lisa würde nicht für ein hungriges Rudel ungehobelter Kerle das Essen kochen müssen, das stand mal fest.

Außer mir lebten zehn Männer in diesem Haus.

Während des Essens hatten sie zum ersten Mal genug Muße, um den Neuen genauer in Augenschein zu nehmen. Ich sah so selten wie möglich von meinem Teller auf und hörte zu, was sie über mich redeten.

»Was is'n das für'n komischer Vogel?«

»Wielandt sagt, er ist fast taub. Und nicht ganz dicht.«

»Ja, sieht ganz so aus.«

»Wo kommt der denn her?«

»Keine Ahnung. Wahrscheinlich aus'm Osten ...«

»Sieht aus wie'n Kanake.«

»Nein, mehr wie'n Spanier oder so was.«

»Weiß einer, wie der heißt?«

»Simon oder so.«

»Echt? Wird ja kein Jude sein, oder? Das würde dem Meister bestimmt gar nicht gefallen ...«

Grölendes Gelächter. Ich sah erschrocken auf, als sei das das erste, was meine Ohren erreicht hatte.

Einer lachte nicht. Ein kräftiger Junge mit kurzgeschorenen Haaren, der als einziger mit bloßem Oberkörper am Tisch saß. Er maß mich mit einem abschätzenden Blick und ruckte sein Kinn in meine Richtung.

»Wie heißt du denn?«

»Simon.«

»Und weiter?!«

Ich zuckte mit den Schultern. »Simon.«

»Was denn, kein Nachname? So was gibt's doch gar nicht!«

Ich zuckte wieder mit den Schultern und lächelte ihn unsicher an.

»Weißt du, ob du Jude bist, Simon?!«

Ich schüttelte den Kopf und lächelte.

»Oh, Scheiße, der ist ja wirklich völlig beschränkt.«

Ein paar lachten, und der Mann neben mir sagte: »Laßt ihn zufrieden.«

Der zackige Barbrüstige warf ihm einen vernichtenden Blick zu. »Was reißt du wieder dein Maul auf, Sozi.«

»Ach, halt die Luft an. Ich sag' nur, laßt ihn zufrieden.«

»Ja, wenn's nach dir ginge, würd' hier jeder Minderheitenrechte genießen, egal ob Jude, Türke, Schwachkopf oder was auch immer. Aber wart nur ab. Die Dinge werden sich ändern, ich schwör's dir. Bald werden solche wie du nicht mehr so einfach durch die Gegend ziehen und volksfeindliche Parolen verkünden.«

Der Mann neben mir lachte leise. »Ja, ja. Ich weiß. Wenn's nach dir ginge, wären solche wie ich im KZ.«

»Ganz richtig«, erwiderte der Junge hitzig. »Internierung, das ist die einzige Antwort auf solche wie dich.«

»Ich frag' mich nur, wie du das unter einen Hut kriegst, daß du mich ins KZ stecken willst und im selben Moment behauptest, alles über Auschwitz und so sei Lüge. Komisch, oder?«

Ich rang um mein ausdrucksloses Gesicht.

»Ist auch Lüge«, sagte der andere, »das weiß jeder vernünftige Mensch. Man muß sich nur mal vorstellen, wie viele Quadratkilometer Gräber es gebraucht hätte, um so viele Leichen zu verscharren. Wieviel Gas, um sechs Millionen umzubringen. Diese Möglichkeiten bestanden damals gar nicht!«

Mein Nachbar zündete sich eine Zigarette an und schüttelte grimmig den Kopf. »Du unterschätzt deine leuchtenden Vorbilder, Klaus. Die Leichen haben sie verbrannt, und für das Gas hat die IG-Farben gesorgt...«

»Kommunistische Hetze! Das ist es, wo du deine Informationen her hast...«

»Könnt ihr nicht endlich mal aufhören damit«, nörgelte einer der anderen. »Laßt uns lieber Fernsehen anmachen.«

Die beiden Widersacher erhoben keine Einwände.

Jemand stand auf und schaltete den Fernseher ein, der auf einer der Fensterbänke stand. Ich starrte auf meinen leergekratzten Teller und machte mir Gedanken.

»He«, mein Schutzengel stieß mir einen Ellenbogen in die Rippen und wies auf das flimmernde Schwarzweißbild. »Fernsehen!«

Ich lächelte ihn an und nickte.

»Kannste nicht von den Lippen ablesen?«

Ich schüttelte den Kopf.

Er sah mir einen Moment ins Gesicht. »Eine Schande ist das. Dich hätten sie auf eine Gehörlosenschule schicken sollen. Du siehst gar nicht so dämlich aus.«

Ich lächelte verständnislos, denn er hatte leise geredet.

Gegen neun löste die illustre Gesellschaft sich langsam auf, einer nach dem anderen verschwanden sie im Schlafraum. Klarer Fall, wer mit den Hühnern aufsteht und den ganzen Tag in der Sonne schuftet, muß auch früh schlafen gehen.

Ich ging mit den Letzten, denn müde, wie ich war, glaubte ich doch nicht, daß ich schon würde schlafen können. So früh war ich zeit Jahrzehnten nicht ins Bett gegangen, und ein Körper stellt sich nicht auf Kommando auf einen neuen Rhythmus um.

Jemand wies mir ein Bett am Ende der Reihe unter dem Fenster zu. Die Betten waren spartanisch wie alles andere, schmal und hart, aber in Ordnung. Gefügig nahm ich den mir zugewiesenen Platz ein, zweifellos freigeblieben, weil es direkt unterm Fenster mächtig ziehen würde. Aber das war mir egal. Ich fand die Vorstellung, mit zehn fremden Männern im selben Raum zu schlafen, so widerwärtig, daß ich glücklich war über die frische Luft und den Ausblick auf den Nachthimmel, den ich haben würde. Ich setzte mich auf die Matratze und wartete, daß die Schlange vor der Toilettentür sich verkürzen würde. Ich wippte ein bißchen, um festzustellen, wie hart ich liegen würde, und dachte ohne besonderen Ärger darüber nach, daß mein erster Tag vergangen war, ohne daß ich Terheugen auch nur zu Gesicht bekommen hatte. Morgen, beschloß ich, würde ich irgendwie in Aktion treten.

»Der Taube sieht wirklich aus wie ein Ausländer«, ertönte eine der Stimmen aus der Schlange leise zum Nächsten.

»Hm«, erwiderte eine andere Stimme ebenso leise, »stimmt schon. Aber er hat echt einen hübschen Arsch.«

Der erste kicherte. »Junge, dich haben sie im Knast total umgedreht, was?«

»Wenn schon. Das braucht dich nicht zu kümmern. Und wenn du's dem Nazi oder irgendwem erzählst, wirst du schon sehen, was du davon hast. Jedenfalls, den Tauben hol' ich mir.«

Ich starrte weiterhin auf meine Knie und wippte auf meiner Matratze, und das Blut gefror mir in den Adern.

Nachdem das Licht gelöscht war, stellte sich bald Ruhe ein oder so was Ähnliches. Das leise Gemurmel wich nach und nach Schlafgeräuschen verschiedener Lautstärke.

Ich lag mit brennenden Augen auf meiner Schlafstatt, schwitzte, kämpfte gegen meine Müdigkeit und heißen Zorn und die Erinnerung an eine würgende Angst. Es war, als sei die Zeit plötzlich zurückgedreht. Ich lag wieder wach, im Schlafraum mit all den anderen, und wagte nicht einzuschlafen, weil sich in einem der anderen Betten jemand nach einem Stück Arsch verzehrte.

Ich hatte am Abend zuvor, als ich an meinem Kamin lag und vor mich hingrinste, flüchtig dran gedacht, daß meine Darbietung als armer Schlucker mir das ein oder andere Flash-Back bescheren würde. Erinnerungen an die Zeiten, als ich tatsächlich ein armes

Schwein gewesen war, der dürre, abgerissene, ewig hungrige Henry Simons.

Aber ich hatte im Traum nicht dran gedacht, daß mir der Dämon aus alten Nächten wiederbegegnen würde. Aus Zeiten des Eingesperrtseins, zusammen mit halbstarken Bestien. Meistens hatten sie mich nicht gekriegt, weil ich schneller war und kräftiger, als sie dachten. Meistens. Bis auf einmal.

Das war lange her. Ich hatte ewig nicht dran gedacht. Ein Trauma aus düsteren Kindertagen. Vielen ist so was mal passiert. Wer Glück hat, wird damit fertig. Ich hatte Glück gehabt. Und jetzt lag ich da und fühlte mich krank vor Wut. Genau wie früher.

Die Nacht war klar und warm, ich konnte einen Ausschnitt wolkenlosen Sommerhimmels sehen. Die leichte Nachtbrise kam von Osten und trug das Schlagen der Kirchturmuhr von Verndahl bis nach hier draußen. Viertelstunde, halbe Stunde, dreiviertel, volle Stunde. Es wurde zwölf, und es wurde eins. Alle außer mir schienen sich in der Tiefschlafphase zu befinden, es war fast völlig still.

Wenn ich ganz leise bin, dachte ich zum zehnten Mal, dann müßte es in Ordnung sein. Meine Blase war zum Zerplatzen voll. Es half alles nichts. Ich mußte einfach raus, sonst würde ich zu meinem Ruf als Tauber und Schwachsinniger auch noch Bettnässer hinzufügen, und das wollte ich wenn möglich vermeiden. Also stand ich auf, ganz geräuschlos, und schlich ins Bad.

Er kam, als ich mir die Hände wusch. »Na, mein Schatz«, murmelte er, nicht für meine Ohren bestimmt.

Ich erstarrte und sah weiterhin auf meine Hände, als hätte ich nichts gehört. Wusch die Seife ab. Drehte den Hahn zu. Griff nach meinem Handtuch. Ich biß mir auf die Lippen und kniff einen Moment die Augen zu. Ich wußte nicht mal, wie er aussah, ob er groß oder klein, kräftig oder schwächlich war.

Mit mühsam erzwungener Ruhe wartete ich, bis er näher kam. Ich hörte ihn ganz deutlich. Er sagte nichts mehr, aber er atmete schwer. Mir war speiübel. Eine lange vergessen geglaubte Scham trieb mir Tränen in die Augen.

Jetzt konnte er nur noch Zentimeter hinter mir sein. Ich rieb meine Hände an meinem Handtuch, sie waren längst trocken.

Endlich legte er seine Hände um meine Hüften. »Hab' ich dich ...«

Ich riß den Kopf zurück mit aller Kraft und hoffte inständig, daß es ihm die Nase zu Brei zerquetschen würde. Er gab einen gedämpften Laut von Schmerz und Überraschung, und mit einem Schritt zur Seite befreite ich mich von seinen Händen. Ich drehte mich um, und er stand direkt neben mir, ein dünner Kerl, meine Größe, die Hände vors Gesicht geschlagen.

Ich wartete nicht, bis er sich erholte. Ich zielte kurz und rammte mein Knie in seine Eier. Seine Hände fielen herunter, und sein Mund klappte auf, und ein seltsam erstickter Laut kam heraus. Seine Nase blutete, schien aber nicht gebrochen. Ich gab ihm eins aufs Ohr, und er sackte vollends in sich zusammen, krümmte sich auf den kalten Fliesen und wimmerte.

Ich sah auf ihn runter und zögerte. Es reicht, dachte

ich verwirrt, das ist genug. Ich war ein bißchen erstaunt, denn das hatte ich früher nie gedacht, nicht so leicht jedenfalls. Mir ging auf, daß der Kerl mächtig froh sein konnte, daß so viele Jahre vergangen waren. So viele Jahre, in denen ich gegen niemanden eine Hand erhoben hatte, in denen ich gelernt hatte, wieder in der anderen Welt zu leben. Allein, abgeschottet und in Frieden.

Ich beugte mich zu ihm runter, zog einen seiner Arme von seinem Gesicht und sah ihn an. »Versuch das lieber nicht noch mal.«

Er röchelte nur, aber ich war sicher, daß er mich verstanden hatte. Ich ließ ihn liegen, ging zurück in mein Bett und schlief fast augenblicklich ein.

7

Beim Frühstück gab es einiges verwundertes Gemurmel darüber, was Ulrich in der Nacht zugestoßen sein mochte. Die gängigste Meinung war, daß er beim Pinkeln ausgerutscht und mit dem Gesicht auf dem Beckenrand aufgeschlagen war. Es wurde viel darüber geflachst. Nur einer, ein älterer Mann mit einer kleinen Glatze, warf mir neugierige Blicke zu. Ich nahm an, es war der, der so scharfsinnig bemerkt hatte, ich sähe wie ein Ausländer aus. Aber zu meiner Erleichterung sagte er nichts. Mein Verehrer erschien nicht zum Frühstück.

Beim Appell vor dem Gärtnerhaus teilte Wielandt mir mit, ich solle da weitermachen, wo ich gestern aufgehört hatte. Ich wollte mich schon seufzend in mein Los schicken, als eine unerwartete Wendung eintrat.

Ein Reiter näherte sich im leichten Galopp auf einem wunderschönen schwarzen Wallach und hielt neben unserer kleinen Gruppe an.

Als er die Kappe abnahm, wurde meine Ahnung bestätigt.

Anton Terheugen in höchsteigener Person. Er saß ab und reichte dem Nächststehenden die Zügel.

»Morgen, Wielandt.« Eine zivilisierte, selbstsichere Stimme, ungefähr so, wie ich sie mir vorgestellt hatte.

Wielandt machte einen kleinen Diener. »Morgen, Herr Terheugen.«

»Läuft alles? Werden wir fertig bis zum Sonnenwendfest?«

»Machen Sie sich keine Sorgen, wir werden auf jeden Fall fertig. Ich mußte allerdings noch einen Mann einstellen.« Er wies mit dem Finger auf mich, und ich sah weiterhin auf meine Hände und beobachtete die Szene nur aus dem Augenwinkel.

Terheugen streifte mich mit einem nur mäßig interessierten Blick, der sich in ein unfreundliches Starren verwandelte, weil ich ihn nicht erwiderte. »Kannst du nicht grüßen, he?«

Ich blieb völlig ungerührt.

»Er kann Sie nicht hören, Herr Terheugen«, erklärte Wielandt eilig. »Er ist fast taub. Und nicht ganz dicht, scheint mir. Aber er ist fleißig und gründlich. Ich bin froh, daß ich ihn habe, jetzt, wo so viel zu tun ist.«

»Hm. Wo kommt er denn her? Sieht ein bißchen wild aus, oder?«

»Ich habe ehrlich gesagt keine Ahnung, woher er ist, aber er ist auf jeden Fall harmlos.«

Terheugen sagte darauf nichts, näherte sich mir von der Seite und klatschte direkt neben meinem linken Ohr in die Hände. Ich zuckte nicht. Ich hatte mir so was gedacht.

Er lachte, als hätte er einen geistreichen Witz gemacht, und stieß mich unsanft an der Schulter an. Ich sah auf. Er studierte mein Gesicht, verlor dann plötzlich das Interesse und wandte sich abrupt ab. »Na schön, Wielandt, wenn Sie meinen, daß er in Ordnung ist ...«

Er nahm die Zügel seines kostbaren Wallachs wieder in die Hand, ließ sie durch die Linke gleiten, trat neben den Sattel und saß auf. »Sorgen Sie dafür, daß sich heute jemand um den Garten am Haus kümmert. Zwischen den Rosen wuchert das Unkraut. Sieht schlimm aus.«

Wielandt schrumpfte förmlich in sich zusammen. »Tut mir leid, Herr Terheugen. Wird auf jeden Fall erledigt.«

Terheugen nickte gnädig. »Schicken Sie den Tauben«, sagte er, als sei es eine spontane Eingebung, und ritt davon. Ich fragte mich, ob er es bevorzugte, wenn in unmittelbarer Nähe seines Hauses keine neugierigen Ohren zwischen den Rosen lauschten.

Ich frohlockte und starrte mit möglichst ausdruckslosem Blick auf einen Punkt zwischen meinen Füßen und der Tür zum Gärtnerhaus, bis Wielandt mir auf den Arm tippte.

»Hast du gehört?«

»Was?«

Er seufzte. »Du brauchst heute nicht zu vertikutieren! Kümmere dich um die Rosenbeete am Herrschaftshaus, kapiert?«

»Nicht verti ...?«

»Nein. Hast du kapiert?«

»Ja.«

»Gut! Und mach das gründlich! Sie müssen einwandfrei aussehen, klar?«

»Klar.«

Ich ging ins Gärtnerhaus und gönnte mir ein breites Grinsen, weil niemand mich sehen konnte, rüstete mich aus mit einer kleinen Harke und einem Eimer und schlenderte zu Terheugens Haus. Als ich an der Frontseite entlangkam, verlangsamte ich meine Schritte ein bißchen und sah zu den Fenstern rüber, versuchte zu ergründen, welche Funktion die Räume dahinter hatten.

Der Kies der Auffahrt hinter mir knirschte leise. »Du hast wohl keine Eile, was?« Terheugens Stimme, jetzt eisig und beißend sarkastisch. Ich beschloß, daß das entschieden zu leise gewesen war, als daß ich es hätte hören können, schlenderte im gleichen Tempo weiter und lächelte still über sein ungeduldiges »Tse!«

Die Rosenbeete umgaben das Haus an allen vier Seiten, und sie waren riesig. Ich war entzückt. Wenn ich mich nicht allzusehr beeilte, würde mir das volle zwei Tage in unmittelbarer Nähe seines Hauses bescheren. Und die Beete waren ein perfekter Beobachtungsposten. Ich kniete zwischen den Rosenbüschen, rupfte Hälmchen für Hälmchen die unwillkommenen Wildkräuter aus und konnte dabei in aller Ruhe beobachten, was sich tat.

Und das war eine ganze Menge. Im Laufe des Vormittags hatte Terheugen Besuch von drei dicken Herren in dicken Autos, die alle ungefähr eine Stunde blieben. Das gab mir Zeit genug, die Nummernschilder

der in der Auffahrt geparkten Wagen auswendig zu lernen.

Am Nachmittag kam Damenbesuch. Eine üppige Blondine mit Yorkshire Terrier in einem älteren Alpha Spider. Sie verschwand im Haus, und nach etwa einer Viertelstunde kam sie in Terheugens Begleitung in den Garten. Sie setzten sich auf dick gepolsterte Korbsessel, die im Schatten einer Linde standen, kaum zwanzig Meter von mir entfernt, allerdings in meinem Rücken.

Ich hackte und rupfte unverdrossen, und aus dem Haus kam ein waschechter Butler mit einem Tablett mit hohen, kältebeschlagenen Gläsern, in denen Eiswürfel leise klirrten. Er lieferte die Getränke ab und verschwand wieder.

»Also denkst du, daß Meurer die Sache in den Griff bekommt, ja?« fragte Terheugen schließlich.

Die Besucherin antwortete mit einem Wispern.

»Oh, der,« Terheugen lachte. »Um den brauchst du dir keine Gedanken zu machen. Der ist stocktaub. Wir sind sozusagen allein, Monika«, schloß er in einem Tonfall, den meine Schwester Lisa sicher aufschlußreich gefunden hätte. Eine Weile wurde nicht gesprochen. Monikas Armreifen klimperten leise, und dann lachte sie. »Zurück zum Geschäft. Ja, ich denke, es ist alles in Ordnung. Es wird höchstens eine kleine Verzögerung geben, um die Sache mit dem Zoll zu regeln. Aber das ist kein ernsthaftes Hindernis. Wir haben ja zum Glück gute Kontakte.«

»Hm. Na gut. Sag ihm auf jeden Fall, daß die Sache bis zum einundzwanzigsten Juni über die Bühne sein muß. Wenn all die wichtigen Leute hier sind, will ich in der Lage sein, Ergebnisse vorzuweisen.«

»Ja. Ich weiß, daß wir terminlich gebunden sind, und Meurer weiß das auch. Er wird es schon hinkriegen. Er hat selbst das größte Interesse daran.«

Terheugen lachte hämisch. »Da bin ich sicher.« Er machte eine Pause, ein Feuerzeug klickte. »Bleibst du über Nacht?«

»Wenn du möchtest ...«

»Natürlich möchte ich das.«

»Ja, ja. Die letzten Tage als freier Mann.«

»Mach dich nicht lächerlich. Ich denke nicht daran, meine Gewohnheiten zu ändern, nur weil ich ...«

»Nur weil du was?« fragte sie mit einem provokanten Lächeln in der Stimme. »Dein Herz an ein hohlköpfiges Püppchen in Südafrika verloren hast, he?«

»Dummes Zeug. Es ist eine politische Entscheidung. Es wäre geradezu sträflich, diese Chance ungenutzt zu lassen. Durch sie wird mir da unten Tür und Tor offenstehen. Es wird uns einen guten Schritt weiterbringen.«

Arme Lisa, dachte ich, obwohl ich nicht wollte.

»Du kannst mir viel erzählen«, erwiderte Monika spitz. »Ich kenne dich, mein Lieber.«

»Bist du etwa eifersüchtig?«

»Das glaubst du doch wohl selber nicht.« Aber ihr gezwungenes Lachen sagte etwas ganz anderes.

Es herrschte wieder einen Moment Stille.

»Lassen wir das Thema fallen. Gehen wir schwimmen, was meinst du?« schlug er vor.

»Ja. Gute Idee. Was soll das nur für ein Sommer werden, wenn es jetzt schon so heiß ist. Ich geh' mich umziehen. Ich treffe dich am Pool.«

»Gut.«

Die Korbstühle knarrten leise, und kurz darauf ging sie an mir vorbei, ohne mich auch nur eines Blickes zu würdigen. Es war erstaunlich. Es war, als sei ich tatsächlich nicht da.

Als sie im Haus verschwunden war, trat Terheugen zu mir. Er stieß mich wieder an der Schulter an, ebenso unsanft wie am Morgen. »He, du! Schlaf bloß nicht ein!«

Ich sah auf.

»Wenn die Dame wieder herausgekommen ist, schneidest du einen Strauß Rosen! Gib sie im Haus ab und sag, man soll sie ins Zimmer von Frau Vogtländer stellen! Hast du verstanden?«

»Ja.«

»Und jetzt mach mal ein bißchen Tempo!«

Ich schlug die Augen nieder und nickte schuldbewußt. Er machte auf dem Absatz kehrt und ging ins Haus.

Ich wartete, bis sie nacheinander in Badeklamotten wieder auftauchten, jeder ein flauschiges Handtuch um den Hals, und hinter einer Reihe ausladender Rhododendren verschwunden waren, von denen ein paar noch in Blüte standen. Dann fing ich an, unter größtem Bedauern die ersten zarten Rosen abzuschneiden. Ich beschränkte mich auf rote; wenn es schon sein mußte, sollte es wenigstens vernünftig aussehen.

Unterdessen drangen typische Badegeräusche durch den Rhododendron, das Plätschern von herrlich kühlem, blauem Wasser, und die Hitze und der Schweiß auf meiner Haut wurden mir nur noch deutlicher bewußt. Ich zuckte mit den Schultern und seufzte.

Nach einer Weile verklangen die Geräusche. Es wurde verdächtig still. Ich sah zu den Fenstern des Hauses hinüber und wog das Risiko ab. Niemand zu sehen. Auch auf der Auffahrt keine Menschenseele.

So unauffällig wie möglich schlich ich mich auf die Büsche zu und stellte fest, daß sie einen geschlossenen, blickdichten Ring um den Pool bildeten, in dem es nur einen schmalen Durchgang gab. Vorsichtig, unendlich vorsichtig näherte ich mich der Öffnung, nur so weit, daß ich sicher sein konnte, unentdeckt zu bleiben, und lugte hinein. Ich hatte einen Blick auf einen kleinen Ausschnitt des Schwimmbeckens und ein Stück Rasen daneben.

Mein Verdacht war absolut richtig gewesen. Und sie hatten sich freundlicherweise für eine der Gartenliegen in meinem Blickfeld entschieden.

Mein Herzschlag beschleunigte sich ein bißchen, als ich daran dachte, wie ungesund die Folgen sein würden, wenn mich hier jemand erwischte. Aber ich blieb trotzdem, wo ich war, steckte langsam die Hand in die Tasche und beschloß, ein paar Schnappschüsse für Lisas Fotoalbum zu machen.

Die beiden waren mächtig in Fahrt, und die üppige Monika machte genug Radau, um einen Tiefflieger zu übertönen, aber ich versuchte auf jeden Fall, kein Geräusch zu verursachen, mich nicht ruckartig zu bewegen, und machte fünf Aufnahmen in kurzen Abständen. Dann trat ich eilig und leise den Rückzug an.

Wieder im Rosenbeet, grinste ich zufrieden vor mich hin. Ich war zuversichtlich, daß die Bilder gut genug sein würden, um keinen Zweifel an der Identität der Akteure zuzulassen. Und ich dachte, daß es durchaus möglich war, daß damit ein Teil meiner Aufgabe schon erfüllt war. Wenn die Fotos auch keine Handhabe boten, um Terheugen und seine gierigen Finger von Südafrika fernzuhalten, würden sie doch höchstwahrscheinlich das Problem der bevorstehenden Hochzeit aus der Welt räumen. Wenn ich es richtig anstellte. Ich war sehr zufrieden mit mir, vollendete den Rosenstrauß für die tolle Monika und brachte ihn ins Haus.

Über die Freitreppe gelangte ich in eine schattige, kühle Halle, von der aus eine Treppe ins Obergeschoß führte. Ich sah mich aufmerksam um. Mittelmäßige Bilder von Pferden und Fuchsjagdszenen verunzierten die Wände, nichtssagende Teppiche bedeckten die alten Steinfliesen. Ein ausdrucksarmer Raum. Zwei Doppeltüren rechts und geradeaus führten ins Innere des Erdgeschosses. Die Tür gegenüber dem Eingang stand offen. Nach dem, was ich von außen gesehen hatte, nahm ich an, daß sie zu einem Flur führte, während hinter der rechten ein einzelner Raum sein mußte. Vielleicht war's sein Arbeitszimmer. Ich hatte nicht übel Lust, einen Blick hineinzuwerfen.

Aber die Entscheidung wurde mir abgenommen. Ein lautes, unfreundliches Bellen riß mich aus meinen Überlegungen, und ein Schäferhund stürzte aufgeregt auf mich zu. Ich wich zurück, bis ich mit dem Rücken an die Wand stieß. Der Hund blieb vor mir stehen und knurrte drohend, ließ sich von meinem beruhigenden

Gemurmel nicht besänftigen, sondern rückte mir immer dichter auf die Pelle.

Das brachte schließlich den Butler auf den Plan. »He, Lara, zurück. Aus.«

Der Hund hörte aufs Wort, ließ von mir ab, trottete mit heraushängender Zunge zur Tür zurück und ließ sich dort nieder.

Der Butler schenkte mir den verächtlichen, abschätzenden Blick, an den ich mich langsam wieder gewöhnte. »Ja?«

Ich streckte ihm den Strauß wie einen Schild entgegen. »Die soll ich abgeben. Für Frau Vogtländer.«

Er runzelte die Stirn. »Von wem?«

Ich tippte an mein linkes Ohr und zuckte die Schultern.

Er verstand. »Ach, der bist du!« Offenbar war ich hier eine richtige Berühmtheit. »Von wem sind die Blumen?«

»Von Herrn Terheugen.«

»Aha.« Sein Arm schnellte vor, und er schnappte mir den Strauß aus der Hand.

»Verschwinde!«

Ich zögerte. Ich wollte das Haus nicht einfach so wieder verlassen, jetzt, wo ich einmal drin war. »Für ihr Zimmer, hat er gesagt.«

Er nickte ungeduldig. »Ich kümmere mich darum! Geh schon, los, scher dich raus!«

Es blieb mir nichts anderes übrig. Ich ging und dachte, daß ich zufrieden sein sollte. Für heute hatte ich schon einiges erreicht.

Das Abendessen verlief ähnlich wie am Tag zuvor. Bratkartoffeln und Butterbrote, angeregtes Geplauder, halblaute Witze auf meine Kosten.

Inzwischen kannte ich die meisten meiner Mitbewohner mit Namen und hatte dies oder jenes über sie erfahren. Hans, der mich am Vorabend vor dem eifrigen Jungnazi in Schutz genommen hatte, war der Beste von allen. Er arbeitete als Hilfsgärtner, so wie ich, und er betrachtete die Wirrnisse des Lebens mit abgeklärtem Fatalismus und meistens mit einem gutmütigen Lächeln. Er war hier, weil ihm diese Art Leben zusagte, und ich beneidete ihn um seine Anspruchslosigkeit.

Ulrich, mein Verehrer, hatte fast zehn Jahre wegen schweren Raubes gesessen und war hier, weil ihm sonst nicht viel übrig blieb. Er arbeitete auf dem Hof. Ebenso wie Eduard, der ältere Typ mit der Glatze, und ebenso wie Lutz, Ferdi und wie sie alle hießen. Sie waren allesamt mehr oder minder gestrandete Gestalten, die sich notgedrungen mit dem Status quo begnügten, weil der Zug abgefahren war.

Die einzige Ausnahme war Klaus, der Nazi. Er hatte Abitur und Bundeswehr hinter sich gebracht und wollte im Oktober anfangen zu studieren. Betriebswirtschaft. Bis es soweit war, hatte Terheugen ihm diesen Job hier gegeben. Klaus war ein unerträglicher Angeber, protzte mit seiner persönlichen Bekanntschaft mit Terheugen, bis allen schlecht davon war, und fühlte sich jedem anderen überlegen, weil er alles noch vor sich hatte.

Wirklich eine interessante Gesellschaft.

Als wir aufgegessen hatten, wurde wieder der Fernseher eingeschaltet, und ich stand auf und schlich hinaus.

Ich blieb einen Moment auf dem Hof stehen und genoß die Abendsonne und die friedvolle Stille. Hinter mir öffnete sich die Tür. Eisern tat ich so, als habe ich es nicht gehört, und hoffte inständig, daß es nicht Ulrich war, der mir Gesellschaft leisten wollte. Aber ich hatte Glück. Es war Hans. Er trat zu mir und zündete sich eine von seinen Reval ohne an. »Alles in Ordnung, Junge?«

Ich lächelte ihn an und nickte.

»Willst du noch weg?«

»Spazieren. Nur ein bißchen.«

Er nickte und sah mich nachdenklich an. »Bist an soviel Gesellschaft nicht gewöhnt, was?«

»Nein.«

»Geht dir ein bißchen auf die Nerven, ja?«

Ich zuckte mit den Schultern. »Nein. Vielleicht ein bißchen, manchmal.«

»Oder hat dir einer was getan? He?!«

Ich schüttelte nachdenklich den Kopf.

»Na, dann ist gut! Ich dachte nur! Sind ein paar schräge Vögel hier!«

Ich schüttelte noch mal den Kopf. »Alles in Ordnung.«

Er klopfte mir lächelnd auf die Schulter und ging wieder hinein. Ich wartete, bis er im Haus verschwunden war, dachte einen Augenblick nach, wie wenig Freundlichkeit es hier gab und warum, und machte mich dann auf den Weg zum Haupttor. Als ich über den Kamm des Hügels war, legte ich einen Schritt zu. Ich hatte viel zu tun und wollte nicht länger wegbleiben als nötig, um keinen Verdacht zu erregen.

Um fünf vor halb sieben stolperte ich in ein kleines Fotogeschäft in Straelen. Ich hatte mich mächtig beeilt, ich war verschwitzt, durstig und außer Atem.

Hinter dem Ladentisch stand ein junger Typ in weißen Jeans und einem Iron-Maiden-T-Shirt. Er grinste mich an. »Mann, das muß aber echt wichtig sein. Ich bin morgen auch noch hier.«

Ich grinste zurück. »Das hoff ich doch.«

Dann holte ich die Kamera aus der Tasche und legte sie auf die Glasplatte.

Er war begeistert. »Hey, das ist ein phantastisches Ding. Die sieht man echt selten. Wo haste die her?«

»Aus Singapur.«

Er sagte nichts, aber er glaubte mir kein Wort.

»Wie lang dauert's, bis ich die Bilder haben kann?«

»Morgen, wenn du den Expressdienst bezahlen willst.«

»Will ich.« Ich spulte den Film zurück und nahm ihn raus. »Haste auch 'nen Film dafür?«

Er nickte, ging an eine Schublade und kam mit einem kleinen Fuji-Päckchen zurück.

»Hier.«

Er sah mir zu, während ich den neuen Film einlegte und die Kamera wieder in die Tasche steckte, dann schob er mir einen von diesen Umschlägen zu, die man ausfüllen muß, wenn man einen Film zum Entwickeln abgibt. Ich schrieb, mein Name sei Heinz Ackermann (Ackermann fand ich einfach unwiderstehlich), gab eine Straelener Adresse an und bestellte zwei Abzüge von jedem Bild.

Er sah kurz auf den Umschlag. »Schillerstraße? Wo is'n die?«

»Zerbrich dir nicht den Kopf. Morgen abend, ja? Kann ich mich darauf verlassen?«

Er zuckte mit den Schultern. »Klar. Und das macht sieben Mark fünfzig für den Film.«

Ich wühlte in meiner anderen Tasche, gab ihm einen Zehner, wartete auf mein Wechselgeld und ging.

Mein Hotelzimmer erschien mir wie eine kühle Oase aus Luxus und Sauberkeit, und nur unter größter Willensanstrengung widerstand ich der Versuchung des Badezimmers.

Wenn ich sauberer zurückkam, als ich weggegangen war, würde das wohl wirklich Verdacht erregen.

Ich seufzte tief, nahm mir eine kleine Flasche Orangensaft aus der Minibar und rief Stella an.

Sie klang genervt und kurz angebunden. Mein Laden war ihr vermutlich ein Klotz am Bein, aber das gab sie nicht zu.

Trotz der vielen Arbeit war es ihr gelungen herauszufinden, daß die Mermora-Handels-GmbH vornehmlich mit Maschinen und Maschinenteilen zur Getreideverarbeitung handelte und daß die Eigentümer Terheugen und ein gewisser Werner Meurer waren, und dieser Meurer und eine Monika Vogtländer waren die Geschäftsführer. Ich war entzückt und dankte ihr überschwenglich.

»Wann kommst du zurück?«

»Spätestens zum Wochenende.«

»Hoffentlich. Hat sich schon was ergeben?«

»Ein bißchen. Hör mal, ich hab jetzt keine Zeit mehr, ich erzähl's dir, wenn ich zurück bin, okay?«

»Meinetwegen. Wiedersehn. Weiterhin viel Vergnügen.«

Sie legte auf, und ich seufzte.

Als nächstes rief ich einen meiner langjährigen Kunden an, ein ziemlich hohes Tier in der Stadtverwaltung mit den besten Beziehungen und ein netter Kerl.

»Hendrik! Das ist eine Überraschung. Ich habe heute versucht, dich zu erreichen, aber deine Sekretärin sagte, du seiest in Urlaub.«

Ich dachte, gut, daß sie das nicht hört. »Sie ist nicht meine Sekretärin, sondern meine Vertretung. Was war denn?«

»Ach, nichts, was nicht ein paar Tage Zeit hätte. Sag mal, bist du denn nicht weggefahren?«

»Ich bin eigentlich nicht in Urlaub. Ich hänge in irgendeinem gottverlassenen Nest an der holländischen Grenze, aus privaten Gründen. Nur für ein paar Tage. Ich ruf an, weil ich dich bitten wollte, mir die Namen zu drei Nummernschildern zu beschaffen.«

»Hört, hört. Ist ja interessant.«

»Würdest du das für mich tun?«

»Du meinst, ohne Fragen zu stellen, ja?«

»Ja, so ähnlich.«

Er lachte leise. »Wenn du mir versprichst, daß du

mich zum Essen einlädst und mir irgendwann erklärst, was es mit dieser geheimnisvollen Privatangelegenheit auf sich hat, meinetwegen.«

»Abgemacht.« Zum Essen einladen würde ich ihn jedenfalls.

»Gib mir die Kennzeichen«

Das tat ich.

Er war skeptisch. »Tja, das sind keine Düsseldorfer. Wird ein paar Tage dauern.«

»Macht nichts. Hat keine Eile.«

Wir verabredeten, daß ich mich in zwei, drei Tagen wieder melden würde. Zum Schluß rief ich wieder meinen treuen Kurierdienst an und bat darum, am nächsten Abend gegen sieben Uhr in meinem Hotel eine Sendung abzuholen. Wieder für Südafrika. Wieder so schnell wie möglich. Ich sah auf die Uhr am Fernseher. Kurz nach sieben. Ich mußte mich beeilen.

Als ich zurückkam, zeigten sie im Fernsehen gerade die Mannschaftsaufstellungen für das DFB-Pokal-Halbfinale, und alle warteten gebannten Blickes auf den Anpfiff. Ich hätte es liebend gern gesehen. Aber ich wußte genau, daß ich das nicht riskieren konnte. Neunzig Minuten Fußball-Thriller würde ich niemals durchhalten, ohne nicht wenigstens einmal auszurasten und damit zu verraten, daß ich alles hörte und mitbekam. Schweren Herzens nahm ich die Gelegenheit beim Schopfe und ging duschen. Das Bad gehörte mir. Ich genoß das Alleinsein, rasierte mich, wusch meine Klamotten und lauschte dem Gegröle, das gedämpft, aber immer noch laut, durch die Tür drang, als das erste Tor fiel. Ich fragte mich, wie es wohl war, taub zu sein.

Die Nacht verlief ohne besondere Vorkommnisse, und ich schlief tief und ungestört. Ich rechnete auch mit keiner neuen Attacke. Der eine Blick, den Ulrich und ich während des Essens getauscht hatten, hatte mir gezeigt, daß er Angst vor mir hatte. Es beunruhigte mich ein bißchen, daß er sich offenbar Gedanken über mich machte, daß er sich vermutlich fragte, ob ich tatsächlich der harmlose, taube Schwachkopf war, für den alle mich hielten. Ich konnte es nicht gebrauchen, daß jemand an meinem Image zweifelte. Aber, dachte ich mir, solange er mich zufrieden läßt, ist mir im Grunde gleich, welche trüben Gedanken er ausbrütet. Hauptsache, er behelligt mich nicht mehr.

Der Donnerstag brachte keine nennenswerten Fortschritte. Ich arbeitete in den Beeten hinter dem Haus und konnte daher nicht sehen, wer zu Besuch kam. Ein Fenster in der oberen Etage stand den ganzen Tag offen, und Monikas gelber Badeanzug hing bis gegen Mittag zum Trocknen am Fensterbrett. Dann verschwand er, und ich schloß, daß sie sich zur Abreise rüstete.

Es ergab sich keine zweite Gelegenheit, ins Haus zu gelangen, und am Abend machte ich mich nachdenklich und unzufrieden auf den Weg nach Straelen.

Die Fotos waren fertig wie versprochen, und sie waren das reinste Dynamit. Wie ich erwartet hatte. Ich hatte im Geschäft darauf verzichtet, sie mir anzusehen, und gewartet, bis ich wieder in meinem Hotelzimmer war. Ich hatte sie auf dem kleinen Schreibtisch ausgebreitet und begutachtete eins nach dem anderen. Alle waren gestochen scharf, und auf zweien schien Terheugen direkt in die Kamera zu sehen. Ein drittes zeigte deutlich sein Profil. So auf Hochglanzpapier erstarrt war die Wirkung viel krasser, als die eigentliche Vorstellung es gewesen war. Was gestern normal, wenn auch nicht für fremde Augen bestimmt gewirkt hatte, sah jetzt aus wie Pornographie. Bei dem Gedanken an die niederschmetternde Wirkung, die sie auf meine Schwester haben würden, zuckte ich unwillkürlich zusammen. Arme Lisa, dachte ich wieder, langsam gewöhnte ich mich dran.

Schließlich nahm ich das Hotelbriefpapier aus der Schublade. Ich schrieb an das Büro des Staatsanwaltes, Mr. van Relger persönlich, Johannesburg, Südafrika.

Der Brief ging mir leicht von der Hand, denn ich hatte seit gestern wieder und wieder darüber nachgedacht, was ich schreiben würde. In wenigen Sätzen erklärte ich, wer ich war und was ich derzeit tat.

Die brisanten Fotos in dem beiliegenden Umschlag zeigen den Mann, der meiner Meinung nach für den Tod Ihres Vaters verantwortlich ist. Sein Name ist Terheugen, und er ist im Begriff, meine Schwester zu heiraten, um seinen Einfluß in der Minengesellschaft meines Vaters zu vergrößern.

Ich weiß nicht, wo meine Schwester sich zur Zeit befindet, ob sie zur Universität geht und so weiter. Ich kann nicht riskieren, die Bilder an die Adresse meines Vaters zu schikken, denn er würde niemals zulassen, daß Lisa einen Brief von mir erhält.

Ich möchte auch vermeiden, daß er die Bilder zu sehen bekommt, denn feinfühlend, wie er ist, würde das die Sache für Lisa vermutlich sehr viel schlimmer machen.

Darum wende ich mich an Sie. Wenn ich Ihren Vater richtig verstanden habe, sind Ihre und meine Familie seit langem befreundet. Bitte suchen Sie meine Schwester auf, geben ihr die Bilder und erklären ihr die Situation. Mir ist klar, daß meine Bitte ziemlich unerhört ist, aber ich sehe keine andere Möglichkeit. Es ist von größter Wichtigkeit, diese Heirat zu verhindern, und in der Kürze der verbleibenden Zeit konnte ich keinen stilvolleren Weg finden. Ich bin überzeugt, Sie werden es richtig machen. Ihr Vater sagte, Sie seien ein glänzender Rhetoriker. Er hielt wirklich große Stücke auf Sie, und deshalb trage ich Ihnen diese Bitte an.

Gerade, als ich den Brief unterschrieb, klopfte der Bote. Eilig ließ ich einen Satz der Fotos in der Schublade verschwinden und steckte den zweiten in einen Briefumschlag. Zusammen mit dem Brief wanderten sie in den adressierten Umschlag und die Obhut des Boten.

Auf dem Rückweg grübelte ich nicht zum ersten Mal darüber nach, ob ich es so richtig gemacht hatte und ob es einen besseren, sichereren Weg gegeben hätte. Ich konnte nur hoffen, daß van Relger junior seinem Vater nicht ganz und gar unähnlich war. Daß er verstehen würde, wie wichtig diese Sache war – und daß er genug Rückgrat dafür hatte.

8

In dieser Nacht herrschte eine seltsame Unruhe im Schlafraum. Anfangs dachte ich, es läge an der drückenden Schwüle und dem aufziehenden Gewitter. Federn knarrten, im Bett neben mir warf sich jemand in unruhigem Halbschlaf hin und her, ab und zu wurde leise gemurmelt, irgendwer hatte einen schlechten Traum und stöhnte.

Ich lag mit offenen Augen auf dem Rücken, müde, aber ohne Hoffnung auf Schlaf, und dachte zum wiederholten Male über das Für und Wider von Taubheit nach. Fernes Wetterleuchten erhellte das Zimmer schwach für die Dauer einer Sekunde und zeigte mir jedes Mal den inzwischen vertrauten Raum mit seinen zwei gegenüberliegenden Bettenreihen. Leiser Donner grummelte, irgendwo weit weg tobten die Elemente.

Jemand stand auf und ging ins Bad. Als die Tür sich schloß, richtete ich mich auf, um sicherheitshalber festzustellen, was Ulrich trieb. Ich konnte beruhigt sein. Er schien als einziger tief und ungestört zu schlafen. Aber drei der Betten waren leer.

Neugierig geworden und weil ich ja doch nicht schlafen konnte, stand ich auf, zog meine Jeans und Schuhe an und schlich ins Nebenzimmer. Niemand dort. Die Badezimmertür wurde wieder geöffnet, und aus dem Schatten beobachtete ich Eduard, als er herausschlurfte und das Licht hinter sich löschte. Niemand folgte ihm. Blieben also zwei, die verschwunden waren, aber ich konnte nicht ausmachen, wer es war.

Meine Unruhe trieb mich nach draußen. Die Nacht war finster, dicke, schwarze Gewitterwolken hatten den Mond verschluckt, ein heißer Wind wehte in unheilverkündenden Böen.

Ich konnte niemanden entdecken. Ich spazierte ein paar Meter hierhin und dorthin, wartete, ohne zu wissen, worauf, starrte durch die Dunkelheit in die Richtung, in der Terheugens Haus lag, und überlegte, wie ich hineinkommen würde.

Ein Blitz zuckte plötzlich auf, blendete mich für einen Augenblick mit gleißender, blauer Helligkeit, schlug irgendwo in der Nähe in den Boden, und sofort folgte ein mörderischer Donnerschlag. Dicke Tropfen fielen. Ich sah zu, daß ich wieder ins Haus kam, legte mich auf mein Bett, beobachtete das Gewitter durchs Fenster und schlief ein, als es nachließ. Keiner der beiden Nachtschwärmer war bis dahin zurückgekommen.

Beim Frühstück fehlte nur noch Hans.

Niemand schien sich besonders darüber zu wundern. Als ich Theo, den anderen Gärtner, fragte, ob er wisse, wo Hans sei, zuckte er mit den Schultern. »Was weiß ich! Wahrscheinlich hat er die Faxen dicke und hat sich davongemacht! Was kümmert das dich!«

Ich winkte ab. Aber die Erklärung schien mir kaum plausibel. Hans war nicht der Typ, der ohne ein Wort verschwand. Und all seine Sachen waren noch da. Außerdem war heute Freitag. Zahltag. Jeder normale Mensch hätte gewartet, bis er seinen Wochenlohn hatte, bevor er weiterzog.

Nachdenklich und ziemlich beunruhigt machte ich mich auf den Weg zum Gärtnerhaus. Ich ging mit gesenktem Kopf, wie es jetzt meine Gewohnheit war, und war ziemlich erschrocken, als jemand mich an der Schulter packte und seitlich zwischen den Apfelbäumen hindurch auf die kleine Lichtung zog.

Es war Klaus. Ich hatte schon beim Frühstück festgestellt, daß er blaß und unruhig aussah, und seine Unruhe hatte sich inzwischen in echte Nervosität gesteigert. »He, du, bleib mal stehen!«

Ich blieb folgsam stehen und sah ihn fragend an.

»Kannst du lesen?«

Ich schüttelte lächelnd den Kopf.

Er grinste erleichtert und drückte mir einen Zettel in die Hand. »Hier, gib das Herrn Terheugen! Niemandem sonst, kapiert?«

Ich nickte und steckte den Zettel in die Tasche.

Er schien ein bißchen ruhiger zu werden. Er atmete tief durch, klopfte mir großspurig auf die Schulter und hielt mir mit der anderen Hand einen Zehnmarkschein hin.

Ich strahlte und griff danach. »Danke.«

»Keine Ursache! Und du vergißt es nicht, oder?«

»Nein.«

»Gut!« Er war wirklich erleichtert, ein bißchen Farbe kehrte in sein Gesicht zurück. Ich sah ihm nach, als er hinter den Bäumen entlang zurück zu unserem Quartier schlich, den Kragen seiner Bomberjacke hochgeschlagen, den Kopf zwischen die Schultern gezogen.

Ich wartete, bis er außer Sichtweite war, zog den Zettel aus der Tasche und entfaltete ihn.

Alles schiefgelaufen. Einer der Gärtner, ein verdammter Sozi, muß mir gefolgt sein. Wir haben ihn erst erwischt, als die ganze Sache gelaufen war. Der Sturmbannführer hat ihn mitgenommen. Das verdammte rote Schwein wird also nie mehr irgendwem was erzählen. Aber ich hab' Schiß, daß irgendwer mich mit der Sache in Verbindung bringt, wenn sie ihn finden. Wo wir doch beide hier gearbeitet haben. Könnte ja einer beobachtet haben, daß zuerst ich und dann er weggegangen ist. Ich verschwinde lieber. Nach Belgien, zu den Kameraden in Antwerpen. Ich rufe an. Wenn alles klar ist, komm' ich zum Sonnenwendfest wieder. Klaus.

Mechanisch griff ich in meine Tasche, holte die Kamera heraus, machte zwei Aufnahmen mit unterschiedlichen Belichtungszeiten von dem Brief und verstaute Zettel und Kamera wieder in den Hosentaschen. Ich spürte eine dumpfe Hilflosigkeit, als ich zurück zum Kiesweg und weiter auf das große Haus zuschlurfte; es war, als wiche die Kraft aus meinen Beinen.

Das hier hatte nichts mehr mit politischen Intrigen und dunklen Geldgeschäften zu tun. Erst van Relger und jetzt Hans. Das war der zweite Mord in weniger als einer Woche. Ich dachte, daß es an der Zeit war, mit dem Katz- und Maus-Spiel aufzuhören und zur Polizei zu gehen.

Ich blieb hinter einer riesigen Rotbuche stehen, lehnte mich an den Stamm, sah nach oben in das rostfarbene Blätterdach und dachte darüber nach. Aber es kam nicht viel dabei heraus. Im Grunde stand ich mit leeren Händen da. Ein Zettel mit einem Geständnis ohne Anrede und vollständige Unterschrift, dessen Verfasser vermutlich innerhalb der nächsten zehn Minuten die Grenze zu den Niederlanden überqueren würde, und mein Wort, daß der Zettel für Terheugen bestimmt war, standen gegen seine unbescholtene Person, seinen Ruf als integrer Geschäftsmann. Wenn ich jetzt zur Polizei ging, würde man mich auslachen. Und Terheugen würde mich wahrscheinlich umbringen, nur zur Sicherheit. Es war noch zu früh. Ich mußte noch ein bißchen weitersuchen.

Ich beschloß, die Arbeitszuteilung am Gärtnerhaus zu versäumen, und machte mich auf den Weg zu Terheugen.

Die Tür war wieder nicht verschlossen, und wieder begrüßte mich der Hund.

»He, Lara.« Ich streckte ihr die Hand entgegen, und sie bellte nicht. Immerhin hatte sie mich ja schon einmal als legitimen Eindringling erlebt. Sie kam langsam näher, unentschlossen zuerst, schnupperte an meiner Hand und traf schließlich eine Entscheidung. Sie wedelte mit dem Schwanz und leckte freundlich meine Hand. Ich hockte mich zu ihr runter, strich über ihren Nacken, redete leise mit ihr, und sie legte sich auf den Rücken, damit ich ihren Bauch kraulen konnte.

Einer dieser unverkennbaren, unfreundlichen Faustschläge gegen meine Schulter störte diese ersten zarten Freundschaftsbande. Lara und ich sahen erschrocken auf.

Es war natürlich Terheugen, und ich fragte mich, ob ich wirklich langsam taub wurde, denn ich hatte ihn nicht gehört.

»Was hast du hier verloren?«

Ich stand auf. »Ich soll Ihnen einen Zettel geben ... von Klaus.«

»Und? Her damit!« Er konnte einem tatsächlich Angst einjagen mit seinem Kommandoton. Ungeduldig tippte er mit der Reitgerte gegen seinen Stiefelschaft, und ich dachte, daß er mir damit wahrscheinlich eins überziehen würde, wenn ich nicht spurte. Ich kramte den Zettel umständlich aus der Hosentasche, reichte ihn ihm und wollte gehen.

»Warte!«

Ich wartete gehorsam und lächelte Lara verstohlen an, während er den Zettel entfaltete und las. Eine steile Zornesfalte bildete sich auf der Mitte seiner Stirn. Sie vertiefte sich, je weiter er in seine Lektüre vordrang, und mit fest zusammengekniffenen Lippen riß er den Zettel zuletzt in winzige Fetzen. Nur gut, daß er nichts von meinen Fotos wußte.

»Kannst du lesen?«

Schon der zweite heute. Ich machte ein dummes Gesicht, als sei der Sinn der Frage mir ein Rätsel, und schüttelte den Kopf.

»Na, schön. Hau ab.«

Zu leise. Ich wollte gerne gehen, aber das war zu leise. Ich sah ihn höflich abwartend an.

Er packte mich an der Schulter und schleuderte mich herum. »Raus, du verdammter Schwachkopf!«

Ich stolperte absichtlich zur Seite, um einem Tritt zu entgehen, dachte über das traurige Los der Boten nach, die schlechte Kunde brachten, und trollte mich.

Als ich nach draußen in die Sonne trat, hielt am Fuß der Treppe ein Taxi. Eine Frau stieg aus. Als ich sie erkannte, war es, als hätte mir einer mit einem soliden Eisenrohr eins vor die Stirn gegeben. Die Frau war Lisa.

Wie erstarrt stand ich auf der Treppe und dachte, daß mein Brief an van Relger junior das Land vielleicht mit demselben Flieger verlassen hatte, mit dem sie angekommen war. Scheiße. Das konnte einfach nicht wahr sein.

Terheugen kam aus dem Haus, um festzustellen, wessen Ankunft der ratternde Diesel ankündigte, während Lisa sich in das Taxi beugte und bezahlte.

Im Vorbeigehen stieß er mir einen Ellenbogen zwischen die Rippen.

»Was stehst du hier noch rum«, knurrte er, zu leise eigentlich, aber ich bewegte mich langsam.

Langsam genug, um noch Zeuge der Begrüßung zu werden. Lisa drehte sich um, sah ihn auf sich zukommen und fiel ihm um den Hals. »Anton! Mann, bin ich glücklich, daß ich hier bin! Ich hab's zu Hause nicht mehr ausgehalten. Was sagst du jetzt? Überrascht?«

Sie war in Wirklichkeit noch viel schöner als auf

dem Foto. Sie schien geradezu zu sprühen vor Lebensfreude, sie lachte und strahlte Vitalität in fast spürbaren Wellen aus. Ich fühlte einen seltsamen Stich, ein unerwartetes, emotionales Chaos wollte mich von hinten überrumpeln, und ich wollte nichts davon wissen.

Terheugen beherrschte sich meisterhaft. »Lisa. Was für eine ... nette Überraschung.« Über ihre Schulter hinweg machte er ein Gesicht, als habe er in eine Zitrone gebissen. Ich schlurfte davon.

Er pfiff mir hinterher. Ich drehte mich wieder um, und er zeigte auf den großen Schalenkoffer, der neben Lisa stand. Dann nahm er ihren Arm und führte sie die Treppe hinauf.

Ich ging zurück, schnappte mir den Koffer und folgte ihnen.

»Was ist denn nur passiert, mein Liebes?« fragte er besorgt. Es sollte liebevoll klingen, war aber nicht besonders gelungen für meinen Geschmack.

»Ach«, sie lachte nervös. »Mein Vater ist vollkommen verrückt geworden. Seit die Ferien angefangen haben und ich wieder zu Hause bin, liegt er mir Tag und Nacht in den Ohren. Wegen dir. Er sagt schreckliche Sachen, du hättest es auf mein Geld abgesehen und all dieses lächerliche Zeug. Und jetzt fängt meine Mutter auch noch an. Ich bin einfach verschwunden, ohne ein Wort.«

Ich verkniff mir ein Grinsen.

Sie ahnte ja nicht, daß diese Form kindlichen Ungehorsams für ihren Vater absolut nichts Neues war.

»Mein armer Schatz«, sagte Terheugen mitfühlend. »Mach dir keine Sorgen. Das werden wir schon alles wieder in Ordnung bringen. Ich werde mit deinem Vater reden.«

Wir durchquerten die Halle und stiegen die Treppe zur oberen Etage hinauf. Oben erstreckte sich ein breiter Korridor mit vielen Türen. Er öffnete die dritte von links, und ich überlegte, daß das vermutlich das Zimmer der wilden Monika war.

Ich biß die Zähne zusammen und konzentrierte mich auf mein unbeteiligtes Gesicht.

Es war ein großer Raum, dezent mit Antiquitäten eingerichtet, und das Fenster bot eine wundervolle Aussicht auf den Park.

Terheugen bedeutete mir, den Koffer abzustellen, und scheuchte mich dann mit einer Geste hinaus.

Ich wandte mich ab und sah im Augenwinkel, wie Lisa sich zu mir umdrehte. »Danke«, sagte sie lächelnd.

Ich nickte scheu und ergriff die Flucht.

Nach einigem Suchen fand ich Wielandt am Seerosenteich. In hohen Gummistiefeln stand er im seichten Wasser und pflanzte Schwanenblumen. Zu spät, dachte ich schadenfroh, die werden dieses Jahr nicht mehr blühen.

Er war ziemlich sauer auf mich. »Was fällt dir ein? Warum kommst du erst jetzt, he?« Ich fand es zu kompliziert, ihm die Geschichte zu erklären. Ich hob die Hände. »Tut mir leid.«

Er war unversöhnlich. »Ich hab' mich wohl doch in dir getäuscht! Am ersten Tag dachte ich, du hättest was drauf, aber gestern und vorgestern hast du wie eine Schnecke gearbeitet! Mach lieber nicht so weiter!«

Ich machte ein betretenes Gesicht. »Tut mir leid ... ehrlich.«

»Das sollte es auch! Am Gärtnerhaus steht ein Karren mit Begonien! Den holst du dir, machst entlang der Auffahrt die Tulpen aus und setzt die Begonien! Nur die gelben, klar?«

Ich nickte.

»Und wenn du schon glaubst, daß du später anfangen kannst als alle anderen, dann kannst du auch heute mittag durcharbeiten! Verstanden?«

Ich nickte wieder und senkte sicherheitshalber den Kopf, denn ich hatte Mühe, mich zu beherrschen. Plötzlich hatte ich genug von der ganzen Sache. Ich verspürte nicht wenig Lust, ihm den Kram vor die Füße zu schmeißen. Einen Tag ohne Mittagessen fand ich nicht mal so schlimm, klar, ich würde mächtig hungrig werden, aber nur für ein paar Stunden. Schlimm fand ich, daß dieser hirnlose Klotz mich rumkommandieren konnte, daß er den Druck, den er von Terheugen bekam, an dem ausließ, den er für den Schwächsten und Wehrlosesten hielt. Das machte mich krank. Mir war danach, ihm eins zu verpassen und ihm zu sagen, was für ein Dreckskerl er war.

»Ist noch was?« fragte er drohend.

Ich schüttelte den Kopf und wandte mich ab. Es half ja alles nichts. Ich steckte viel zu tief drin, um jetzt noch das Handtuch zu werfen.

Mißmutig und wütend stapfte ich zum Gärtnerhaus, zockelte mit dem Karren voll gelber Begonien über den Hügel zum Tor und machte mich an die Arbeit. Wenigstens würde ich sehen können, wer kam und ging.

Bis zum Mittag tat sich nichts. Die schmale Zufahrtsstraße lag still und ausgestorben, die Hitze flimmerte über dem Asphalt. Die Abkühlung, die alle sich von dem Gewitter erhofft hatten, hatte die Nacht nicht überdauert.

Meine Laune sank. Mit knurrendem Magen kniete ich mal wieder im Dreck, das Kreuz tat mir weh, weil ich die ganze Zeit in gekrümmter Haltung arbeitete, und die Zufahrt erstreckte sich schier endlos über den Hügel. Meine Aufgabe erschien mir monströs, als müßte ich mit einem Zeichenpinsel einen Schiffsrumpf streichen. Und nicht ein einziger Wagen kam an mir vorbei. Die Stagnation meiner Nachforschungen machte mich rasend.

Am späten Nachmittag hörte ich den dumpfen Klang von Pferdehufen, die über den weichen Rasen galoppierten, und ich dachte düster, daß Terheugen jetzt der letzte Mensch war, den ich sehen wollte.

Aber tatsächlich war es Lisa, die über den Kamm kam. Sie ritt wie der Teufel, und ihre Augen lachten. Ich gönnte mir einen Moment Pause, um ihr zuzusehen, und streckte meine müden Knochen.

Als sie näher kam, fiel sie in Trab und kam schließlich neben mir zum Stehen. Sie saß ab und sah sich in Ruhe um. »Das ist wirklich der schönste Garten, den ich je gesehen habe«, sagte sie ernst.

Ich tippte an mein Ohr und schüttelte lächelnd den Kopf. Die Geste war mir in Fleisch und Blut übergegangen. »Tut mir leid, ich hör' nicht gut.«

Sie riß die Augen auf. »Oh.« Es klang wirklich bestürzt. Dann lächelte sie zurück. »Ich sagte, der Garten ist wie ein Paradies. Er machte Ihnen allen Ehre.« Sie sprach mit leicht erhobener Stimme, ohne zu brüllen. Eine wahre Wohltat.

Ich lächelte sie an.

»Arbeiten Sie schon lange hier?« fragte sie, als interessiere es sie wirklich.

»Erst diese Woche.«

»Hey, fast so neu wie ich.«

»Bleiben Sie übers Wochenende?«

Sie nickte. »Ja, und noch ein bißchen länger wahrscheinlich. Ich bin zu Besuch, und ich komme aus Südafrika.«

Ich tat beeindruckt. »Ziemlich weit weg.«

»Ja, ziemlich.« Aber nicht weit genug, so schien es, und sie tat mir leid. Ich wußte so genau, wie sie sich fühlte.

Plötzlich machte Befangenheit sich breit, vielleicht spürte sie etwas von meiner Verwirrung. Sie trat neben den Sattel, und ich nahm den Steigbügel in die Linke und hielt die Rechte etwas weiter nach unten, um ihr beim Aufsitzen zu helfen.

Sie schüttelte den Kopf und stellte den Fuß in den Steigbügel. »Vielen Dank, nicht nötig.« Sie saß auf. »Auf Wiedersehen ... wie heißen Sie denn eigentlich?«

»Simon.«

»Was, ehrlich?« Sie lachte. »Das ist echt ulkig. Wie mein Nachname. Ich heiße Simons. Lisa.«

Sie streckte mir die Hand entgegen, und ich nahm sie überrascht. »Freut mich, Lisa.«

»Ja, mich auch. Also. Bis dann.«

Ich hob die Hand zum Gruß, und als sie gerade das Pferd wendete, kam Terheugen auf seinem Wallach über den Hügel. Sie ritt ihm entgegen, und sie trafen sich auf halbem Weg. Terheugen sah kurz in meine Richtung. Dann ritten sie auf den Wald zu.

Ich arbeitete weiter, bis mein Gefühl mir sagte, daß es schon nach fünf war. Schließlich spannte ich mich vor meinen Karren, zog ihn ein Stück und wandte mich dann noch mal um. Ich sah die sanft abfallende Zufahrt entlang bis zum Tor. Ich fand, ich war ganz schön weit gekommen. Heute würde Wielandt wohl hoffentlich nichts zu beanstanden haben.

Ich kam als letzter zum Gärtnerhaus zurück, die anderen waren schon fertig und standen bei Wielandt vor der Tür. Ich brachte meine Sachen hinein und sah im Vorbeigehen, daß er ihnen Geld gab. Klar doch, fiel mir ein, Zahltag. Hatte ich fast vergessen. Ich beeilte mich ein bißchen und gesellte mich zu ihnen.

»Hier«, sagte Wielandt barsch, »das ist deins!«

Ich nickte und wollte es einstecken. Als ich es zusammenfaltete, stellte ich fest, daß ich einen Hunderter und zwei Zwanziger in der Hand hielt. Ich war einen Moment verdutzt und rechnete noch mal nach. Ich bin kein guter Kopfrechner. Aber es bestand kein

Zweifel. Ich hatte am Dienstag angefangen. Das machte vier volle Tage. Ich sah zu Wielandt. Er drehte mir den Rücken zu.

»Äh ... Entschuldigung.«

Er sah auf und runzelte die Stirn. »Ja?«

»Es fehlen zwanzig Mark.«

Er zuckte mit den Schultern. »Lohnabzug!« Damit schien die Sache erledigt. Er wandte sich wieder an Theo und besprach mit ihm die Einzelheiten für das Düngen des Rasens auf der Festwiese.

Ich spürte förmlich, wie mir die Farbe aus dem Gesicht fiel. Fassungslos starrte ich auf die paar Scheine in meiner dreckigen Hand, und ein heißer Zorn packte mich. Ich dachte an eine Woche mühevoller Arbeit, an müde Knochen, an eine Woche voller Spott und grausamer Scherze. Und das hier war einfach zuviel.

»Das ist ... nicht gerecht.«

Plötzlich war es still, und Wielandt drehte sich zu mir um. »Was hast du gesagt?«

Zu leise. Ich sah in sein grobes Gesicht mit den eng zusammenstehenden Augen und schüttelte nachdrücklich den Kopf. »Das ist ungerecht.«

»Willst du dich vielleicht beschweren?! Nachdem du heute morgen über eine Stunde zu spät gekommen bist?«

Willst du das, Simon? Ich zögerte einen Moment. Ich sah die hämischen Gesichter um mich herum. Alle amüsierten sich prächtig.

Ich nickte.

»Ich hab' heut mittag gearbeitet. Eine Stunde. Ich

hab's aufgeholt.« Abgesehen davon, für zwanzig Mark hätte ich einen halben Tag blaumachen können. Aber das konnte ich nicht sagen. Ich mußte an meinen Ruf als Vollidiot denken.

Er kam einen Schritt auf mich zu, und ich wich ein bißchen zurück. Vermutlich besser, wenn ich jetzt aufgab. Besser für meine Glaubwürdigkeit. Aber ich konnte nicht. Ich konnte nicht ertragen, daß er denken würde, daß die guten alten Regeln weiter und immer weiter galten. »Das ist nicht fair. Ich hab' volle Zeit gearbeitet, und ich will meinen ganzen Lohn.«

Über seine Schulter hinweg sah ich Lisa und Terheugen, die auf ihrem Rückweg vom Pferdestall durch die Apfelbäume kamen. Wielandt stand mit dem Rücken zu ihnen und bemerkte sie nicht.

Mit zusammengekniffenen Augen konzentrierte er seinen Blick auf mich. »Willst du vielleicht aufmüpfig werden, du fauler Schwachkopf? Denkst du, du kannst dir das erlauben?«

Ich wollte keine Eskalation. Nicht vor Publikum. Aber ich wollte klarmachen, daß ich im Recht war. »Ich sag' nur, es ist unfair. Ich hab' genauso viel gearbeitet wie alle anderen.«

»Ja, nur daß du schwer von Begriff und langsam wie eine Schnecke bist und man immer hinter dir her sein muß!«

Ich war fassungslos. »Das ist ... eine verdammte Lüge.«

Seine Titanenfaust traf mich wieder ins Gesicht, diesmal am Jochbein.

Als ich aufstand, war das Grinsen auf den Gesichtern noch breiter geworden, nur Lisa sah entsetzt aus, ihre ohnehin großen Augen waren weit aufgerissen.

Sie machte einen Schritt in meine Richtung, aber Terheugen hielt sie zurück und sagte leise: »Halt dich da raus, Liebes.«

Wielandt fuhr auf dem Absatz herum und machte seinen Diener.

»Gibt's Probleme?« erkundigte sich Terheugen.

Wielandt schüttelte grimmig den Kopf. »Nein, Herr Terheugen. Ich hab' dem Tauben was vom Lohn abgezogen, weil er heute morgen zu spät gekommen ist. Er meint, er müßte sich beschweren.«

Terheugen schüttelte lächelnd den Kopf. »Er kann ja verschwinden, wenn ihm irgend etwas nicht paßt. Faulenzer können wir hier wirklich nicht gebrauchen. Und Schwachsinnige schon gar nicht.« Er wollte sich abwenden.

»Aber ...« Lisa sah ihn verständnislos an. »Anton, er war in deinem Haus! Er hat meinen Koffer getragen!«

Er nahm ihren Arm. »Komm, das verstehst du nicht.«

Sie machte sich wütend los. »Aber hör mal, du kannst doch nicht ...«

Er faßte sie fast grob am Ellenbogen, preßte die Lippen zusammen und zerrte sie zurück durch die Apfelbäume. Vermutlich würde die arme Lisa eine Vorlesung zu hören kriegen, sobald sie außer Sichtweite waren. Ich hatte nicht gewollt, daß sie für mich in die Bresche sprang. Das wollte ich von niemandem.

Ich stand mit hochgezogenen Schultern da und sah Wielandt an. Er sah immer noch wütend aus. Er wollte mir mit der flachen Hand eine verpassen, aber ich bog einfach den Kopf nach hinten, und er verfehlte mich. Er bemühte sich kein zweites Mal. »Bring mich nicht in Schwierigkeiten, du Pappkopf! Ich sag's nicht noch mal! Also, was ist jetzt? Willst du abhauen?«

Nichts wäre mir lieber gewesen. Aber ich schüttelte den Kopf.

Er lachte häßlich. »Na also! Und jetzt verpiß dich!«

Den Bauch voller Hunger und Wut wandte ich mich ab und ging zum Abendessen.

Zwei neue Gesichter waren am Tisch, ein vierschrötiger Kerl mit kränklich gelben Augen und ein segelohriger, magerer Junge. Sie waren als Ersatz für Hans und Klaus eingestellt worden. Niemand schenkte ihnen besondere Beachtung, alle lauschten Theo, als er von meinem traurigen Los und meinem gekürzten Wochenlohn erzählte. Die Geschichte fand allgemein Anklang.

»Na, Tauber, da hast du dich aber in die Nesseln gesetzt, was?«

»Ich wußte gar nicht, daß du zählen kannst!«

»Oder rechnen!«

»Frag Wielandt doch mal, ob du für die zwanzig Mark am Sonntag arbeiten darfst!«

Ich hörte mir das alles an, sah in ein paar Gesichter und bekam mehr und mehr Lust, mein Abendessen wieder auszukotzen. Genau wie früher fragte ich mich verständnislos, was in der menschlichen Natur diesen widerwärtigen Instinkt auslöste, daß die, die am weitesten unten waren und am meisten getreten wurden, sich immer noch einen suchten, an dem sie es auslassen konnten, statt sich zusammenzutun und sich zu wehren. Fassungslos und angewidert stand ich schließlich auf und ging nach draußen, um meinen Abendspaziergang zu machen.

In meinem Hotelzimmer angekommen, legte ich mich zum ersten Mal auf das breite Bett, dreckig wie ich war, streckte mich aus, ließ meine Hände über die kühlen Laken gleiten und schloß die Augen. Es war ein himmlisches Gefühl, wie eine Erinnerung an mein wirkliches Leben.

Als ich gefährlich schläfrig wurde, stand ich wieder auf und rief Stella an.

»Kommst du morgen?«

»Nein. Ich fürchte, es wird noch ein bißchen dauern.«

»Ha, das hab' ich befürchtet.«

»Würdest du noch ein paar Tage nach meinem Laden sehen?«

»Ja, sicher. Was ist mit dir? Du klingst komisch.«

»Nichts. Nur müde. Läuft alles?«

»Klar doch. Die ersten Tage waren ein bißchen wild, aber jetzt hab' ich alles im Griff. Also mit dieser Mermora-Handels-GmbH ...«

»Ja? Was ist damit?«

»Tja, also das war merkwürdig. Sie hatten die Staatsanwaltschaft da, wegen des Verdachts auf Verstöße gegen das Außenwirtschaftsgesetz. Hatte van Relger dir nicht erzählt, die Behörden hielten Terheugen für absolut sauber?«

»Doch. Und was war dann?«

»Nichts bei rausgekommen. Ich hab' mit jemandem gesprochen, der mit einem der Ermittler befreundet ist. Er wußte nicht, worum es bei dem Verdacht ging, aber er sagte, es hätte so ausgesehen, als sei im letzten Moment was vertuscht worden, und die Prüfung wurde vorzeitig abgebrochen. Auf Anordnung von ganz weit oben.«

»Hey, interessant. Was Näheres?«

»Leider nein.«

»Macht nichts. Klingt, als läge der Schlüssel tatsächlich bei dieser Mermora. Phantastisch, Stella. Vielen Dank.«

»Keine Ursache. Kann ich sonst noch was für dich tun?«

»Nein. Nicht am Telefon.«

Sie lachte. »Gut. Dann auf ein andermal.«

»Hör mal, frag nicht mehr weiter nach, ja? Es könnte gefährlich werden.«

»Wie du willst.«

Wir verabschiedeten uns, und ich rief meine Verbindung wegen der Autokennzeichen an. Er begrüßte mich gutgelaunt wie üblich und berichtete, daß er fündig geworden sei.

»Junge, was immer es mit deiner Privatangelegenheit auf sich hat, es muß ein heißes Eisen sein.«

»Ah ja?«

»Ja. Der Mercedes ist der Privatwagen eines parlamentarischen Staatssekretärs im Außenministerium. Große Nummer. Der BMW gehört einem Mann namens Ludwig Argent. Und der Senator ist auf eine

Firma in München angemeldet, eine Maibaum GmbH. Sagt dir das irgendwas?«

Liebliche kleine Glöckchen klingelten in meinem Kopf. »Ja, das sagt mir was. Du hast mir wirklich sehr geholfen. Vielen Dank.«

»Jederzeit. Vergiß das Essen nicht.«

»Werd' ich nicht. Ich lass' von mir hören.«

Auf meinem Rückweg versuchte ich, die Bruchstücke an Informationen zu einem Bild zusammenzusetzen. Die Staatsanwaltschaft war bei der Mermora gewesen und war erstens auf höheren Befehl wieder verschwunden, und zweitens hatte man die Sache vertuscht, denn sonst hätte van Relger davon erfahren. Terheugen hatte einen guten Freund im Außenministerium, einen Staatssekretär.

Ludwig Argent war eine schillernde Gestalt, ein Elsässer und ehemaliger Fremdenlegionär, der vor etwa zwei Jahren wie aus dem Nichts in Düsseldorf aufgetaucht war, eine Villa in Benrath gekauft hatte (bar bezahlt) und den Jet-set mit verschwenderischen Parties unterhielt. Orgien, nach allem, was so geredet wurde. Er warf mit Geld nur so um sich, und niemand wußte, was er eigentlich trieb.

Die Maibaum GmbH schließlich war ein mittelständischer Betrieb in der Nähe von München, der Präzisionsteile für den Maschinenbau produzierte und über den vor nicht allzu langer Zeit ein Bericht in der *Kapital* gestanden hatte, weil nach einem Wechsel im Management der Umsatz innerhalb eines Jahres verdoppelt worden war. Die *Kapital* hatte es als Erfolgsstory des Monats aufgemacht, und ich hatte mich gefragt, ob die Leute in der Redaktion tatsächlich so naiv waren, wie es schien, oder ob dort jemand einen morbiden Sinn für Humor hatte. Denn fast zur selben Zeit kamen Gerüchte auf, daß diese Präzisionsmaschinenteile, wenn man sie zusammensetzte, häßliche Präzisions-Handfeuerwaffen ergaben, für deren Bau die Maibaum keine Lizenz hatte. Es wurde gemunkelt. Aber meines Wissens war nie etwas Konkretes herausgekommen, und ich hatte die Sache auch schon fast vergessen.

Jetzt war es mir wieder eingefallen. Ich rechnete zwei und zwei zusammen und kam zu äußerst interessanten Schlußfolgerungen.

Gewohntes Bild, als ich zurückkam, allgemeines Fernsehen. Ich hatte keine Lust auf die Gesellschaft meiner Zimmergenossen, ging wieder duschen und waschen und setzte mich schließlich draußen unter einen Baum, um die Abendsonne zu genießen und nachzudenken.

Einer der Neuen, der jüngere, kam irgendwann nach draußen, streckte sich und gähnte, und als er mich sah, kam er zögernd auf mich zu.

Ich klopfte einladend auf den Boden neben mir.
Er setzte sich. »Hallo! Ich heiß' Jörg!«
»Simon.«
Wir gaben uns die Hand.
»Sind ziemlich rauh, die Jungs, was?«
Ich zuckte mit den Schultern. »Scheiß drauf. Das meiste hör' ich sowieso nicht.«

Er grinste. »Hey, du bist cool, Mann.«

Ich hoffte, er würde noch lernen, nicht so leicht beeindruckt zu sein.

Er zog ein Päckchen Camel aus der Brusttasche und zündete sich eine an. »Woher kommst'n du?«

Ich hob eine Hand. »Zuletzt aus der Gegend um Düsseldorf. Treib mich eben so rum. Und du?«

»Aus Frankfurt! Keine Bleibe und so! Raus aus dem Irrsinn, hab' ich mir gedacht.«

»Keine Eltern?«

»Hör mir auf mit denen!«

Es war doch wirklich eine verrückte Welt. Ich nickte. »Hör mal, der Kerl mit der Tätowierung am Arm, hast du den gesehen?«

Er nickte. »Ulrich.«

»Genau. Ulrich. Nimm dich vor dem in acht.«

Er machte große Augen. »Wieso? Das ist der einzige hier, der mal ein Wort mit einem redet!«

»Ja, darauf wette ich. Paß trotzdem auf. Er steht auf hübsche Jungs wie dich. Und er fragt nicht erst großartig. Verstehst du, was ich meine?«

Er biß sich auf die Lippen. »Scheißdreck.« Eine Weile war er still und zog nachdenklich an seiner Kippe, dann sah er mich wieder an.

»Ich glaube nicht, daß du beschränkt bist, wie sie sagen!«

Ich war erschrocken. Ich hatte tatsächlich nicht aufgepaßt. Vielleicht, weil ich mich danach sehnte, mal mit einem echten menschlichen Wesen zu reden. »Glaub's lieber.«

»Na, also ich weiß nicht.« Er war nicht überzeugt,

aber er hatte so leise gesprochen, daß ich nicht zu antworten brauchte.

Ich schlief schlecht. Tausend Gedanken rasten mir durch den Kopf, und bei jedem Geräusch schreckte ich auf, weil ich mir vorgenommen hatte, ein Auge auf den Jungen zu haben. Aber meine Sorge war unbegründet. Jörg lag nur zwei Betten von mir entfernt, und jedes Mal, wenn ich aufwachte, lag er friedlich und ungestört auf der Seite, das Gesicht mir zugewandt, noch jünger und verletzlicher im Schlaf.

So gegen halb vier glitt ich aus dem Bett und zog mich an. Auf dem Weg zur Tür blieb ich an Ulrichs Bett stehen und stubste ihn leicht mit einem Finger an. Nichts. Gut.

Die Nacht war hell, ein fast voller Mond stand an einem wolkenlosen Himmel und tauchte den Garten in sanftes, verzaubertes Licht. Es war ein bißchen wie im Märchen. Als ich davor ankam, erhob sich das Herrschaftshaus schwarz und drohend vor dem blauen Nachthimmel. Für einen Augenblick war ich versucht, die Sache abzublasen. Dann dachte ich daran, wie sehr ich darauf brannte, von hier zu verschwinden, und sammelte meinen Mut.

Lautlos schlich ich auf nackten Füßen die Treppe hinauf und drückte die Türklinke herunter. Halb hoffte ich, sie sei verschlossen. Aber sie öffnete sich leicht und geräuschlos wie immer; selbst nachts schien hier niemand mit Einbrechern zu rechnen. Mein Glück, so hoffte ich.

Ich blieb in der Halle stehen, bis Lara kam. Mit tapsenden Pfoten näherte sie sich neugierig, hob den Kopf, hechelte leise, kam dann näher und rieb ihren Kopf an meinem Bein. Ich kraulte sie ein bißchen hinterm Ohr und wisperte ihr ein paar Nettigkeiten zu. Sie erhob keine Einwände, als ich mich von ihr abwandte und auf die Tür zur Rechten zuging.

Ich lauschte aufmerksam, bevor ich die Klinke drückte, im Haus herrschte eine geradezu entnervende Stille. Ich erstarrte fast, als die Tür beim Öffnen vernehmlich quietschte. Ich stand stocksteif, die Klinke in der Hand, und wagte nicht zu atmen. Aber nichts rührte sich.

Behutsam schloß ich die Tür von innen und sah mich um. Der Mond schien durchs Fenster und zeigte mir einen mächtigen Schreibtisch und eine Gruppe großer Ledersessel um einen Tisch in weichen Konturen. Ich hatte recht gehabt. Es war sein Arbeitszimmer. An der Wand hing ein Bild, ein richtiger Schinken. Ich war nicht sonderlich überrascht. Es war ein Hitler-Portrait. Nicht der Führer in Uniform, wie man sie in Spielfilmen über die Nazi-Zeit immer in der Kulisse rumhängen sieht, sondern ein lächelnder, junger Hitler in einem weißen Hemd und grauem Jackett, ein richtig netter Kerl. Ich schauderte und wandte mich ab.

Als ich langsam auf den Schreibtisch zuging, entdeckte ich eine Vitrine rechts daneben. Ich sah sie mir an. Aufrecht in einer ordentlichen Reihe standen zwei Jagdgewehre, drei Schrotgewehre und ein großkalibriges Monstrum mit Zielfernrohr, eins von diesen Dingern für die Großwildjagd, die tellergroße Löcher machen.

In der Vitrinentür steckte ein Schlüssel. Ich drehte ihn langsam um, und die Tür öffnete sich wie von selbst. Unter dem Bord mit den Gewehren waren ein paar Regalböden mit Munitionskästchen und drei flachen Koffern. Ich öffnete sie nacheinander und fand eine 44er Magnum, eine 38er Smith & Wessen und ein hochmodernes, winziges Automatikding mit einer Dauerfeuervorrichtung. Kein Zweifel, Terheugen war ein Waffennarr. Interessant.

Ich stellte die Lederkoffer zurück an ihre Plätze, vergewisserte mich, daß alles so aussah wie vorher, und schloß die Vitrine. Dann trat ich hinter den Schreibtisch.

Das erste, was mir auffiel, war, daß Terheugen keinen Computer besaß.

Jedenfalls nicht im Arbeitszimmer. Ich sah meine Hoffnung schwinden. Ich hatte fest damit gerechnet, einen PC mit ordentlich aufgelisteten Dateien vorzufinden, der mich in Minutenschnelle mit all seinen Transaktionen und dreckigen Geschäften vertraut gemacht hätte. Statt dessen gab es ein Regal mit einer meterlangen Reihe von Leitz-Ordnern, und der Schreibtisch war übersät von Papieren. Sah so aus, als müsse sich dringend mal jemand darum kümmern.

Ich wurde nervös. Ich wußte, daß ich nicht genug Zeit hatte, um das Chaos zu durchforsten.

Ich schaltete die Schreibtischleuchte ein und machte mich mit erzwungener Ruhe daran, die Papiere Stück für Stück durchzusehen. Eine Stromrechnung. Wielandts Abrechnungen für die letzten zwei Wochen. Ein Prospekt über Jagdwaffen. Ein Reitermagazin. Ein fotokopierter Zeitungsartikel, überschrieben mit ›*Die Umvolkung Deutschlands durch die Landnahme fremder Völker*‹, aus der Zeitschrift *Nation Europa*, Ausgabe vom letzten November, wie eine Randnotiz sagte. Ein Abdruck von David Irvings Vortragsrede über die Auschwitz-Lüge. Alles sehr interessant. Alles nutzlos.

Ich sah auf die kleine goldene Uhr, die neben einer Schale mit Stiften stand: fast vier Uhr. Nicht mehr viel Zeit.

Ich öffnete die oberste Schublade auf der linken Seite. Noch ein Stapel Papiere. Ich nahm sie heraus.

Das wurde schon besser. Kopien von Geschäftsbriefen der Mermora-Handels-GmbH. Alle in englischer Sprache. Ich überflog den Text des ersten Briefes. Er war adressiert an eine Fletcher Import Corp. in Namibia. *Dear Sir* und so weiter. Und dann *bestätigen wir hierdurch Ihre Nachbestellung über weitere 500 (in Worten fünfhundert) Maschinenpistolen des Typs M 379 X der Firma Maibaum in München ... hoffen, trotz der bekannten Schwierigkeiten die gewohnten Lieferfristen einhalten zu können ...*

Meine Hand zitterte ein bißchen.

Ich rang um Konzentration, zog die Kamera aus der Tasche und machte zwei Aufnahmen von dem Brief. Und von den nächsten zehn, ohne sie zu lesen. Mein Herz schlug wie rasend bis in meine Kehle. Ich konnt's einfach nicht glauben. Wie einfach es gewesen war.

Und das war der Moment, als ich Schritte in der Halle hörte.

Mein eben noch rasendes Herz setzte plötzlich aus.

Ich schlug mit der flachen Hand auf den Knopf der Schreibtischleuchte. Das Zwielicht kehrte zurück, aber es gewährte keinen Schutz.

Was tun, dachte ich verzweifelt, wo zum Henker soll ich hin?

Die Schritte kamen näher.

Ich packte den Stapel Briefe, die ich aus der Schublade geholt hatte, und als ich sie zurücklegen wollte, entdeckte ich den Terminkalender. Ich griff danach, ohne nachzudenken, legte die Briefe zurück, schloß die Schublade und wandte mich zum Fenster.

Die Person war stehengeblieben. Wer weiß, vielleicht war sie gar nicht auf dem Weg hierher. Aber das Risiko bestand.

Ich packte den Fenstergriff, betete zu einem Gott, an den ich nicht glaubte, daß das Fenster nicht quietschen möge, zog es auf und kletterte hinaus ins Freie.

Für eine Sekunde preßte ich mich an die Mauer und atmete tief durch, aber ich wartete nicht ab, ob das Licht im Arbeitszimmer angehen würde. So leise wie möglich lief ich bis zur Ecke des Hauses, wartete dort wieder einen Moment und wagte dann den kurzen Sprint bis zu den Rhododendren am Swimmingpool. Gerade, als ich mich zwischen die dichten Büsche schob, ging im Arbeitszimmer das Licht an.

Gewaltsam erzwang ich mir einen Weg durch die buschigen Zweige, die mich nur unwillig vorbeiließen. Mein Atem ging keuchend und stoßweise, obwohl ich versuchte, ruhig und bedächtig Luft zu holen. Ich rannte um das Becken herum, verließ den Ring durch die kleine Lücke und verschwand dankbar im tiefen Schatten der Apfelbäume. Ungesehen und unbemerkt kam ich zurück in den Schlafraum, stopfte Terheugens Filofax in die Abgründe meines Beutels, legte mich auf mein Bett und wartete, daß mein Puls und meine Atmung sich beruhigten. Als der Hahn krähte, schlief ich ein.

9

Auf Gut Verndahl, einem der letzten Bollwerke der Sklaverei, war der Samstag ein ganz normaler Arbeitstag.

Ich war hundemüde, als das Getöse der Morgenzeremonien mich weckte. Unwillig drehte ich mich auf die andere Seite und schloß wieder die Augen. Ich wußte nicht so recht, wo ich war, bis jemand mir hart auf die Schulter schlug.

»He, Tauber, wenn du nicht aufstehst, zieht Wielandt dir wieder das Fell über die Ohren!«

Allgemeine Heiterkeit.

Ich öffnete die Augen und setzte mich auf, ehe sie wieder zufallen konnten.

Pünktlich fand ich mich zur Arbeit ein, und Wielandt wies mich unfreundlich an, mit der Bepflanzung der Zufahrt weiterzumachen. »Und wenn du damit heute nicht fertig wirst, kannst du deine Sachen packen!«

Ich war erschrocken. Das war fast unmöglich zu schaffen. Ich fragte mich, ob er mich loswerden wollte, und wenn es so war, warum. Schweigend holte ich meinen Karren und begab mich an die Arbeit. Der Tag war heiß, aber bewölkt, eine drückende, feuchte

Schwüle legte sich lähmend auf die Glieder. Nach kaum einer Viertelstunde fühlte ich mich reif für eine ausgiebige Dusche. Ich kümmerte mich nicht darum. Ich pflanzte wie besessen.

Mittags hatte ich den Hügelkamm erklommen, und das Haus war schon in Sicht. Trotzdem beschloß ich, das Essen wieder ausfallen zu lassen. Anderenfalls würde ich nie bis zum Abend fertig werden.

So etwa gegen drei fuhr Terheugen in einem brandneuen Mercedes-Coupé an mir vorbei. Er raste seine Auffahrt hinunter, wirbelte dichte Staubwolken auf und war schon fast verschwunden, als ich ihn bemerkte.

Nur wenig später erschien Lisa. Sie kam langsam zu Fuß vom Haus herüber, und sie sah nicht besonders gut aus. Sie wirkte nervös, und in ihrer linken Schläfe pochte ein Äderchen. Es fiel mir sofort auf, denn das habe ich auch, wenn irgend etwas mir wirklich zusetzt.

»Hallo«, sagte sie und lächelte.

Ich nickte ihr zu und bettete eine ziemlich kümmerliche Begonie in eine kleine Erdmulde.

»Machen Sie denn keine Pause?« wollte sie wissen. »Während der ganzen Mittagszeit hab' ich Sie hier draußen gesehen.«

Wie freundlich sie ist, dachte ich und erinnerte mich vage, daß ich felsenfest entschlossen gewesen war, sie nicht zu mögen, sollte ich ihr je begegnen. Jetzt fand ich es unmöglich.

»Simon, ich sagte ...«

»Ich habe Sie gehört. Nein, ich hatte heute keine Zeit

für eine Pause.« Die nächste Begonie wanderte in die Erde, ich hatte den Rhythmus raus, es ging wie im Akkord.

Sie sah kurz in mein Gesicht. »Es tut mir sehr leid, was gestern passiert ist.«

Ich wandte mich ab. Ich hatte den Bluterguß beim Rasieren gesehen, sah ziemlich wild aus, schön bunt. »Dazu besteht kein Grund.«

»Doch. Es war einfach ungeheuerlich. Und ich hatte den ersten richtigen Krach mit meinem Freund deswegen.«

»Das sollten Sie mir nicht erzählen. Es ist ... unpassend.«

Sie hob die Schultern. »Ja. Vielleicht. Es ist komisch. Es kommt mir so vor, als würde ich Sie ... kennen. Seit Ewigkeiten. Verrückt, oder?«

Viel verrückter, als du dir vorstellen kannst, dachte ich. Und mir ging es ebenso. Für einen kurzen Moment war ich versucht, ihr die Wahrheit zu sagen. Etwas in mir sehnte sich danach. Aber ich besann mich eines Besseren. Das war wirklich nicht der richtige Augenblick. »Das ist schon in Ordnung. Vielleicht gar nicht so verrückt.«

Sie lächelte, als sei sie erleichtert. »Haben Sie schon gehört, daß letzte Nacht eingebrochen wurde?«

»Tatsächlich? Wo? Auf dem Hof?«

»Nein. Im Haus. Ganz seltsam. Nichts fehlt, und nichts ist verwüstet, und der Hund hat nicht angeschlagen, aber Anton ist sicher, daß jemand im Haus war. Das Fenster in seinem Arbeitszimmer war offen.«

»Und nichts fehlt?«

»Er sagt, nein.«

»Worüber regt er sich dann auf?«

Sie zuckte mit den Schultern. »Keine Ahnung. Jedenfalls regt er sich furchtbar auf. Er ist unausstehlich. Darf ich Ihnen ein bißchen helfen? Ich tue nichts lieber, als im Garten herumzuwühlen. Das beruhigt die Nerven.«

Ich kam aus dem Staunen nicht heraus. »Ja. Das geht mir genauso. Trotzdem. Nein, danke. Wenn Sie jemand sieht, bekomme ich Schwierigkeiten.«

Sie seufzte. »Warum arbeiten Sie hier? Ich meine, warum lassen Sie zu, daß ... Entschuldigung. Das geht mich nun wirklich nichts an. Tut mir leid.«

»Vielleicht, weil mir im Augenblick keine andere Wahl bleibt.«

Sie sah mich neugierig an. »Warum sagen die Leute hier, Sie seien zurückgeblieben oder so was? Wie kommen die darauf?«

»Weil ich es so will. Weil einen die Leute dann in Ruhe lassen.«

»Oh.« Sie lachte kurz. »Das war deutlich.«

Ich ließ die Hände sinken und sah sie an. »Nein. Sie hab' ich damit nicht gemeint. Sie sind eine Ausnahme. Wenn Sie es wissen wollen, Sie sind das reinste Lebenselexier.« Sie errötete leicht, und ich hatte seit langer Zeit nichts so Bezauberndes gesehen. Es war einen Moment still, und ich fürchtete, sie hätte mich falsch verstanden und würde gehen. Aber sie blieb, wo sie war. »Simon, ich glaube, Sie sind ein fürchterlicher Schwindler.«

»So. Und warum glaubst du das?«

Absichtlich ließ ich das ›Sie‹ fallen und sah dabei stur auf meine Blumen. Sie schien es kaum wahrzunehmen und folgte trotzdem meinem Beispiel. »Weiß nicht so recht. Aber ich denke, du bist nicht das, was du vorgibst zu sein.«

»Wer weiß. Wenn es so ist, betrachten wir es als Geheimnis zwischen dir und mir.«

Sie kicherte. »Einverstanden. Hör mal, du arbeitest aber wirklich in einem Höllentempo.«

»Wenn ich heute nicht fertig werde, verliere ich meinen Job. Und das kann ich mir im Augenblick nicht leisten.«

»Mann, nicht zu glauben. Und ich dachte immer, hier wäre alles anders. Als bei uns zu Hause, meine ich.«

Ich hätte ihr gerne gesagt, daß es so war. Daß das hier nicht die Norm war. Ich spürte einen merkwürdigen Impuls, meine Wahlheimat in Schutz zu nehmen. Aber damit hätte ich mich zu weit aufs Glatteis gewagt. »Vielleicht sind die Dinge einfach nie so, wie sie zu sein scheinen. Schon mal drüber nachgedacht?«

Sie nickte. »Ja. Viel in letzter Zeit. Irgendwie geht alles in Trümmer, was ich für unwandelbar gehalten habe.«

Ich bewunderte sie für ihre Offenheit. »Vielleicht wirst du erwachsen.«

»Ja. Vielleicht. Wer weiß. Ich dachte, das wär' ich schon. Schwierige Sache.«

»Auf jeden Fall.«

»Verstehst du dich gut mit deinem Vater, Simon?«

Ich verkniff mir ein Grinsen. »Nein. Kann man nicht sagen. Ich habe ihn seit zwanzig Jahren nicht gesehen.«

Sie seufzte wieder. »Ich hoffe, das wird mir nicht passieren. Obwohl, im Moment ...«

»Das wird sich wieder einrenken.« Das glaubte ich komischerweise tatsächlich. Für sie war's noch nicht zu spät.

»Ja. Wer weiß.« Sie fuhr nachdenklich mit der Hand durch die lockere Erde. »Alles hier ist so anders. Sogar der Boden sieht ganz anders aus. Und die Luft fühlt sich anders an. Dumm von mir, aber damit hab' ich irgendwie nicht gerechnet.«

»Enttäuscht?«

Sie dachte einen Moment nach. »Weiß nicht. Ich bin einfach nicht sicher, ob ich hier leben kann.«

Ich lächelte ihr aufmunternd zu. »Du wirst es herausfinden.«

Sie nickte bedrückt, und ich hatte den Verdacht, daß sie sich schon jetzt nach Hause sehnte.

Wir redeten nicht mehr. Sie sah mir noch eine Weile beim Pflanzen zu, ohne daß peinliches Schweigen sich breitmachte. Als sie ging, kam ich mir verlassen vor.

Ein bißchen verwirrt widmete ich meine volle Aufmerksamkeit wieder meiner Arbeit, und um kurz nach sechs war sie getan. Ich hatte es tatsächlich geschafft.

Wielandt kommentierte diese guinnessbuchreife Leistung mit einem kurzen Nicken und brüllte mir unfreundlich zu, seine Frau habe mir etwas zu essen aufbewahrt, ich solle zusehen, daß ich in die Küche käme, und demnächst gefälligst pünktlich zu den Mahlzeiten erscheinen.

Ich war sprachlos.

10

Der Sonntag war arbeitsfrei.

Die anderen waren am Samstag abend frisch geduscht und geschniegelt ins Dorf gezogen, um einen Teil ihres Lohns zu versaufen. Ich hatte mich ihnen nicht angeschlossen und statt dessen die Stille genossen.

Trotz des vorangegangenen Kneipenzuges waren alle wieder früh auf den Beinen. Alle außer mir. Ich gönnte mir den Luxus, einfach liegen zu bleiben, während die anderen zum Frühstück polterten, und beschloß kurzerhand, mich später auf den Weg nach Straelen zu machen und in meinem Hotel ein gediegenes Sonntagsfrühstück einzunehmen. Lächelnd drehte ich mich noch mal auf die andere Seite und legte einen Arm über die Augen.

Als ich aufstand, war Ruhe eingekehrt, alle waren draußen und gingen ihren Sonntagsvergnügungen nach, das glaubte ich zumindest. Im Bad erlebte ich eine unangenehme Überraschung. Ulrich war noch da.

Er stand vor dem Spiegel und frisierte seine fettigen Haarsträhnen. Ich hatte das Gefühl, als habe er auf mich gewartet.

Ich lehnte mich mit dem Rücken gegen die Wand

neben der Tür und wartete, daß er fertig würde. Schließlich drehte er sich zu mir um, machte zwei Schritte und blieb in sicherer Entfernung vor mir stehen. Wir sahen uns ohne große Sympathie an.

»Was hast du dem Jungen erzählt, Schwachkopf, he?«

Ich zuckte mit den Schultern.

»Plötzlich macht er einen Bogen um mich!«

»Und?«

»Ich wette, du hast ihm was vorgejammert!«

»Zu dumm. Keine Chance mehr auf leichte Beute, was? Kommst du eigentlich nie auf die Idee, die Leute zu fragen, bevor du sie beglückst? Oder würde dir das den Spaß verderben, he?«

Er lief rot an. »Kümmer dich um deinen eigenen Dreck, kapiert?«

»Verschwinde. Immer, wenn ich dich sehe, wird mir übel.«

Er schnaubte wütend, er wollte auf mich los, aber er traute sich nicht so recht. »Paß lieber gut auf dich auf, Schwachkopf!«

Ich nickte und winkte ab.

Er stapfte hinaus, und ich überlegte, daß ich mir seinen Rat besser zu Herzen nehmen sollte. Ich hatte solche wie Ulrich schon früher getroffen. Feiglinge mit einem Hang zur Gewalttätigkeit, nicht intelligent, aber schlau, das waren die Gefährlichsten. Und ich konnte mir im Augenblick eigentlich gar keine Feinde leisten.

Spontan änderte ich meine Pläne für den Tag.

Was ich wirklich brauchte, war eine Pause. Ich kramte meinen Kleiderbeutel unter dem Bett hervor, hängte ihn über die Schulter, machte mich auf den vertrauten Weg nach Straelen und holte meinen Wagen.

Stella starrte mich ungläubig an, als sie mir öffnete. »Was ist mit deinem Gesicht passiert?«

»Eine ... Arbeitskampfmaßnahme«

Sie hielt mir die Tür auf. »Komm schon rein.«

Wir gingen in ihr kleines, exquisites Wohnzimmer, und ich schaute mich um wie einer, der nach Tagen in der Wüste eine blühende Oase sieht.

Sie sah mich scharf an. »Alles in Ordnung mit dir?«

»Natürlich.«

»Du siehst so aus, als würde dir die Sache wirklich zusetzen.«

Ich faßte kurz an meine Wange und grinste.

Sie schüttelte den Kopf. »Das mein' ich nicht. Mehr deine Augen.«

Ich schüttelte den Kopf.

»Alles, was ich brauche, ist ein Bad. Und ich bin halbtot vor Hunger.«

Sie setzte sich mir gegenüber in einen Sessel, zog die Knie an und legte die Arme darauf.

»Wirst du mir erzählen, was gelaufen ist?«

»Wenn du heute sonst nichts vorhast ...«

»Hab' ich nicht. Ich hatte mich schon mit einem einsamen, melancholischen Sonntag abgefunden. Ich sag' dir was. Laß dir ein Bad ein. Mach's dir gemütlich. Ich werd' dir ein üppiges Frühstück machen. Und mal sehen, was ich sonst noch für dich tun kann.«

Ich wußte nichts zu sagen. Ich war überwältigt. Von

ihrer Erscheinung, ihrer Freundlichkeit, dem unerwarteten Gefühl, nach Hause gekommen zu sein.

Ich nickte, stand auf und ging ins Bad.

Geraume Zeit später saß ich sauber, rasiert und in frischen Klamotten an ihrem Küchentisch und fühlte mich geläutert.

Sie hatte Spiegeleier mit Schinken gemacht, dazu gab es Berge von Toast, außerdem frische Croissants und köstliche Marmelade, Erdbeeren und Melone, griechischen Joghurt mit Honig, Kaffee und frisch gepreßten Orangensaft.

Ich aß eine Weile, ohne Energien mit Reden zu verschwenden, und sie sah mir amüsiert zu. »Ich habe dich noch nie so viel auf einmal essen sehen.«

»Du hast mich auch noch nie nach zwei Tagen Diät erlebt.«

»Nein. Ich bin beglückt, daß mein Frühstück solchen Anklang findet.«

Ich nickte enthusiastisch. »Daran könnte ich mich glatt gewöhnen.«

Sie hob warnend den Zeigefinger. »Das wär' ein Fehler. Heute ist eine Ausnahme.«

»Das hab' ich befürchtet. Trotzdem. Es war wunderbar. Vielen Dank.«

»Gern geschehen. Wirst du mir jetzt erzählen, was passiert ist?«

Ich hatte eigentlich keine Lust. Ich wollte im Augenblick nicht daran denken. Ich fühlte mich reanimiert. Ich hatte andere Sachen im Kopf. »Vorher?«

Sie schüttelte lächelnd den Kopf. »Wenn's nach mir geht, lieber nachher.«

Wir ließen es geruhsam angehen, gingen in ihr kleines Schlafzimmer, wo die Jalousien heruntergelassen waren und ein herrliches, kühles Halbdunkel herrschte. Wir liebten uns mit einer vertrauensvollen Ruhe, die es vorher nie gegeben hatte. Als sie unter mir lag, ihre Arme um meinen Rücken gelegt, dachte ich zum ersten Mal in meinem Leben fast ernsthaft daran, wie es wohl wäre, mit einer Frau zusammenzuleben. Vielleicht lag's daran, daß ihre Brüste sich so fest gegen meinen Körper preßten, ihre Beine mich einschlossen und ich mich dabei so unglaublich gut aufgehoben fühlte.

Später saßen wir wieder in der Küche, im Radio liefen Oldies, die Sonne schien durchs Fenster und wollte uns rauslocken, und ich erzählte ihr alles, was in der vergangenen Woche passiert war.

Als ich fertig war, zog ich die Kamera aus der Tasche, spulte den Film zurück und nahm ihn heraus. »Würdest du dich darum kümmern? Ich habe im Augenblick nicht die Möglichkeiten.«

Sie nickte. »Natürlich.«

»Bring ihn in den kleinen Laden auf der Friedrichstraße. Bestell dem Typen einen schönen Gruß von mir, dann wird's schneller gehen. Er soll die Abzüge vergrößern. Ich hoffe doch, daß man sie dann wird lesen können.«

Sie nahm die kleine schwarze Rolle in die Hand und betrachtete sie nachdenklich. »Die Sache wird ganz schön gefährlich, was?« fragte sie schließlich.

Ich zuckte mit den Schultern. »Nicht, solange niemand herausfindet, wer ich wirklich bin. Und ich denke, das ist ein kalkulierbares Risiko.«

Sie traktierte mich mit einem Blick, der Stahlbetonmauern durchdrungen hätte. »Warum tust du das? Warum bist du plötzlich bereit, ein solches Risiko einzugehen? Ich meine, bisher hast du immer nur das getan, was dich reicher oder dein Leben angenehmer gemacht hat. Was hat sich plötzlich geändert?«

Ich zog die Schultern hoch. »Ich weiß auch nicht so genau. Eigentlich hat sich nichts geändert. Aber es sind so viele Dinge passiert. Und ich bin überzeugt, daß Terheugen gefährlich ist. Er hat van Relger umgebracht, davon kann man wohl ausgehen, und seine Nazi-Freunde haben diesen Gärtner umgebracht, weil er sie bei irgendeiner Schweinerei beobachtet hat. Sie schwenken nicht nur Fahnen oder klopfen Sprüche. Sie stiften Unheil. Ich will herausfinden, was sie tun. Was Hans herausgefunden hat.«

»Ja, aber er ist tot, Hendrik.«

»Ich weiß. Ich weiß, daß es gefährlich ist. Aber ... da ist auch noch meine Schwester.«

Stella hob lächelnd den Kopf. »Sie hat's dir mächtig angetan, ja?«

Ich nickte.

»Du müßtest sie sehen, dann würdest du das verstehen. Sie ist keine blöde Gans, wie du und ich gedacht haben. Sie ist vielleicht naiv. Sie ist furchtbar jung. Sie war das geborene Opfer für Terheugens Charme. Sie weiß einfach nicht, wie Leute sind. Sie glaubt nicht, daß Terheugen ein Dreckskerl sein könnte, weil seine

Motive und Gedanken außerhalb ihres Vorstellungsvermögens liegen. Sie ... ach, ich weiß auch nicht.«

»Du meinst, sie ist so was wie unschuldig, ja?« Ich fand das Wort seltsam treffend. Ich nickte zögernd. »Vielleicht, ja. Und ich will nicht, daß ihr jemand weh tut. Es ist genau, wie van Relger gesagt hat, für Lisa könnten die Konsequenzen am schlimmsten werden.« Ich brach ab.

»Und du meinst, dein Vater hat's mal wieder geschafft, sich im entscheidenden Moment aus der Affäre zu ziehen, richtig? Du glaubst nicht, daß er versuchen wird, sie zurückzuholen und noch mal mit ihr zu reden? Und du willst nicht, daß es ihr so geht wie dir, daß sie irgendwann wach wird und allein dasteht und plötzlich feststellt, daß die Welt kein Rosenbett ist?« Ich starrte sie fassungslos an.

Sie lächelte. »Du bist nicht so besonders schwer zu durchschauen.« Sie stand auf, kam um den Tisch herum zu mir und legte die Hände um meinen Nacken. »Ich glaube, du solltest wirklich weitermachen, Hendrik. Wahrscheinlich ist das für dich genauso wichtig wie für Lisa.«

Am frühen Nachmittag fuhren wir raus zu mir, ich sah ein bißchen nach dem Rechten und goß die Blumen im Haus, und dann ließen wir uns mit Terheugens Terminkalender und einer Flasche Champagner auf der Wiese nieder. Ich blätterte die Seiten durch, und Stella sah mir über die Schulter.

Terheugen war offenbar ein Mann, der peinlich genau Buch führte über seinen Tagesablauf. Fast für jeden Tag waren mehrere Termine eingetragen. Es sah so aus, als hätte er sich in den letzten Wochen regelmäßig mit dem Staatssekretär aus dem Außenministerium und Ludwig Arent getroffen. Die wilde Monika erschien auch mindestens einmal wöchentlich.

Ebenso Meurer, jemand namens Kortner von der Maibaum GmbH und viele Namen, die mir nichts sagten. Auf einen davon zeigte Stella mit dem Finger.

»Da, sieh dir das an. Markus Neubauer. Nicht zu glauben.«

»Wer ist der Kerl?«

»Was denn, den kennst du nicht? Er hat fünf Jahre gesessen wegen Zugehörigkeit zu so einer verbotenen Wehrsportgruppe, unerlaubten Waffenbesitzes und solcher Sachen. Er sagt von sich, er sei der neue Führer. Ein Spinner, zweifellos.«

»Aber ein politischer Freund von Terheugen. Guck an. Unerlaubter Waffenbesitz.« Ich dachte einen Moment darüber nach. »Ich glaube, daß das der Dreh- und Angelpunkt ist. Waffen. Terheugens Mermora liefert Waffen in Krisenländer. Er bezieht sie von der Maibaum GmbH, und vermutlich hat er auch noch ein paar Quellen im Ausland. Denk an Ludwig Argent. Anzunehmen, daß er die Kontakte sowohl zu Käufern als auch zu Lieferanten herstellt. Er ist viel rumgekommen, und er ist ein windiger Charakter. Vermutlich kennt er überall auf der Welt die richtigen Leute.

Terheugen deklariert die Lieferungen als Maschinenteile zur Getreideverarbeitung, die darf man nämlich in jedes Dritte-Welt-Land liefern. Und wenn er auffällt, hält der Herr Staatssekretär seine schützende Hand über ihn und die Mermora. Das erklärt auch, warum die Detektei, die van Relger beauftragt hat, nichts gefunden hat. Weil es nichts zu finden gab. Terheugen macht keine dreckigen Geldgeschäfte. Nicht in Deutschland jedenfalls. Er ist ein Waffenschieber mit einer guten Tarnung.

Angenommen, er bewaffnet rechtsextreme Terroristen und Terrorregime. Damit wird man schnell reich. Vor allem, wenn man davon ausgeht, daß nur ein Bruchteil der Geschäfte bei der Mermora durch die Bücher läuft. Das muß der Fall sein, sonst hätte sich das Finanzamt sicher schon mal gefragt, wieso Terheugen mit Getreidemühlen so märchenhaft viel Geld macht. Jede Wette, daß das Gros der Geschäfte nebenher läuft. Und wie das Geld gewaschen wird, wissen wir auch. Die Zahlungen gehen vermutlich direkt auf Terheugens Konten in die Schweiz, so daß sie hier nirgendwo in Erscheinung treten.«

Stella nickte nachdenklich. »Klingt alles sehr plausibel. Aber das erklärt immer noch nicht, was er mit Typen wie diesem Neubauer zu tun hat.«

»Vielleicht doch. Du darfst nicht vergessen, daß Terheugen diese Geschäfte nicht fürs Geld macht. Oder nicht nur. Er ist ein Fanatiker. Ein überzeugter Nazi. Vielleicht ist er sogar ein bißchen paranoid. Viele Fanatiker sind das. Auf seinem Schreibtisch lag ein Zeitungsartikel über die Umvolkung Deutschlands durch die Landnahme fremder Völker. Angenommen, er gehört zu denen, die nicht auf einen Wahlsieg warten wollen, um diesen Umvolkungsquatsch zu stoppen.«

»Du meinst, er rüstet Typen wie diesen Neubauer mit *Waffen* aus?«

Ich nickte langsam. »Auf jeden Fall hätte er die Möglichkeit. Er hat das Geld, und er hat die Beziehungen. Vielleicht plant er eine neue SA oder so was. Eine paramilitärische Terrortruppe. Hitler hat mit dem Rezept jedenfalls Erfolg gehabt.«

»Aber das heißt ... das heißt, daß wir es irgendwann mit einer bewaffneten rechten Terrororganisation zu tun hätten. Keine Horden verrückter Halbstarker mit rasierten Schädeln, die mit Molotowcocktails auf Asylanten losgehen, sondern eine RAF von rechts.«

»Nein. Schlimmer als eine RAF von rechts. Weil sie nicht versuchen werden, das System am Nerv zu treffen oder irgendwas in der Richtung, sondern sie werden es wieder mit der guten alten Methode versuchen: Angst und Schrecken. Wenn sie groß genug wären und gut organisiert, könnten sie innerhalb kürzester Zeit ein Chaos anrichten.«

»Und das Land unregierbar machen.«

»Klingt ganz schön schrecklich, was?«

»Klingt eigentlich viel zu verrückt, um wahr zu sein.«

Das fand ich nicht. Nicht mehr. »Du hast ihn nicht gesehen. Du weißt nicht, wie er ist.«

»Und? Wie ist er?«

»Furchtbar.«

Sie runzelte die Stirn und nahm mir den Terminkalender aus der Hand. »Woll'n doch mal sehen, wessen Adressen er sich so notiert hat.« Sie blätterte ein bißchen. »Hier, sieh dir das an, Hendrik. Große Namen.

Überall hat er politische Verbindungen. Paris, London, Antwerpen, Barcelona, Rom ... und New York, und dieser Terre Blanche steht auch drin. Was sagt man dazu.«

»Van Relger sagte schon, daß Terheugen internationale Verbindungen zu Gleichgesinnten unterhält. Und hat das nicht auch in dem Artikel in der taz gestanden?«

Sie nickte.

»Langsam glaub' ich wirklich, daß ich recht haben könnte. Jetzt kann ich mir auch vorstellen, was Hans gesehen hat.«

»Eine ... Waffenlieferung?«

»Irgendwas in der Richtung. Es ist nur zu ärgerlich, daß dieser Jungnazi nicht mehr auf dem Hof arbeitet. Wie soll ich jetzt rauskriegen, wann so was noch mal stattfindet?«

Stella blätterte wieder in dem Kalender. »Hm. Hier steht nichts dergleichen drin.«

»Nein. Trotzdem ist der Kalender ganz schön kompromittierend. Ich kann verstehen, daß Terheugen über den Verlust beunruhigt ist.«

»Ist er das?«

Ich grinste. »Lisa sagt, er sei unausstehlich deswegen.«

Stella dachte eine Weile nach. »Vielleicht solltest du sie einweihen. Sie ...«

»Nein.«

»Aber sie könnte von so großem Nutzen ...«

»Nein, kommt nicht in Frage. Ich will auf gar keinen Fall, daß sie da reingezogen wird. Dafür ist es wirklich zu heiß. Und Lisa ist zu aufrichtig, um eine gute Spionin abzugeben.«

»Tja. Zu dumm.«

»Mir wird schon was anderes einfallen.«

»Oh, ja. Da bin ich sicher.«

Gegen sechs fuhren wir zurück nach Düsseldorf, schlenderten ein bißchen durch die Altstadt und gingen chinesisch essen.

Dann brachte ich sie zurück, stieg in mein Simon-der-Schwachkopf-Kostüm und rüstete mich zum Aufbruch. Ich fühlte mich wie einer, der nach langer Zeit im Knast einen Tag Hafturlaub hatte, der sich unweigerlich dem Ende zuneigte.

Ich fühlte mich lausig.

Stella brachte mich zum Wagen. Als ich die Tür aufschloß, legte sie plötzlich die Arme um meinen Hals. »Hey, sei vorsichtig, ja?«

Ich grinste. »Hör schon auf. *Hier* ist doch der wahre Dschungel, oder etwa nicht?«

Ich nahm sie in die Arme und fand den Gedanken deprimierend, sie tagelang nicht zu sehen. Tür an Tür mit ihr zu arbeiten hatte ihre Gesellschaft so selbstverständlich gemacht, daß ich sie nie wirklich zu schätzen gewußt hatte.

Wir küßten uns auf offener Straße. Dann stieg ich ein und fuhr los.

Ich ließ den Wagen wieder beim Hotel, ging nur kurz hinein, um das Zimmer für die nächste Woche zu bezahlen, und machte mich dann zu Fuß auf den vertrauten Weg. Den Beutel über der Schulter, so schlenderte ich den schmalen Feldweg entlang, die letzten schrägen Sonnenstrahlen schienen mir ins Gesicht, und ich zerbrach mir die ganze Zeit den Kopf, wie ich weitermachen sollte. So, wie's im Moment aussah, steckte ich in einer Sackgasse. Das einzige, was mich hätte weiterbringen können, wäre ein erneuter Einbruch in Terheugens Arbeitszimmer gewesen, und dazu fehlte mir schlichtweg der Mut. Anzunehmen, daß er wußte, was der Verlust seines Kalenders bedeuten könnte. Anzunehmen, daß er zusätzliche Schutzmaßnahmen ergriffen hatte.

Anzunehmen, daß er nicht lange fackeln würde, wenn er mich erwischte.

Als ich auf dem Weg zu unserer Wohnbaracke den Hof überquerte, fing Wielandt mich kurz vor der Tür ab. »Wo zum Teufel warst du den ganzen Tag, he?«

Ich unterdrückte die Bemerkung, daß ich der Ansicht gewesen sei, ein freier Sonntag bedeute auch Bewegungsfreiheit, und improvisierte. »Ich war spazieren ... und im Freibad ...«

Er unterbrach mich mit einer ungeduldigen Geste. »Herr Terheugen will dich sprechen! Hast du was angestellt?«

Ich schüttelte mit einer Inbrunst den Kopf, die ich keineswegs empfand. Vielmehr fühlte ich einen unangenehmen Druck auf dem Magen. Ich hatte keine Ahnung, was das zu bedeuten hatte, aber es konnte kaum etwas Erfreuliches sein.

»Das will ich hoffen! Geh schon!«

Ich nickte, machte kehrt und schlurfte Richtung

Herrenhaus. Ich zermarterte mein Hirn, fragte mich, ob es irgendwie möglich war, daß Terheugen mir auf die Schliche gekommen war. Aber mir fiel nicht ein, wie. Ich hielt es für ausgeschlossen.

Nachdem der Butler mir mit einem hochnäsigen Kopfnicken den Weg ins Arbeitszimmer gewiesen hatte, klopfte ich höflich an und trat auf ein Rufen von drinnen mit gesenktem Kopf ein.

Terheugen saß an seinem Schreibtisch und sortierte offenbar die Briefe, die ich fotografiert hatte. Mein Mund war plötzlich trocken.

Hatte ich sie durcheinander gebracht? Aber selbst wenn, woher sollte er wissen ...

»So, da bist du also endlich!«

Ich nickte schüchtern.

Er stand langsam auf, kam um den Schreibtisch herum und blieb vor mir stehen. »Sieh mich gefälligst an, du Mißgeburt!«

Ich zuckte zusammen und sah ihn an.

Er wippte vor mir auf den Absätzen, als wolle er sich größer machen, als er war. »Jetzt hör mir gut zu, denn ich sag's nur einmal: Komm nicht noch mal in die Nähe von Fräulein Simons! Klar? Du wirst nicht mir ihr reden, und du wirst ihr aus dem Weg gehen, verstanden?«

Ich konnte kaum glauben, was ich gehört hatte. Ich starrte ihn stumpfsinnig an.

»Ob du mich verstanden hast!«

Ich nickte. Meine Erleichterung machte meinen Kopf leicht wie einen Gasluftballon, und zusammen mit meiner morbiden Vorliebe fürs Groteske brachte sie ein unbedachtes Lächeln in mein Gesicht. Das trug mir eine äußerst unerfreuliche Ohrfeige ein. Was das anging, hatten sie hier alle wenig Hemmungen.

»Deine Unverfrorenheit ist wirklich beispiellos!« Er war ganz schön in Fahrt. »Wenn du das komisch findest, wirst du deinen Humor noch brauchen! Wenn ich euch noch mal zusammen sehe, wirst du dir wünschen, du wärst nie hierher gekommen! Wenn ich noch mal das Gefühl habe, daß du dich an sie ranmachst ...« Er beendete den Satz nicht.

Ich hatte das Gefühl, es sei an der Zeit, etwas zu meiner Verteidigung zu sagen. »Entschuldigung, aber ich hab' mich nicht ...«

Er packte mich am Hemd. »Halt lieber das Maul, Mißgeburt!«

Seine Berührung war mir zutiefst zuwider. Mühsam rang ich um meine Ruhe und meine schüchterne Maske. So unaufdringlich wie möglich trat ich einen Schritt zurück und machte mich von ihm los. »Bin ich gefeuert?«

Er hörte die Sorge in meiner Stimme und glaubte sie richtig zu deuten. Er kniff die Augen zusammen und fixierte mich. »Noch nicht. Du gerissener Bastard, du hast sie so eingewickelt, daß sie ...« Er unterbrach sich wieder, als ginge ihm plötzlich auf, daß er mir das wohl kaum erzählen wollte.

Ich sah ihn abwartend an, und er machte eine ungeduldige Bewegung. »Verschwinde.«

Ich wandte mich zur Tür und dachte beunruhigt, daß meine Zeit hier knapp wurde.

Offenbar hatte ich es geschafft, sowohl Wielandt als

auch Terheugen gegen mich aufzubringen, und das bedeutete, daß meine Tage gezählt waren, mit oder ohne Lisas Protektion. Ich hatte keine Lust zu erleben, wie sie versuchen würden, mich rauszuekeln. Meine Opferbereitschaft für die gute Sache hatte Grenzen.

Mutlos ging ich hinaus, und als ich gerade die Treppe hinunterkam, sah ich Lisa in Begleitung eines Fremden vom Swimmingpool kommen. Sie trug ein weites Kleid aus dünnem Stoff, wie Mädchen sie über Badeanzügen tragen, ihre Haare waren naß, und ihre Hand lag auf dem Arm des Mannes. Sie lachten fröhlich. Sie wirkten wie gute Freunde.

Als Lisa mich entdeckte, winkte sie mir fröhlich zu, und ich wollte die Flucht ergreifen. Ich hatte mich schon fast abgewandt, da hob der Mann den Kopf und sah in meine Richtung. Ich erkannte ihn sofort, denn er war seinem Vater ziemlich ähnlich. Mr. van Relger junior aus Johannesburg.

Für einen Moment war ich zu verblüfft, um mich zu rühren, dann riß ich mich zusammen, nickte höflich und machte mich davon, ehe sie nah genug kamen, daß ich gegen Terheugens ausdrückliches Verbot hätte verstoßen können.

Meine Gedanken überschlugen sich förmlich, während ich zum Hof zurückging. Ich rechnete. Wenn mein Kurierdienst so schnell wie gewöhnlich gewesen war, hatte van Relger meinen Brief Samstag vormittag bekommen. Ich fragte mich, was sein plötzliches Auftauchen zu bedeuten hatte. Ob er wirklich den weiten Weg gemacht hatte, nur um Lisa die Fotos zu geben, nachdem er festgestellt hatte, daß sie nicht mehr zu

Hause war. Ob er es schon getan hatte. Nein, entschied ich, dann hätte sie kaum so fröhlich ausgesehen. Aber es konnte nur eine Frage der Zeit sein. So abwegig es auch scheinen mochte, aber einen anderen Grund für seinen Besuch konnte ich mir nicht vorstellen. Offenbar hatte er zwei und zwei zusammengerechnet und war drauf gekommen, wo er sie finden würde. Ich hätte nicht gedacht, daß ihm so viel an der Erfüllung meiner Bitte liegen könnte. Überwältigend. Und höchst verdächtig.

Ich mußte sofort handeln. Er durfte Lisa nicht die Wahrheit sagen, nicht jetzt. Nicht solange ich noch hier war. Denn selbst wenn es nicht unbedingt meine sofortige Enttarnung bedeuten würde, so wäre es trotzdem zu gefährlich, danach noch länger zu bleiben.

Seufzend machte ich mich erneut auf den Fußweg nach Straelen, inzwischen war es dunkel. Ich betrat das Hotel zum zweiten Mal, ging nach oben in mein Zimmer, nahm mir das Hotelbriefpapier und schrieb:

Treffen Sie mich morgen abend um halb sieben im Hotel Wagner in Straelen, Zimmer 13. Sagen Sie um Himmels willen noch nichts zu Lisa. Hendrik Simons.

Ich steckte das Briefchen in einen Umschlag, klebte ihn zu und machte mich auf den Rückweg.

Ich brachte den Brief nicht selber zum Haus. Das war mir zu heikel. Ich ging zu unserer Bude, wo mal wieder alle vor der Glotze saßen, alle außer Jörg. Ihn fand ich auf seinem Bett, er hatte die Knie angezogen, neben ihm stand ein überquellender Aschenbecher, und in der Hand hielt er einen zerlesenen Comic. Als ich reinkam, sah er auf und lächelte. »Hi. Alles klar?«

»Hör mal, kannst mir 'nen Gefallen tun?«

»Was?«

»Da quatscht mich grad am Tor so'n Typ an, ich soll den Brief hier abgeben. Für den Besuch von Terheugen. Aber ich hab Ärger mit Terheugen und keine Lust, mich da heut noch mal blicken zu lassen. Könntest du das machen? Kriegst natürlich auch den Heiermann, den der Typ mir gegeben hat.«

Das überzeugte ihn. Er legte den Comic zur Seite, stand auf und streckte grinsend beide Hände aus. Ich legte den Brief in die eine, fünf Mark in die andere und grinste zurück. Als er verschwand, fühlte ich mich besser.

11

Den Montag verbrachte ich höchst vergnüglich auf einem fahrbaren Rasenmäher.

Offenbar war Wielandt einfach keine kreuzbrechende, öde Betätigung für mich eingefallen, und so fragte er mich nur, ob ich mit so einem Ding umgehen könne, ohne alles und jeden über den Haufen zu fahren.

Ich hatte keine Ahnung, ob ich das konnte, aber ich sagte einfach mal ja.

Und ich hatte einen Heidenspaß.

Nach dem Abendessen schlich ich mich davon, machte mich wieder auf den Weg nach Straelen, kaufte einen neuen Film für die Baby-Kamera und ging zum Hotel.

Als ich mein Zimmer betrat, wartete van Relger schon auf mich. Er war ein bißchen überrascht. »*Sie* sind Hendrik Simons?«

Ich reichte ihm grinsend die Hand, die er, als er sich gefaßt hatte, ergriff und kräftig schüttelte.

»Möchten Sie was trinken?«

Er nickte. »Sehr gern. Einen Scotch mit Soda.«

»Mal sehen.« Ich öffnete den kleinen Kühlschrank und fand, worum er gebeten hatte.

Ich nahm mir nach kurzem Zögern einen Piccolo.

»Sie sind also immer noch hier«, bemerkte er, als er an seinem Drink genippt hatte. »Ich dachte, Sie wollten das nur für ein, zwei Tage machen.«

Ich merkte, daß es ihm nicht leichtfiel, deutsch zu sprechen, und schlug vor, zu englisch überzugehen.

Er willigte erleichtert ein und sagte, sein Name sei Jan.

Ich setzte mich ihm gegenüber in einen der typisch ungemütlichen Hotelsessel. »Ich hatte ursprünglich die Absicht, wirklich nur einen oder zwei Tage zu bleiben, aber dann hat sich so viel entwickelt, daß es lohnend schien, doch länger zu bleiben. Hast du schon mit Lisa geredet?«

Er schüttelte den Kopf. »Nein. Es ist verrückt. Es ist der Grund, warum ich gekommen bin, und jetzt bringe ich es einfach nicht fertig. Ich ...« Er räusperte sich verlegen. »Na ja, du kannst dir vermutlich denken, daß ich nicht wegen einer alten Familienfreundschaft mein Büro im Stich gelassen habe und Hals über Kopf nach Deutschland gekommen bin, nachdem ich deinen Brief bekommen hatte.«

Ich grinste. »Nein. Das habe ich nicht angenommen. Du hast ein persönliches Interesse daran, daß diese Heirat verhindert wird, ja?«

Er grinste zurück, aber es war ein eher klägliches Grinsen. »Nur zu wahr. Lisa ist für mich, na ja, wie soll ich sagen ... Für mich war irgendwie immer klar, daß ich Lisa eines Tages heiraten würde. Ich bin nie drauf gekommen, daß mir ein anderer Kerl zuvorkommen könnte. Es ist wirklich verrückt.«

»Wart ihr denn zusammen, bevor Terheugen aufgekreuzt ist?«

»Schwer zu sagen. Nicht im üblichen Sinne des Wortes. Wir waren immer Freunde und haben viel zusammen unternommen. Aber sie ist noch so jung, und ich ... na ja ...«

»Du willst sagen, sie weiß überhaupt nichts davon, wie du zu ihr stehst?«

»Ich fürchte, so ist es.«

Gütiger Himmel, dachte ich, wie eigenartig. Aber ich sah, daß der leichte Ton ihn Mühe kostete, ich hatte das Gefühl, daß seine Tage und Nächte mächtig düster waren seit Lisas Verlobung mit Terheugen.

Er drehte nervös sein Glas zwischen den Händen. »Und jetzt weiß ich nicht, wie ich ihr die Sache mit den Fotos sagen soll.«

Ich dachte plötzlich wieder an das traurige Los der Boten mit den schlechten Neuigkeiten. »Du fürchtest, daß es sie nicht gerade für dich einnehmen wird, wenn du ihr die heiklen Tatsachen präsentierst, ja?«

Er hob den Kopf und sah mich scharf an. »Jetzt weiß ich, was mein alter Herr meinte.«

Ich war verwirrt. »Wovon redest du?«

»Ich hab' mit ihm telefoniert, als er hier war. Er sagte, du wärst ein scharfsinniger Bastard, und er wisse nicht mehr, was er tun solle, weil du ihn immer sofort durchschautest.«

Plötzlich fror ich am Rücken. »Nein. So ganz hab' ich ihn nie durchschaut. Er hat's immer wieder geschafft, mich zu überrumpeln. Aber ich hab' ihn sehr gemocht. Es tut mir sehr leid, was passiert ist.«

Er nickte traurig. »Ja. Das ist die andere Seite der Medaille. Wenn es nur darum ginge, daß Lisa einen anderen Kerl statt mich heiratet, wär' das schlimm genug. Aber es ist ausgeschlossen, daß ich zulasse, daß sie diesen Mann heiratet, der meinen Vater umgebracht hat, der ihren ... euren Vater ruinieren will und Gott weiß was sonst noch anrichten wird.«

Ich trank aus meinem Glas, dachte eine Weile nach und betrachtete den Mann, der mir gegenübersaß. Ich fand es schwierig, ihn einzuschätzen. Obwohl er vorgab, ganz offen mit mir zu reden, hatte ich das Gefühl, daß ich nur die Spitze von einem Eisberg sah. Ich kam zu dem Schluß, daß mir nichts übrigblieb, als es mit ihm zu versuchen. »Womit hast du deinen Besuch hier erklärt? War Terheugen nicht mißtrauisch? Wegen des Namens, meine ich.«

»O ja. Er wurde leichenblaß, als ich mich vorstellte. Aber natürlich weiß er nicht, daß irgendwer die Sache mit dem Unfall bezweifelt. Ich habe ihm gesagt, ich hätte zufällig erfahren, daß Lisas ... euer Vater ...«

»Bemüh dich nicht.«

»Daß Lisas Vater also beschlossen hätte, die Mine stillzulegen und die Gesellschaft zu liquidieren, wenn Lisa Terheugen heiratet.«

Ich war erstaunt. »Ist das wahr?«

»Unsinn. Eher würde er Terheugen mit eigener Hand erschlagen. Aber das macht ja nichts. Terheugen glaubt es und ist ziemlich aus dem Häuschen. Er hat mich angefleht, ein paar Tage zu bleiben, er kenne sich mit südafrikanischem Gesellschaftsrecht nicht genügend aus, um die nötigen Schritte einleiten zu können.

Ich habe eingewilligt. Ich habe zwar von Gesellschaftsrecht auch nicht viel Ahnung, aber genug, um ihm Sand in die Augen zu streuen. Ich will versuchen, ihn zu überreden, seine Aktien zum Schein auf den Markt zu werfen und von Strohmännern aufkaufen zu lassen. Und wenn er das tut, schnapp' ich sie ihm vor der Nase weg.«

Ich war sprachlos. Der verzagte, schüchtern wirkende van Relger junior war genauso ein abgekochter Ränkeschmied wie sein alter Herr. Genau der Mann, den ich brauchte.

»Glaubst du, er wird es tun? Traut er dir?«

Er nickte nachdenklich. »Denk' schon. Lisa hat ihm, arglos wie sie ist, erzählt, daß ich ein furchtbar netter Kerl wäre und schon immer alles für sie getan hätte. Ich denke, er hegt keinen Verdacht. Er hat gesagt, ich soll mich nach geeigneten Scheinkäufern umsehen.«

»Das ist ... phantastisch.«

»Na ja. Aber Lisa ...«

»Warte noch ein paar Tage ab. Vielleicht wird es gar nicht nötig sein, ihr die Fotos zu zeigen. Es könnte noch die ein oder andere Alternative geben.«

»Und woran denkst du?«

Ich holte tief Luft und erzählte ihm alles, was ich bisher herausgefunden hatte. »Jetzt muß ich nur noch wissen, ob mein Verdacht richtig ist. Jemand muß herausfinden, ob, wann und wo diese Waffenverteilungen stattfinden. Wer die Drahtzieher sind, außer Terheugen. Dann können wir die ganze Sache auffliegen lassen.«

Jan war nicht wenig beeindruckt.

»Nicht zu fassen. Und wo sind die Fotos und dieser Terminkalender jetzt?«

»Ich hab' sie sicherheitshalber bei einer Freundin gelassen.«

»Hm. Und meinst du nicht, daß schon reicht, was du bisher hast?«

Ich hob die Schultern. »Kommt drauf an, wie gut die Fotos von den Dokumenten geworden sind. Kommt drauf an, ob wir einen Staatsanwalt finden, der gegen den kräftigen Gegenwind von hoher Stelle ermitteln würde. Alles unbekannte Größen. Aber wenn wir diese Sache noch beweisen könnten, dann ginge es nicht um illegale Waffengeschäfte, sondern um Mitwirkung in einer terroristischen Vereinigung und um Mord. Dann dürften Lisa wohl die Augen aufgehen.«

Er zuckte ein bißchen zusammen. »Die arme Lisa ...«

»Die arme Lisa ist vielleicht nicht das Mimöschen, wofür du sie hältst. Im Gegenteil. Sie hat genug Mut, um sich gegen Terheugen zu stellen, wenn sie anderer Meinung ist als er. Damit hat sie mich sogar in ziemliche Schwierigkeiten gebracht.«

»Nein, *du* warst der Gärtner ...?«

»Ja. Sie ist sich gar nicht mehr so sicher, was Terheugen angeht. Vielleicht bringt ihr Gefühl sie auf die richtige Spur. Ich hoffe es. Wenn alles nichts hilft, können wir immer noch mit den Fotos rausrücken. *Ich* könnte es tun. Schließlich, sie muß ja mal die Wahrheit erfahren. Aber das wichtigste ist, daß wir die entscheidenden Beweise kriegen.«

Er grinste. »Mit alldem willst du sagen, ich soll in

sein Arbeitszimmer gehen und ein bißchen rumschnüffeln, ja?«

Ich nickte ungerührt. »Wenn ich es tue, wird es vermutlich ins Auge gehen. Zweimal so kurz hintereinander, nein. Jetzt ist er aufgeschreckt. Aber dir sollte es leichtfallen. Du bist Gast in seinem Haus. Frag, ob du sein Telefon benutzen kannst, um ein paar Leute für ihn anzurufen. Sieh zu, daß er dich allein läßt. Guck dich um. Wenn du was findest, gehst du nachts mal kurz runter und machst Fotos davon. Hier, nimm die Kamera. Wenn du aus irgendeinem Grund keine Fotos machen kannst, nimm die Unterlagen an dich und mach das Fenster in seinem Arbeitszimmer auf. So bin ich beim letzten Mal entkommen. Er wird glauben, daß es derselbe Einbrecher war.«

Er steckte die Kamera in die Hosentasche. »Ich sehe, du hast an alles gedacht«, sagte er ernst.

Ich zuckte mit den Schultern. »Wenn nicht, sind wir in Schwierigkeiten.«

Es vergingen zwei Tage, während derer sich nichts besonderes ereignete. Es war Juni geworden, nur noch knapp drei Wochen bis zum Sonnenwendfest, und das Wetter war unverändert herrlich. Wir hatten alle Hände voll zu tun. Abends machte ich meinen gewohnten Gang, ohne besonderen Grund, nur um Stella anzurufen. Es schien, daß sie auf den Trichter gekommen war, daß ihr mein Laden besser gefiel als ihrer, sie beunruhigte mich mit neuerlichen Fusionsplänen und ließ durchblicken, daß ich mir mit meiner

Rückkehr Zeit lassen könnte. Nicht gerade schmeichelhaft.

Terheugen, Jan und Lisa sah ich höchstens mal von weitem.

Ich war sehr bemüht, mich an Terheugens Warnung zu halten.

Ich mußte wenigstens noch so lange ausharren, bis Jan eine Gelegenheit hatte, um seine Suche durchzuführen.

Aber am Mittwoch traf ich Lisa.

Es war später Vormittag. Wielandt hatte mich angewiesen, die Parkwege vom Unkraut zu befreien, eine neue Herkules-Aufgabe, nicht was die Kraft, aber was die Ausdauer betraf. Ich wühlte also mal wieder im Dreck und machte lebendigen Pflanzen den Garaus, mitten in einem dichten kleinen Birkenhain, als sie plötzlich auftauchte. Sie stapfte mit großen Schritten einher, und ich überlegte fieberhaft, wohin ich fliehen könnte, als ich sah, was mit ihr los war. Ihr Gesicht war weiß, die Augen riesig und merkwürdig leuchtend. Sie wirkte verstört. Ich stand auf und sah ihr entgegen, irgendwie brachte ich es nicht fertig, einfach wegzugehen und mich in Sicherheit zu bringen.

Als sie mich entdeckte, blieb sie stehen, bohrte die Fäuste in die Abgründe ihrer Hosentaschen und sah mich an.

Ich ging einen Schritt auf sie zu. »Was ist passiert?«

»Er hat den Hund erschossen«, sagte sie tonlos, es klang erstickt.

Ich vergaß meine Taubheit. »*Was* hat er getan?«

»Lara. Er hat sie einfach ... erschossen.« Sie zog langsam die Hände aus den Taschen und sah sie kopfschüttelnd an. Ihre Schultern zuckten, und es war ihr wohl nicht so recht, daß ich sie in diesem Zustand sah. Sie wandte mir den Rücken zu.

Ich legte eine Hand auf ihren Arm, bevor ich noch drüber nachgedacht hatte. Es schien das naheliegendste zu sein. Sie wandte sich wieder zu mir um und legte ihren Kopf dann an meine Schulter. Ich nahm sie in die Arme und fühlte mich hilflos. Ich wußte nicht, was ich mit ihrer Verzweiflung anfangen sollte. Ich war so was nicht gewohnt. Ich strich ihr ein bißchen über den Kopf und wartete, bis sie sich beruhigt hatte.

Dann zog ich sie runter auf den Boden, wir setzten uns ins Gras unter den Birken, und ich konnte nur hoffen, daß sie uns genug Sichtschutz bieten würden

Das hier war jedenfalls nicht der geeignete Moment, nur an mein Wohlbefinden und den reibungslosen Fortgang der Ermittlungen zu denken.

»Willst du mir nicht erzählen, was passiert ist?«

Sie nickte und wischte sich mit dem Ärmel über die Augen. »Anscheinend ist letzte Nacht wieder eingebrochen worden. Es war genau wie beim letzten Mal. Das Fenster im Arbeitszimmer stand offen. Keiner weiß, wie der Einbrecher reingekommen ist, denn Anton hat einen Wachdienst beauftragt, der jede Nacht um das Haus patrouilliert.« Mir blieb fast die Luft weg, und ich beglückwünschte mich zu meiner Vorsicht.

»Trotzdem ist er irgendwie reingekommen«, fuhr sie ungehalten fort, »und ich versteh' die ganze Aufregung nicht, denn Anton sagt, es fehlt wieder nichts. Trotzdem hat er ... Als er heute morgen das offene Fenster gesehen hat, hat er ... er ...«

»Ganz ruhig. Laß dir Zeit.«

»Er wurde ganz komisch. Sein Gesicht ... wie eine Maske. Und dann ist er ins Arbeitszimmer gegangen, hat eins von den Gewehren aus dem Schrank genommen und hat Lara gerufen. Sie kam auch sofort, und da hat er ... ihr einfach den Lauf an den Kopf gehalten und ...« Sie brachte es nicht heraus. Sie war ganz und gar außer sich.

Ich hielt sie fest, wiegte sie ein bißchen hin und her und dachte voll Trauer an die freundliche, gutmütige Lara. Ich hatte nicht gewußt, daß ich sie so ins Herz geschlossen hatte.

Aber ihre natürliche, instinktive Freundlichkeit war hier eine so kostbare Seltenheit gewesen. Meine Zahl an Terheugens Mordopfern stieg somit auf drei.

Lisa sah beschämt zwischen ihre Füße. Mit der linken Hand grub sie kleine Krater in den lockeren Boden. »Tut mir leid«, sagte sie leise.

»Unsinn. Ich kann dich gut verstehen. Ich hab' Lara auch sehr gemocht.«

Sie sah mich plötzlich an. »Wie konnte er das tun? Ich meine, was ist nur los mit ihm?«

Ich sagte nichts. Die Antwort sollte sie besser auf eigene Faust finden.

Sie lehnte sich gegen einen Baumstamm und sah zum wolkenlosen Sommerhimmel. »Er hat sich so verändert. Er ist fast wie ein ganz anderer Mensch. Ich frage mich, ob ich vielleicht einen Fehler gemacht habe.«

»Noch nicht.«

»Wie meinst du das?«

»Noch hast du ihn nicht geheiratet.«

Sie lachte unfroh. »Nein, davon rede ich nicht. Natürlich werde ich ihn heiraten. Schließlich, wir lieben uns. Ich meine, vielleicht war es ein Fehler, daß ich einfach hergekommen bin, jetzt, wo er so angespannt ist. Vielleicht wär's ihm lieber gewesen, wir hätten's so gemacht wie geplant. Er wäre nächsten Monat nach Südafrika gekommen, wir hätten geheiratet, und ich wäre dann erst mit hierher gekommen.«

»Was für einen Unterschied hätte das gemacht?«

»Hm. Ich weiß nicht genau. Ich denke einfach, es wäre möglicherweise besser gewesen.«

Und ich dachte, du machst dir mächtig was vor. Aber das sagte ich nicht. »Denkst du wirklich, es ist das Wahre, jemanden zu heiraten, den du in seiner normalen Umgebung überhaupt nicht kennst? Vor allem jetzt, wo du siehst, daß er vielleicht ganz anders ist, als du glaubtest?«

Sie hob die Schultern und seufzte. »Hm. Darüber hab ich in den letzten paar Tagen ehrlich gesagt auch nachgedacht.«

»Aber?«

»Na ja, jetzt ist es eben nicht mehr zu ändern. Ich kann doch nirgendwo hin. Nach der Szene, die ich mit meinem Vater hatte, kann ich nicht wieder nach Hause.«

Ich konnte das nicht glauben.

Ich konnte nicht glauben, daß er ein so liebenswertes Geschöpf wie Lisa ebenso leichtherzig aufgeben würde, nur aus verletzter Eitelkeit.

»Sag das nicht, Lisa. Ich bin überzeugt, es gibt einen Weg. Auch wenn's schwer ist, den ersten Schritt zu machen. Aber selbst wenn nicht. Warum die Dinge überstürzen? Wenn du dir unsicher geworden bist, warum um Himmels willen willst du ihn dann heiraten? Du könntest doch einfach mit ihm zusammenleben und sehen, wie es funktioniert. Und davon abgesehen, du bist eine wundervolle, intelligente Frau. Was sollte dich daran hindern, auf eigenen Füßen zu stehen?«

Sie lächelte mich warm an. »Du verstehst es wirklich, einem Mut zu machen. Aber ich war noch nie allein auf mich gestellt. Ich weiß nicht ... Ich weiß es einfach nicht.«

»Du hättest wirklich allen Grund, mehr Vertrauen zu dir zu haben.«

Wir schwiegen eine Weile. Ich spürte ihren neugierigen, unsicheren Blick und versuchte, ihn nach Kräften zu ignorieren.

»Was ist es?« sagte sie schließlich. »Erklär's mir. Ich weiß, daß du den Grund kennst. Ich kenn' dich doch kaum, aber trotzdem bist du mir ... vertraut. Irgendwie kommt es mir so vor, als ob ... als wär' da irgendwas. Bitte, sag mir die Wahrheit.«

Ich antwortete nicht sofort. Ich zögerte. Ich fragte mich, ob sie das auch noch verkraften konnte, diese monströse Masse an Wahrheit. Denn wenn ich einmal damit anfing, würde ich ihr auch alles sagen müssen. Aber ich fand es nicht fair, es länger hinauszuzögern.

Der Moment schien richtig.

»Ich bin dein Bruder.«

Sie fuhr erschreckt auf. »Was?«

»Tja. Du hast gesagt, du wolltest es wissen.«

»Aber mein Bruder heißt Hendrik ... Natürlich! Simon. Du bist mein Bruder Hendrik Simons?«

»Du weißt von mir?«

Sie nickte verwirrt. »Meine Mutter hat mir von dir erzählt ... aber ... nein, das ist völlig ausgeschlossen.«

»Nein. So was kommt vor.«

Sie starrte mich halb ungläubig, halb ärgerlich an. »Aber mein Bruder ist in Südafrika im Gefängnis!«

So. Das hatten sie ihr also erzählt. »Nein. Dein Bruder war ein paar Jahre in Südafrika im Erziehungsheim. Und dann bin ich ausgewandert.«

»Und du arbeitest ausgerechnet hier? Was für ein unglaublicher Zufall!«

Ich schüttelte den Kopf. »Nein, Lisa. Ich arbeite eigentlich nicht hier. Und ich bin auch nicht schwerhörig. Ich bin hier, weil Jan van Relgers Vater mich gebeten hat, die Wahrheit über Anton Terheugen rauszufinden.«

Daran kaute sie eine Weile, und als sie mich das nächste Mal ansah, war sie genauso wütend, wie es ihr zustand. »Ach, so ist das! Ihr habt euch alle zusammengetan, um die dumme, einfältige Lisa vor sich selbst zu schützen! Und du erzählst mir was über Selbständigkeit! Scheiße!«

Das gefiel mir schon viel besser.

Als sie sah, daß ich lachte, stand sie auf und wollte weggehen. Ich schnappte mir ihr Handgelenk. »Hör mir zu, Lisa.«

»Vielen Dank, ich hab' genug gehört. Laß mich los.«

Ich dachte nicht daran. »Du wirst mir zuhören. Du wolltest die Wahrheit wissen, und jetzt kriegst du sie auch. Los, setz dich wieder. Na, mach schon.«

Langsam und unwillig setzte sie sich wieder und sah mich trotzig an. »Warum bist du nicht im Gefängnis?«

»Hm. Viel hat nicht gefehlt. Aber vermutlich hatte ich keine Lust. Enttäuscht?«

»Mach dich nicht lustig! Warum hat meine Mutter mir das erzählt?«

»Das fragst du besser sie. Vielleicht hat er es ihr gesagt.«

»Sie hat auch gesagt, du bist von zu Hause weggelaufen. Als er sie geheiratet hat.«

»Das ist wahr.«

»Warum?«

»Meine Mutter war gerade gestorben. Ich war todunglücklich. Und eifersüchtig, auf deine Mutter und auf dich, obwohl du noch nicht geboren warst. Und er ... er hat sich weder aus meiner Mutter noch aus mir viel gemacht. Er hat nie versucht, mich zurückzuholen.«

»Das stimmt nicht. Er konnte dich nicht finden. Er hat erst später erfahren, daß du deinen Namen geändert hattest.«

»Ach, Lisa. Er ist so reich und hat so viele Möglichkeiten. Wenn er gewollt hätte, hätte er mich auch gefunden. Aber das ist nicht mehr wichtig. Was jetzt hier passiert, das ist wichtig. Du mußt endlich die Augen aufmachen.«

»Was soll das heißen?«

»Was glaubst du wohl, was Jan hier treibt, he?«

»Er ist gekommen, um uns zu warnen, weil ...«

»Nein. Er ist gekommen, weil er nicht zusehen wollte, wie du dich ins Unglück stürzt. Und er ist gekommen, weil Terheugen seinen Vater umgebracht hat.«

Sie schlug die Hände vor den Mund. »Nein.«

»Doch. Und van Relger war nicht der einzige.«

»Du lügst!«

Ich schüttelte den Kopf und hatte das Gefühl, daß ich gegen Windmühlenflügel anging. Aber ich versuchte es trotzdem. »Nein, Lisa. Es ist die Wahrheit. Und das ist noch nicht alles.«

»Man könnte echt denken, ihr seid allesamt verrückt geworden! Wie kannst du so was Ungeheuerliches behaupten?«

»Weil ich es weiß.«

»Ah ja? Und kannst du es auch beweisen?«

»Nicht alles. Noch nicht.«

»Phantastisch. Ich bin beeindruckt. Wenn du nichts vorzuweisen hast als leere Anschuldigungen ...«

»Verdammt, du kannst einen glatt in den Wahnsinn treiben! Werd endlich wach. Hast du das Bild in seinem Arbeitszimmer nicht gesehen?«

»Was? Welches Bild? Ich war noch nie in dem Arbeitszimmer. Was zum Teufel hat das mit diesen lächerlichen Behauptungen zu tun?«

»Er hat ein Portrait von Adolf Hitler in seinem Arbeitszimmer aufgehängt. Er ist ein Nazi. Eine richtig große Nummer. Und ein Fanatiker. Er unterstützt und organisiert die Neue Rechte.«

Sie sah mich verwirrt an. »Mann, du mußt total irre sein.«

»Nein. *Ich* bin völlig Herr meiner Sinne.«

»Ha! Einen Haufen Mist willst du mir erzählen! Weiß der Teufel, warum, aber ich werd' mir das nicht länger anhören. Ich bin es so satt, daß ihr alle versucht, euch in mein Leben einzumischen. Ich hab' endgültig genug davon! Und wenn das alles ist, was du mir zu bieten hast, dann bin ich ohne Bruder sehr viel besser dran!«

Das traf mich unvorbereitet. Mein Verstand sagte mir, daß sie nicht so genau wußte, was sie redete, daß sie sich so heftig gegen die Wahrheit wehrte, weil sie Angst davor hatte, um so mehr, als ihre eigenen Zweifel jetzt auch noch an ihr nagten. Aber mein Verstand hatte nicht die Oberhand.

Wütend griff ich in meine Brusttasche und warf ihr die fünf Fotos in den Schoß. »Und was ist damit?«

Unwillig nahm sie die Abzüge in die Hand, warf mir einen bitterbösen Blick zu, und dann siegte die Neugierde. Sie sah auf die Fotos. Als sie erkannte, was sie darstellten, wurde sie wieder kreidebleich. Ich wandte mich ab. Ich wollte nicht sehen, was ich angerichtet hatte. Es war eine Ewigkeit still.

»Wer hat die gemacht?« fragte sie schließlich leise.

»Ich.«

Sie legte die fünf Bilder wieder ordentlich hintereinander und streckte sie mir entgegen.

Ich nahm sie mechanisch. »Lisa, ich ...«

»Nein.« Sie stand plötzlich auf. »Ich muß ... allein sein. Und nachdenken.«

»Ja. Versteh' ich.«

Sie steckte die Hände in die Taschen und sah zu mir runter. »Bist du jetzt zufrieden?«

Ich kam auf die Füße. »Nein. Im Gegenteil. Hör mal, ich hab' nur die Fotos gemacht. Das Problem ist doch wohl, was sie zeigen, nicht, wer sie gemacht hat, oder?«

Sie schüttelte den Kopf. »Vergiß es einfach. Soll ich dir was sagen? Du bist das Letzte für mich! Du hast mir die ganze Zeit was vorgemacht, die Nummer vom armen Hilfsgärtner mit der geheimnisvollen Aura, und hast dich vermutlich halbtot über mich gelacht. Du selbstgefälliger, blasierter Mistkerl! Ich wünschte, ich hätte dich nie getroffen.«

Nur die Ruhe, Hendrik. Nur die Ruhe. Es wird schon wieder aufhören, dich in Stücke zu reißen.

»Ja. Ich weiß, was du denkst. Aber da ist noch was, was du unbedingt wissen mußt. Der Einbrecher vor ein paar Tagen war ich. Der Einbrecher letzte Nacht war Jan. Wir haben versucht, Beweise zu finden. Und wenn das Fenster im Arbeitszimmer offen war, dann heißt das, daß Jan gefunden hat, wonach er gesucht hat. Alles, was du nicht glauben willst, werden wir beweisen können. Es sei denn, du gehst zu Terheugen und redest mit ihm. Machst ihm die Hölle heiß wegen der Fotos. Sagst ihm, wer ich bin. Warum Jan hier ist.

Dann wird er Jan und mich umbringen. Einfach so, das ist nicht weiter kompliziert.«

Sie sah mich mit so viel Zorn an, daß ich fürchtete, sie könnte es tun. Aber schließlich schüttelte sie den Kopf. »Ich werde nichts sagen. Du kannst ganz beruhigt sein.«

Ich würde alles andere als das sein. »Lisa, um Himmels willen, sieh doch ein, daß ich ...«

»Nein. Laß mich zufrieden.«

Sie ging, ohne sich umzudrehen, und verschwand zwischen den Bäumen.

Ziemlich aufgewühlt blieb ich zurück, fluchte und litt ein bißchen, und weil das ja alles nichts half, begab ich mich schließlich wieder an die Arbeit.

Ich war wütend, verletzt und erleichtert, alles auf einmal.

Ich sagte mir, daß ich damit hätte rechnen sollen. Das war alles ein bißchen viel für sie gewesen. Früher oder später würde sie sich beruhigen. Und mich vielleicht nicht mehr so abscheulich finden. Trotz allem war ich froh, daß ich ihr die Wahrheit gesagt hatte. Es fühlte sich immer noch richtig an. Aber gleichzeitig spürte ich eine häßliche, bohrende Angst um sie. Es war genau, wie ich zu Stella gesagt hatte. Lisa eignete sich nicht für derart unaufrichtige Ränkespiele. Schon gar nicht, wenn sie dabei zwischen den Fronten stand. Ich konnte nur hoffen, daß sie keinen Fehler machen würde. Denn für sie war die Gefahr ebensogroß wie für Jan und mich. Besser, ich machte mir nichts vor. Terheugen würde vor nichts zurückschrecken. Vor gar nichts. Dafür war er jetzt zu weit gegangen.

Und ich dachte ärgerlich, daß ich zusätzliche Sorgen nicht gebrauchen konnte, ich fürchtete, daß meine Angst um meine Schwester für den Rest dieser verrückten Episode mein ständiger Begleiter werden würde. Und damit hatte ich völlig recht.

12

Als ich an diesem Abend durch den Wald ging, fand ich zum ersten Mal keine Freude an dem immer noch jungen Grün der Bäume und der bunten wilden Blütenpracht am Wegrand. Eine seltsame Unruhe breitete sich von meinem Magen ausgehend immer weiter aus, bis es in meinem Nacken kribbelte und ich mir einbildete, ich würde verfolgt.

Das Gefühl wurde immer aufdringlicher, bis ich mich schließlich gezwungen sah, mich hinter einer dicken Eiche zu verstecken und den Weg zu beobachten, den ich gekommen war. Ich kam mir ungeheuer dämlich dabei vor, aber, so beruhigte ich mich, wenn mein Verdacht mich trog, würde es auch niemanden geben, der mich bei meiner albernen Vorsichtsmaßnahme beobachtete. Lieber ein bißchen zu vorsichtig sein, das konnte schließlich nicht schaden.

Ich blieb eine Weile hinter dem wuchtigen Stamm stehen, sah die Sonnenflecken auf dem Weg und hörte die Vögel in den Bäumen, und ansonsten sah und hörte ich nichts.

Du wirst nervös, Alter, dachte ich mir, und das ist schlecht.

Außerdem: Wer hätte mich schon verfolgen sollen?

Wer sollte auf die Idee kommen, daß ich zu einem konspirativen Treffen unterwegs war? Noch war meine Tarnung intakt, und sollte sie es irgendwann nicht mehr sein, würde ich andere Sorgen als geheimnisvolle Verfolger haben. Ich war nur unruhig, weil ich jetzt schon zwei Mitwisser in Terheugens Haus hatte. Das war alles. Ich war's eben gewöhnt, meinen Kram allein zu machen. Teamarbeit war nicht mein Ding.

Trotzdem entschloß ich mich spontan, nicht über den Weg, sondern quer durch den Wald zu gehen und einen Bogen um Verndahl zu machen. Ich mußte nur darauf achten, daß mir die Sonne die ganze Zeit von hinten auf die rechte Schulter schien, dann würde ich ungefähr in südöstlicher Richtung gehen und kurz vor Straelen auf die Straße zurückkommen. Schließlich war ich nicht umsonst fünf Wochen im Pfadfindercamp gewesen.

Es klappte; ein bißchen verspätet und einigermaßen erhitzt kam ich am Hotel an.

Wie ich gehofft hatte, fand ich Jan wiederum in meinem Zimmer, er hatte sich selbst aus der Bar bedient. »Ich hoffe, du hast nichts dagegen, alter Junge.«

»Keineswegs.« Ich nahm mir wieder den Piccolo, glücklicherweise hatte ein umsichtiger Mensch die Minibar aufgefüllt.

»Du hast also mit Lisa geredet«, bemerkte er bedächtig.

»Ja. Es ging nicht anders.«

»Und?«

Ich zuckte unbehaglich mit den Schultern. »Kein

durchschlagender Erfolg Ich war vermutlich nicht sehr geschickt. Aber sie ist ja auch so verdammt dickköpfig.«

»Du willst damit sagen, du hast ihr die delikaten Fotos gezeigt, ja?«

Ich nickte. »Alles andere wollte sie nicht glauben.«

Er seufzte. »Doch, ich denke, sie fängt langsam an, es zu glauben.«

»Hast du mit ihr gesprochen?«

»Ja. Aber es ist nicht viel dabei herausgekommen. Sie ist ... ziemlich in Rage. Ich beneide dich wirklich nicht. Wie ich höre, hat sie dir ein paar häßliche Sachen gesagt.«

Ich versuchte es mit einem Grinsen und einem halbherzigen Abwinken.

Jan fiel nicht darauf rein. Er lächelte ein bißchen. »Ich glaube, es tut ihr schon leid. So kratzbürstig ist sie nur, wenn sie ein schlechtes Gewissen hat.«

Wie seltsam, daß er meine Schwester soviel besser kannte als ich. Ich war ein bißchen eifersüchtig.

»Was soll's. Vergiß es einfach. Hauptsache, sie bringt uns nicht in Schwierigkeiten.«

Er schüttelte den Kopf. »Wird sie nicht. Sie ist zwar durcheinander und weiß nicht so recht, was sie denken soll, aber sie ist absolut verläßlich. Sie würde uns niemals reinreißen.«

»Hoffentlich. Und was war nun letzte Nacht?«

Er griff nach seiner Jacke, die auf dem unberührten Bett lag, und zog mehrere zusammengefaltete Zettel heraus. »Es ist genau, wie du vermutet hast. Es gibt eine Organisation. Sie heißt ›Schutzstaffel zur Sicherung Europas für die weiße Rasse‹.« Er machte eine Pause und sah mich an.

Ich schauderte. »Eine neue SS.«

»Ja. Eine neue SS, aber keine ausschließlich deutsche. Was es genau ist, konnte ich nicht rausfinden. Ich hab' getan, was du vorgeschlagen hast, ich hab' mich Dienstag abend in sein Büro verzogen und ihm gesagt, ich würde die potentiellen Aktienkäufer für ihn kontaktieren. Hab' ich auch getan. Ein paar ehemalige Kommilitonen. Und während ich telefonierte, habe ich mir die Ordner im Regal hinter seinem Schreibtisch angesehen. Auf einem stand ›SSEWR‹. Aber er war leer. Vermutlich hat Terheugen seine Unterlagen nach deinem Einbruch vernichtet. Er hat anscheinend kalte Füße bekommen.«

»Zu dumm. Und was *hast* du nun gefunden?«

»So was wie einen Rechenschaftsbericht. Lag auf dem Schreibtisch. Datum vom letzten Freitag, Poststempel vom Montag. Er hat offenbar nicht dran gedacht, ihn zu zerreißen. Bei der Unordnung auf diesem Schreibtisch kein Wunder«, schloß er mißbilligend.

Ich streckte die Hand aus, und er hielt mir die Zettel entgegen.

Es waren drei Seiten, eng beschrieben. Oben drüber stand in gotischen Runen *Schutzstaffel zur Sicherung Europas für die weiße Rasse, Sektion Deutschland,* ein Briefkopf in ordentlichem Computerdruck. Als nächstes folgte ein Verteilerschlüssel, der mich darüber aufklärte, daß außer dem ›Kameraden Terheugen‹ noch drei weitere ›Kameraden‹, die ich nicht kannte, deren

Namen ich aber in Terheugens Adreßbuch gesehen hatte, eine Durchschrift bekommen hatten. Darunter stand: Monatsbericht.

In der Woche vom zweiten bis neunten, so schien es, hatte der Unterzeichner mit dem Sturmbannführer Möller zusammen eine Inspektionsreise zu den Kameraden nach Leipzig, Dresden und Halle unternommen, wo sie alles zur vollen Zufriedenheit angetroffen hatten. Abordnungen der dortigen Ortsgruppen würden wie besprochen zum Sonnwendfest anreisen.

In der darauffolgenden Woche hatte man sich mit Kameraden in Bayern und Rheinland-Pfalz getroffen, wo es Probleme mit der Koordination der Verteilung gegeben hatte, die aber jetzt, so berichtete der Verfasser selbstgefällig, ebenfalls zur vollen Zufriedenheit gelöst seien.

So ging das weiter und weiter. Auf der letzten Seite stand schließlich:

›*In der letzten Woche haben wir wie vereinbart die Landesgruppe Hamburg mit 50 zusätzlichen Maibaum 379 X ausgerüstet, da der Verband dort so erfreulichen Zuwachs hatte. Bei der Verladung aus dem vom Kameraden Terheugen für diesen Zweck angelegten Depot ereignete sich ein Zwischenfall. Der Kamerad Klaus Hildemann wurde auf dem Weg zu diesem Einsatz von einem Außenstehenden verfolgt, der die gesamte Verladung beobachtete, bevor er entdeckt wurde. Der Mann wurde eliminiert und die Verladung planmäßig fortgesetzt.*

Soviel also zu Hans. Der arme Kerl hatte sich vermutlich im Traum nicht vorgestellt, in welches Wespennest er stechen würde.

Im letzten Absatz stand nur ein bißchen Sieg-Heil-Gefasel, und es war unterschrieben mit *Sturmbannführer Kremer*.

Ich sah auf. »Bingo.«

Jan grinste. »Ja. Ich hab' mir gedacht, daß dir das gefallen würde. Und ich fand, das war zu gut, um nur ein Foto davon zu machen. Außerdem bin ich ein hoffnungsloser Fotograf. Ich hätte es wahrscheinlich vermasselt.«

»Das wäre wirklich ärgerlich gewesen.«

»Ja.« Er gab seinem Drink den Rest, stellte das Glas auf dem Tisch ab und sah mich an.

»Und jetzt?«

Ich dachte nach. »Wie weit bist du mit der Aktien-Geschichte?«

»Oh, das ist gelaufen«, erwiderte er fröhlich. »Ein paar Freunde von mir werden Terheugen seine Minen-Aktien zum amtlichen Mittelkurs vom letzten Freitag abkaufen und sie dann zum selben Kurs auf mich überschreiben.«

»Du mußt ... ziemlich viel Geld haben.«

Er schüttelte den Kopf. »Nein. Ich muß versuchen, sie möglichst gut wieder loszuwerden.«

Ich war erstaunt. Ich dachte, daß er nicht der Typ war, ein riskantes Aktiengeschäft auf Pump zu machen. Vermutlich war es ihm zuwider. Lisa mußte ihm wirklich eine ganze Menge bedeuten. »Sag mir Bescheid, wenn ich sie für dich plazieren soll. Ich bin sicher, ich könnte einen kleinen Gewinn für dich rausholen.«

Er machte große Augen. »Ist das wahr?«

»Natürlich. Es sind gute Aktien, und der derzeitige Kurs gemessen an der zu erwartenden Dividende und der positiven Entwicklung im vergangenen Jahr ist zu niedrig. Ich wüßte schon Leute, die daran interessiert wären.«

Er war erleichtert. »Damit würdest du mich wirklich von einer großen Sorge befreien. Scheint, du bist gut informiert über die Gesellschaft deines Vaters.«

Ich zuckte mit den Schultern. »Ich hab' mich nur aus Neugierde ein bißchen schlau gemacht, als ich hörte, daß er die Gesellschaft umgewandelt hat. Ich muß sagen, er hat die Sache immer noch vorzüglich im Griff.«

Er zog die Augenbrauen hoch. »Enttäuscht?«

»Natürlich.«

Wir lachten. Jan van Relger war ein Typ, mit dem man gut lachen konnte.

»Und was werden wir jetzt tun?« fragte er schließlich.

»Hm. Mal überlegen. Wie lange wird es dauern, bis er merkt, daß du ihn reingelegt hast?«

»Eine Woche vielleicht. Wenn er feststellt, daß niemand ihn kontaktiert, um ihm seine Aktien unter der Hand zurückzuverkaufen. Er wird nicht lange brauchen, um zu erfahren, daß ich sie habe. Je eher ich von hier verschwinde, um so besser. Es sei denn, wir gehen jetzt sofort zur Polizei. Wir haben genug, um ihn festzunageln.«

»Die Polizei ist nicht die richtige Adresse für uns.

Vergiß nicht Terheugens mächtige Freunde. Was wir brauchen, ist die Bundesanwaltschaft. Das LKA. Den Verfassungsschutz. Was weiß ich.«

»Und? Was hast du vor?«

Ich zögerte und trank einen Schluck. »Das beste wird sein, wenn wir alle so schnell wie möglich verschwinden.«

»Ja. Das Gefühl hab' ich auch.«

»Paß auf. Du sagst Terheugen heute abend, daß du nicht länger bleiben kannst, dein Job und so weiter, und daß ja außerdem erledigt sei, weswegen du gekommen bist. Dann rede mit Lisa. Sag ihr, sie soll Terheugen sagen, daß sie durcheinander sei und nach Hause fahren würde, um noch mal in Ruhe über alles nachzudenken. Und daß sie mit dir fahren werde, weil das angenehmer sei, als allein zu reisen. Soweit klar? Denkst du, sie wird das machen? Wirst du sie überreden können?«

Er nickte. »Und was ist mit dir?«

»Oh, das ist nicht weiter schwierig. Statt zum Flughafen zu fahren, werdet ihr hierher kommen, in dieses Hotel. Sagen wir, übermorgen früh. Das ist Zeit genug, damit die Sache nicht überstürzt wirkt. Und ich werde übermorgen ganz normal an meine Arbeit gehen, mich dann davonstehlen und euch hier treffen. Dann fahren wir zusammen nach Düsseldorf und bringen ein paar Steine ins Rollen. Was meinst du?«

Er nickte. »Klingt gut.«

Wir tranken noch ein zweites Glas und redeten über dies und jenes. Schließlich machte Jan sich auf den Rückweg, um die Vorbereitungen für seine und Lisas unverdächtige Abreise zu treffen, und ich blieb noch ein paar Minuten und telefonierte mit Stella.

»Und? Wie läuft's?« wollte sie wissen.

»Na ja. Ganz gut. Ich denke, wir haben's geschafft.«

»Nein! Echt? Erzähl.«

Ich setzte sie ins Bild.

»Das ist phantastisch. Du bist ... wirklich erstaunlich. Aber du klingst nicht besonders glücklich.«

»Ach, na ja. Doch, ich bin ganz zufrieden.«

»Es ist deine Schwester, ja?«

Ich fragte mich, woran zum Teufel das lag, daß sie immer so mühelos rausfand, was mit mir los war. »Kann schon sein. Sie ist irgendwie ein harter Brokken.«

»Gab's Schwierigkeiten?«

»Nein. Doch. Ach, Scheiße.«

»Aha. Verstehe. Wann kommst du also?«

»Übermorgen.«

»Gut. Übrigens, die Fotos von den Dokumenten sind einwandfrei. Alles wunderbar zu lesen. Und kaum zu glauben.«

Ich war erleichtert. »Phantastisch. Ich werde dir heute noch diesen Monatsbericht schicken. Ist zu riskant, wenn ich ihn hierbehalte. Steck alles in deinen Safe und unternimm noch nichts, okay?«

»Sehr wohl.«

»Würdest du noch was für mich tun?«

Sie stöhnte. »Nur keine Hemmungen.« Ich gab ihr die Passwords für meine persönlichen Dateien im Computer und erklärte ihr ganz genau, was sie tun sollte.

Sie war entsetzt. »Mann, das ist eine mächtige Stange Geld, Hendrik. Bist du auch sicher, daß du weißt, was du da tust?«

»Absolut.«

»Na schön. Schließlich ist es dein Hals. Also, bis übermorgen. Komm in einem Stück zurück, hörst du?«

»Klar doch.«

Ich steckte das brisante Schriftstück in einen Umschlag, adressierte ihn an Stellas Büro und rief den Kurierdienst an. Schon unterwegs, sagten sie. Und ob ich die letzten beiden Rechnungen schon gesehen hätte. Ich verneinte mit einem schiefen Grinsen und versprach, daß ich nicht schockiert sein würde.

Auf dem Weg nach draußen ließ ich den Brief an der Rezeption.

An diesem Abend war das Fernsehprogramm anscheinend so beschissen, daß nicht mal meine Zimmergenossen es ertragen konnten. Als ich über den Hof zurückkam, lungerten sie teils drinnen, teils draußen rum, müde und stumpfsinnig wie jeden Abend, und warteten darauf, daß es Zeit zum Schlafengehen wurde.

Ulrich saß unter meinem Baum und warf kleine Steinchen auf die Spatzen, die in der Nähe hockten und zwischen dem Pflaster nach Krümeln pickten. Wir tauschten einen unfreundlichen Blick, und ich ging nach drinnen, um die Lage im Bad zu peilen. Es war frei, und nachdem ich geduscht hatte, machte ich mich daran, meine Klamotten zu waschen. Es war schon fast Routine geworden, und der Gedanke, daß das vermutlich das letzte Mal war, verwunderte mich fast. Ich philosophierte über menschliche Gewohnheitsmechanismen und alles mögliche Zeug, was mich davon abhielt, allzuviel an meine süße Schwester Lisa zu denken.

Die Nacht verlief ereignislos, und trotz meiner leichten Nervosität schlief ich tief und traumlos, dank der Knochenarbeit.

Auf dem Weg zum Gärtnerhaus am nächsten Morgen vertraute Jörg mir an, daß er verschwinden werde.

»Echt? Warum?«

»Ach, das ist wirklich nicht der Bringer hier. Es kotzt mich an.«

»Und was jetzt? Zurück nach Frankfurt?«

Er schüttelte heftig den Kopf. »Auf keinen Fall. Mal gucken. Vielleicht mach' ich's so wie du. Einfach ein bißchen rumziehen.«

»Wie alt bist'n du eigentlich, he?«

»Achtzehn.«

Ich grinste. »Ja, ja. Komm schon, erzähl mir nichts.«

Er sah auf seine Fußspitzen. »Sechzehn.«

»Hm. Hör mal, ich wüßte vielleicht 'nen Job für dich.«

Er sah hoffnungsvoll auf. »Ja? Was denn?«

Ich überlegte kurz. »Ach, in so 'nem Bürohaus in Düsseldorf. So 'n bißchen Handlanger beim Hausmeister. Ist gar nicht mal so übel. Gute Kohle.«

»Echt? Und du meinst, die suchen jemanden?«

»Die suchen immer Leute.«

»Warum bist 'n du weggegangen?«

»Ach, ich halt's irgendwie nie lang aus.«

Wir waren fast am Gärtnerhaus angekommen. »Hey, wenn ihr mit eurem Kaffeekränzchen fertig seid, kommt ihr dann vielleicht mal?« brüllte Wielandt uns zu.

Jörg machte ein betretenes Gesicht und legte einen Schritt zu.

Ich grinste ihn verstohlen an. »Ich geb' dir heut abend die Adresse.«

Er nickte glücklich, und wir gesellten uns zu der fröhlichen Runde. Wie erwartet zog ich mal wieder das große Los. »Mach da weiter, wo du gestern aufgehört hast! Und halt dich dran, kapiert?«

»Ja.«

Seufzend holte ich mir mein Gerät aus dem Gärtnerhaus und machte mich auf den Weg zum Park.

Während ich bewußter als sonst das trügerische Paradies betrachtete, das mich umgab, dachte ich mit einem fröhlichen Grinsen, daß Wielandt mir ganz sicher nicht fehlen würde. Er nicht und der Großteil der wilden Gesellen in der Wohnbaracke auch nicht. Nur der Garten. Und die Arbeit im Freien. Ich zuckte mit den Schultern. Vermutlich würde ich anders denken, wenn's mal einen ganzen Tag lang geregnet hätte.

Ich arbeitete mich vor vom Birkenhain in den äußeren Teil des Parks, wo er schon fast mit dem Wald verschmolz. Die Bäume waren alt und standen sehr dicht. Wenig Sonne drang hindurch, ich hatte die ganze Zeit Schatten, und es herrschte eine himmlische Stille.

Aber meine Unruhe wollte einfach nicht weichen. Ich ärgerte mich darüber; statt meinen letzten Tag als Gärtner zu genießen und in aller Ruhe ein bißchen Unkraut zu jäten, litt ich an zunehmender Nervosität, und meine Gedanken kreisten ununterbrochen um die Frage, was ich in den nächsten Tagen unternehmen sollte, wie ich es anstellen würde, die Mauer aus Vetternwirtschaft und Korruption zu durchbrechen, die Terheugen schützend um sich aufgebaut hatte.

Ich mußte irgendwie sichergehen, daß die Sache kein Bumerang wurde. Die Frage war nur, wie.

Hinter mir knackte es im Unterholz, und Schritte kamen näher. Ich erschreckte mich dermaßen, daß ich fast aufschrie, und fuhr herum.

Es war Jan. Er grinste verschwörerisch. »Du bist doch nicht nervös, oder?«

Ich grinste erleichtert zurück. »Kaum. Mann, ich werde mächtig froh sein, wenn wir morgen alle hier verschwunden sind. Ist Lisa einverstanden?«

Er winkte ab. »Sicher. Ich habe heute morgen kurz mit ihr gesprochen. Sie ist ziemlich aufgelöst. Scheint, sie hat eine Stippvisite im Arbeitszimmer gemacht. Und das Bild gesehen. Langsam fängt sie an zu glauben, daß all unsere lächerlichen Anschuldigungen vielleicht gar nicht so haltlos sind. Sie ist ... ein bißchen entsetzt über das Ausmaß ihrer Blindheit.«

»Ja, ja. Und da ist der edle Jan van Relger mit seiner

breiten, tröstenden Schulter gleich zur Stelle. Du sammelst Punkte, was?«

Er lächelte geheimnisvoll.

»Man kann vermutlich sagen, daß ich die dankbarere Rolle habe, verglichen mit dir.«

»Das hast du schlau eingefädelt.«

»Keineswegs. Das verdanke ich nur dir. Hör schon auf zu grollen. Ich bin eigentlich nur gekommen, um dir zu sagen, daß ich einen Flug für zwölf Uhr dreißig ab Düsseldorf ergattert habe. Um den Schein zu wahren, versteht sich. Wir werden also gegen neun von hier wegfahren.«

»Gut. Ich werde zusehen, daß ich auch ungefähr um die Zeit am Hotel bin. Wir sollten uns nicht länger als nötig aufhalten.«

Er nickte. »Ja. Das denk' ich auch. Was ist mit dem Monatsbericht?«

»Schon in Düsseldorf.«

»Gut. Und hast du dir schon überlegt, was du unternehmen willst?«

Ich zuckte mit den Schultern. »Ich hab' die ein oder andere Idee. Ich kenn' da ein paar Leute. Wir werden sehen.«

Damit gab er sich zufrieden.

Er bückte sich, pflückte ein Gänseblümchen ab und steckte es in sein Knopfloch.

Dann hob er grinsend die Hand. »Also. Bis morgen.«

Ich stöhnte. »Leg dich nur nicht zu sehr ins Zeug. Bis morgen.«

Trotz Wielandts Ermahnung achtete ich darauf, daß noch genug für den nächsten Tag zu tun blieb. Ich hoffte, daß er mich mit der restlichen Arbeit auch noch beauftragen würde, denn vom äußeren Rand des Parks aus würde ich einen mühelosen Abgang haben. Bis zum Mittagessen würde mich niemand vermissen.

Als es Feierabend wurde, suchte ich meine Siebensachen zusammen, ging zum Gärtnerhaus zurück und räumte alles ordentlich an seinen Platz.

»Bist du fertig geworden?« wollte Wielandt wissen.

Ich schüttelte den Kopf. »Zuviel für zwei Tage. Morgen, ganz bestimmt.«

Er brummelte ungehalten. »Na schön. Also machst du morgen weiter!«

Ich nickte ergeben und verbarg meine Zufriedenheit, so gut ich konnte.

Nach dem Abendessen gab ich Jörg einen Zettel mit Stellas Büroanschrift und machte mich dann zum vorletzten Mal auf den Weg zu meinem Hotel, um sie anzurufen. Wie am Abend zuvor ging ich nicht über den Weg, sondern quer durch den Wald. Nur so. Konnte ja nicht schaden.

Stella war ein bißchen echauffiert. »Sag mal, was ist los mit dir, Hendrik? Dein plötzliches Engagement für anderer Leute Probleme wird langsam manisch ...«

»Halt die Luft an.«

»Hör mal, es gibt meines Wissens über vierhundert registrierte obdachlose Jugendliche in Frankfurt, von der Dunkelziffer ganz zu schweigen. Willst du dich um die alle kümmern?«

»Um Himmels willen, Stella, halt mir keine Vorträge über obdachlose Jugendliche. Der Junge ist ein anständiger Kerl. Ich will nicht, daß er unter die Räder kommt. Alles, worum ich dich bitte, ist, daß du ihn irgendwie festhältst, sollte er eher kommen als ich. Ich werd' ihm schon erklären, wer ich bin. Was ist denn dagegen einzuwenden, wenn ich ihm 'nen Job und vielleicht 'ne Bleibe verschaffe? Kostet mich doch nichts.«

Sie brummelte noch ein bißchen. »Also, ich weiß nicht. Du bist nicht wiederzuerkennen. Aber meinetwegen. Schließlich, mir kann's ja egal sein.«

»Vielen Dank.«

»Ja, ja. Aber eins sag' ich dir. Wenn du das nächste Mal auf einen Kreuzzug ausziehst, vereinbaren wir vorher ein Vertretungshonorar.«

»Abgemacht.«

»Ich hab deine hirnrissige Transaktion in die Wege geleitet. Friede deiner Asche.«

»Hey, das ging schnell. Heißen Dank für die frommen Wünsche.«

»Bis morgen?«

»Ja. Reservier irgendwo 'nen Tisch für vier, ja? Ich muß mal wieder vernünftig essen.«

»Ja. Vielleicht kommst du dann wieder zu Verstand.«

»Vielleicht. Wiedersehn.«

»Ciao.«

Ich legte auf, grinste vor mich hin und beschloß, noch in Ruhe einen Piccolo zu trinken und mir ein bißchen Ruhe zu gönnen, bevor ich zurückging. Ich hatte gerade die Füße auf den Tisch gelegt, da ging ohne Ankündigung die Tür auf. Ein großer, breitschultriger Mann trat ein. »Kommen Sie mit, Simons. Es ist gelaufen.«

13

Ich wußte sofort, was ich vor mir hatte. Die Insignien waren unverkennbar. Zackiger, kurzer Haarschnitt, Bomberjacke, Springerstiefel.

»Was zum Teufel wollen Sie hier? Wer sind Sie überhaupt?«

»Mein Name ist Kremer.« Er kam noch einen Schritt näher. »Schluß mit dem Theater. Wichtig ist, daß wir wissen, wer *du* bist. Und wir haben van Relger und deine Schwester. Also, sei ein guter Junge und komm mit.«

Ich stellte mechanisch mein Glas ab und stand langsam auf. Meine Knie waren weich. Alles aus. Keine Ahnung wie, aber wir waren aufgeflogen.

Ich zuckte mit den Schultern. »Also, gehen wir, Obersturmbannführer.«

»Nur Sturmbannführer«, murmelte er, bevor ihm aufging, daß ich ihn doch eigentlich gar nicht kennen konnte. Mehr Bizeps als Hirn, schloß ich. Er machte ein finsteres Gesicht. »Los, komm schon. Und kein Aufsehen in der Hotelhalle, kapiert? Nur damit du klarsiehst: Wenn wir uns verspäten, werden sie deiner Schwester ein paar Knochen brechen.«

Ich schluckte trocken und ging an ihm vorbei durch die offene Tür.

Er folgte dicht hinter mir, und in einträchtigem Schweigen durchquerten wir die Rezeption. Draußen wartete ein unauffälliger Kadett. Kremer bedeutete mir, hinten einzusteigen, und glitt neben mir auf die Rückbank. Es saß schon einer von seiner Sorte hinten; es wurde ziemlich eng zu dritt. Der Fahrer war ein älterer Typ ohne die deutlichen Nazi-Erkennungsmerkmale, und auf dem Beifahrersitz saß Ulrich. Er drehte sich zu mir um und lächelte mich haßerfüllt an.

Auf einen Schlag wurde mir alles klar. Meine unerklärliche Unruhe in den letzten zwei Tagen, das scheinbar lächerliche Gefühl, verfolgt zu werden, beides hatte mich nicht getrogen. Er war mir nachgeschlichen. Hatte mich vielleicht mit Jan zusammen gesehen. Oder mit Lisa. War mir zum Hotel gefolgt. Und zu Terheugen gerannt. Und für Terheugen war es nicht mehr als ein Anruf im Hotel, um zu erfahren, wer ich war.

Ich hätte es wissen müssen, dachte ich wütend. Ich hätte wissen müssen, was Ulrichs offene Feindseligkeit bedeuten konnte. Daß er nicht der Typ war, der sich mit leeren Drohungen zufrieden gab. Ich hatte nicht richtig nachgedacht. Und dabei hatte ich doch die ganze Zeit gewußt, daß ich mir keine Fehler leisten konnte.

Sein häßliches Grinsen ging mir an die Nerven. »Dir wird das Lachen irgendwann auch noch vergehen, Ulrich, alter Freund.«

Kremer stieß mir einen Ellenbogen zwischen die Rippen. »Halt's Maul. Und du«, er ruckte sein Kinn in

Ulrichs Richtung, »dreh dich um und grins nicht so blöd.«

Eine wahre Führungspersönlichkeit, dachte ich ohne allen Humor. Sowohl Ulrich als auch ich folgten widerspruchslos seinen Anweisungen.

Der Rest der Fahrt verlief schweigend. Wir kamen durch Verndahl und dann zurück auf das Gut. Am Hof hielten wir kurz an.

Kremer tippte Ulrich auf die Schulter. »Steig aus.«

Er wandte sich entrüstet um. »Aber ihr habt doch gesagt ...«

Kremer schlug ihm schon etwas weniger freundlich in den Nacken. »Steig aus, hab' ich gesagt! Und halt bloß dein Maul, verstanden?«

Ulrich rieb sich den Nacken, nickte kläglich und floh.

Wir fuhren weiter bis zum Gärtnerhaus. Da kam der Wagen endgültig zum Stehen, Kremer und die anderen stiegen aus, zerrten mich nach draußen und stießen mich auf die Apfelbäume zu. Die kleine Lichtung lag schon im Schatten, die schrägen Sonnenstrahlen kamen nicht mehr über die Wipfel der Bäume. Es war ein entlegener, verschwiegener Ort; im schwindenden Tageslicht wirkte er noch entrückter als gewöhnlich.

Die Haare in meinem Nacken richteten sich auf, und ich hatte eine Gänsehaut auf den Armen. So friedvoll und freundlich mir dieser Ort immer erschienen war, gab es doch kaum einen geeigneteren, um jemanden in die Mangel zu nehmen. Oder um jemanden umzubringen.

Niemand sprach ein Wort. Sie brachten mich in die Mitte der kleinen Lichtung, bildeten ein Dreieck um mich, aus dem es kein Entkommen gab, und ein jeder griff in seine Jacke und zog einen kurzen, schwarzen Gummiknüppel hervor.

Ich senkte den Kopf und wartete.

Sehen wollte ich nichts.

Ich konnte ja doch nichts machen. Keine Chance. Also wollte ich wenigstens nicht zusehen.

Ich wartete nicht lange. Ein Schlag in die Nieren und einer auf die Brust trafen mich fast gleichzeitig.

Sie waren der Anfang einer häßlichen, endlos erscheinenden Runde. Ich fiel in den Dreck, versuchte, meinen Kopf mit den Armen zu schützen und einfach auszuharren, bis sie aufhörten.

Denn sie wollten mich nicht umbringen. Sie brachen mir nicht mal die Knochen.

Sie wollten mir nur Angst einjagen. Und das hatten sie wirklich drauf.

Als sie endlich aufhörten, befand ich mich in wüster Atemnot und kämpfte gegen würgenden Brechreiz. Niemand liegt gern zu Füßen einer feindlichen Übermacht und göbelt, was das Zeug hält. Das macht die Dinge nur schlimmer, und nachher ist einem immer noch genauso übel. Also blieb ich einfach so reglos wie möglich liegen, machte kleine, schmerzhafte Atemzüge und hoffte auf bessere Zeiten.

Hände griffen nach mir und zogen mich hoch, ehe ich weit genug wiederhergestellt war, um auf meinen Füßen zu stehen.

Sie hielten mich fest, banden mir die Hände mit einer scheußlichen, dünnen Nylonkordel auf den Rücken, und Kremer baute sich vor mir zu seiner beachtlichen vollen Größe auf. »Sind wir uns einig, daß das hier kein Spaß ist?«

Ich versuchte, tief durchzuatmen. Klappte noch nicht so richtig. Ich hustete ein bißchen.

»Sag schon.«

Ich nickte. »Hundert Prozent.«

Er lächelte. »Gut. Wir finden das nämlich auch nicht lustig, daß du uns nachspioniert hast. Das ist ziemlich ungesund, weißt du.«

»Darauf wette ich.«

»Tja. Du und ich, wir werden jetzt zu Terheugen gehen. Und wenn du schlau bist, wirst du genau das tun, was er will. Sonst gehen wir wieder nach hier draußen und machen noch ein bißchen weiter. Ich meine, wir können auch anders, das weißt du doch bestimmt, oder?«

Ich antwortete nicht und spuckte ein bißchen Blut aus. Ich hatte mir anscheinend die Lippen blutig gebissen. Und ich hasse den Geschmack von Blut. Außerdem war mir ja schon schlecht.

Kremer hörte auf zu lächeln. »Hör mal, du Clown, wir können uns auch deine Schwester vorknöpfen, verstehst du? Wär' schade um das hübsche Gesicht, oder?«

»Zweifellos.« Ich unterdrückte ein Schaudern.

»Also gut. Gehen wir.«

Wir gingen. Über vertraute Pfade, an den Apfelbäumen entlang und den Rhododendren, vorbei an den

Rosenbeeten die Treppe hinauf, rein in die Halle, wo mir Laras Abwesenheit neben all meinen erdrückenden Sorgen schmerzlich bewußt wurde, zu Terheugens Arbeitszimmer.

Die Tür öffnete sich wie von Geisterhand, und ich wurde hineingestoßen.

»Vielen Dank«, sagte Terheugen ruhig. »Komm rein, Kremer. Die anderen warten draußen.«

Ich blinzelte und sah mich um.

Ich hatte den Raum noch nie in heller Beleuchtung gesehen, und mir war nie aufgefallen, wie groß er war. Aber er war groß genug für alle Anwesenden: Terheugen, Kremer, Jan van Relger, Lisa und mich. Niemand sprach, und ich sah in ein paar Gesichter. Terheugen wirkte wachsam und konzentriert, als habe er alles fest in der Hand. Jan machte ein grimmiges Gesicht, und knapp unter der Oberfläche lauerte Angst. Lisas Gesicht war eine weiße Maske aus Schock und Panik, ihre Augen waren dunkel und ein bißchen trüb, an ihrem rechten Mundwinkel lief ein dünner Blutsfaden herab. Als sie mich sah, biß sie sich auf die Lippe, ihre Augen wurden noch ein bißchen größer, und sie wandte sich ab.

Mir war schlecht.

»Du«, sagte Terheugen und wies anklagend mit dem Finger auf mich, »du bist Hendrik Simons.«

Ich nickte. Die Sache war schließlich kein Geheimnis mehr.

Er machte einen großen Schritt auf mich zu, packte mich mit beiden Händen am T-Shirt und schüttelte mich ein bißchen. »Wo ist mein Terminkalender?

Und der Monatsbericht?« Er war ganz schön außer sich. Die Ruhe war nur dünne Tünche. Darunter war irgendwas, das dem Wahnsinn gefährlich ähnlich sah.

Ich versuchte es mit Nachdenken. Das war nicht so leicht. Lisa nicht ansehen, Jan nicht ansehen, der Panik keinen Zoll Boden abtreten, sondern nachdenken. Ein Übel gegen das andere abwägen. Ich kam zu ernüchternden Schlußfolgerungen. Wenn ich ihm die Wahrheit sagte, würde er Kremer zu Stella schicken. Sie würden sie und die Beweise hierher bringen. Und dann würden sie uns umbringen. Es würde ihnen gar nichts anderes übrigbleiben.

Er schlug mir mit der Faust auf das rechte Ohr. »Bist du vielleicht tatsächlich taub?«

Ich schüttelte den Kopf. »Noch nicht.«

Er schlug noch mal zu. »Dann mach endlich das Maul auf. Ich dachte, Kremer hätte dich schon weichgemacht.«

Das war immer relativ, fand ich. Ich sammelte meinen Mut und schlug die einzig offene Richtung ein. »Weder Sie noch ich werden heute an die Unterlagen herankommen. Mein Anwalt hat sie. Mit einem Brief für den Fall meines plötzlichen ... Ablebens.«

Im Augenwinkel sah ich Jans überraschtes Gesicht und das hoffnungsvolle Aufflackern in Lisas Augen, aber beide beherrschten sich meisterhaft. Eisiges Schweigen breitete sich aus.

»Du lügst«, sagte Terheugen endlich leise.

Ich sah ihn an. »Ich wünschte, es wär' so.«

Er schlug mich wieder, mein Kopf summte langsam

davon, und ich dachte, verdammt, nicht immer auf dieselbe Stelle.

»Wenn das wahr ist, dann ruf den Anwalt an. Sag, daß du jetzt sofort kommst und die Sachen abholst.«

Ich schüttelte den Kopf. »Er ist nicht da. Er ist für ein verlängertes Wochenende in der Schweiz.«

Er glaubte mir kein Wort. Er kniff die Lippen zusammen, fuhr auf dem Absatz herum und packte Lisa am Arm. »Kremer!«

Kremer war sofort zur Stelle. Jans Gesicht verzerrte sich in ungläubigem Entsetzen, und mein Magen hob sich schon wieder gefährlich. »Um Himmels willen, Terheugen, seien Sie vernünftig. Ich schwöre, daß ich die Wahrheit sage. Sie brauchen nur bis Montag zu warten, dann kriegen Sie Ihre Unterlagen.«

Er wollte nicht bis Montag warten.

Er nickte Kremer zu, und der junge, kräftige Kerl erhob bedenkenlos die Hand gegen meine Schwester.

Lisa nahm das zwar nicht gelassen, aber schweigend hin. Sie taumelte zur Seite und kämpfte darum, ihren Arm zu befreien.

Doch natürlich hatte sie keine Chance. Kremer überragte sie mindestens um Haupteslänge und wog schätzungsweise das Doppelte.

Ich verlor fast den Verstand vom Zusehen, rieb die Schnur, die meine Hände fesselte, wie besessen an der rauhen Schreibtischkante hin und her und zerrte daran, bis die verdammte Kordel mir tief in die Gelenke schnitt. Und für Jan war es einfach zuviel. Sie hatten den Fehler gemacht, ihn nicht zu beachten, ihm nicht mal die Hände zu fesseln, und er stürzte sich von hinten auf Kremer. Untrainiert und höchstwahrscheinlich unerprobt, war er kein ernsthafter Gegner für Kremer, aber sein Zorn machte ihn stark und schnell. Wie eine Lawine fiel er ihm in den Rükken.

Lisa kämpfte immer noch, und die plötzliche Verstärkung machte ihr Mut.

Mit einem heftigen, wütenden Ruck befreite sie ihren Arm und stolperte einen Schritt nach hinten.

Kremer hatte keine Zeit, sich darum zu kümmern. Er hatte sich umgewandt und versuchte ohne allzugroßen Erfolg, den unvorhergesehenen Sturmangriff abzuwehren. Immer wieder wanderte seine Hand in die Jacke, um den Knüppel herauszuholen, aber jedes Mal nutzte Jan seine Einhändigkeit für eine neue Attacke.

Terheugen war nicht untätig. Entschlossen stürmte er auf den Waffenschrank zu.

Ich versuchte, mich ihm in den Weg zu werfen, aber ich war reichlich ungeschickt. Es gelang mir lediglich, ihn mit der Schulter anzurempeln und für einen Moment vom Kurs abzubringen.

Der Moment war genug. Lisa tauchte plötzlich neben mir auf, stieß ihn mit beiden Händen in die Seite, bevor er sein Gleichgewicht noch wiedergewonnen hatte, und nutzte sein Schwanken für einen gezielten Tritt. Ich biß an seiner Stelle die Zähne zusammen. Das hatte wirklich gesessen. Sein Gesicht verzerrte sich, er stöhnte dumpf und fiel hin. Ich sah in Lisas Gesicht und dachte mir, daß sie sich genau überlegt hatte, daß sie diesen Augenblick für ihre Rache gewählt hatte. Sie zielte wieder.

»Lisa, hör auf. Er hat genug. Bind lieber meine Hände los.«

Sie sah verwirrt von ihrem Opfer auf, blinzelte, als sei sie gerade aufgewacht, und bewegte sich endlich. Sie kam um den Schreibtisch herum auf mich zu, griff nach der Schere, die in der Schale mit den Stiften lag, stellte sich hinter mich und durchschnitt die Kordel.

Ich drehte mich kurz zu ihr um. »Hab ein Auge auf die Vitrine.«

Dann stürzte ich mich in die Schlacht, die Jan gerade zu verlieren drohte. In dem Moment, als Kremer mit glasigen Augen auf die Matte ging, öffnete sich die Tür, und die beiden, die draußen gewartet und offenbar das Getöse gehört hatten, steckten mit ungläubigen Gesichtern die Köpfe hindurch.

Wir waren schon fast am Fenster.

Jan drehte den Griff und riß es auf, Lisa sprang als erste raus, und er folgte ihr sofort. Ich drehte mich noch mal kurz um. Sie hatten den Schreibtisch umrundet. Aber ich war nicht gewillt, mich noch aufhalten zu lassen. Jetzt nicht mehr.

Wütend verpaßte ich dem Älteren, der mir näher war, eins an die Schläfe, er taumelte gegen den anderen, und das letzte, was ich sah, war, wie sie beide über Terheugens zusammengekrümmte Gestalt am Boden stolperten. Damit gab ich mich zufrieden. Ich folgte den anderen, so schnell ich konnte.

Draußen war es fast völlig dunkel. Noch mindestens eine Stunde, bis der Mond aufgehen würde.

Lisa und Jan liefen Richtung Auffahrt.

»Nein, kommt zurück. Los, beeilt euch. Hier lang!«

Sie machten kehrt und folgten mir auf die Apfelbäume zu. Vor dem Gärtnerhaus machten wir kurz Halt. Ich probierte die Türen des Kadett. Nichts zu machen. Alles verschlossen.

»Können wir ihn nicht aufbrechen?« fragte Lisa mit vor Aufregung heiserer Stimme.

Ich schüttelte den Kopf. »Nicht schnell genug. Wir haben so gut wie keinen Vorsprung. Kommt, weiter.«

»Ja, aber wohin?« wollte Jan wissen.

»Durch den Wald. Nach Straelen. Meinen Wagen holen. Und dann nichts wie raus hier. Alles in Ordnung, Lisa? Kannst du laufen?«

»Warum denn nicht«, erwiderte sie bissig.

»Also kommt.«

Von den Rhododendren erklangen Schritte, und wir liefen so geräuschlos wie möglich.

Als wir zwischen den Bäumen hindurch auf die offene Rasenfläche kamen, sah ich mich kurz um.

Ich hörte die Verfolger, und ich glaubte, drei oder vier Gestalten erkennen zu können, die sich auf uns zu bewegten.

Genau konnte ich sie nicht ausmachen. Es war zu finster. Aber wenn wir sie hören konnten, hörten sie uns wahrscheinlich auch.

Ich wandte mich wieder um. »Los, schneller.«

»Und wie lange, meinst du, sollen wir so weiterrennen?« fragte Jan. Er schien ein bißchen schwer zu atmen.

»Solange es sein muß.« Ich fragte mich, ob ich nicht als erster schlappmachen würde, denn es ging mir gar nicht so besonders gut. Ich hatte doch alles in allem ein bißchen was abgekriegt. Genau wie Jan, genau wie Lisa. Ich versuchte, gleichmäßig zu atmen und nur daran zu denken, daß wir es uns einfach nicht leisten konnten, uns schnappen zu lassen.

Wir ließen die Festwiese linkerhand liegen und kamen in den Park. Unter den Bäumen war es noch finsterer. Sofort fühlte ich mich ein bißchen sicherer.

Jan und Lisa blieben stehen, und Jan beugte sich vor, stützte die Hände auf die Oberschenkel und keuchte.

»Nein, wir können jetzt keine Pause machen. Los, weiter!« Ich schlug ihm leicht auf die Schulter.

Er zuckte zurück. »Ich ... ich kann nicht mehr, Hendrik. Ich glaube, er hat mir eine Rippe gebrochen oder so was. Ich kann nicht mehr atmen.«

Hinter uns fiel ein Schuß. Nicht weit entfernt zersplitterte Holz.

»Doch, Jan. Du kannst. Du mußt.«

Er richtete sich wieder auf, Lisa nahm halb ungeduldig, halb mitfühlend seinen Arm und zog ihn in die Richtung, die ich einschlug.

Wir kamen in den Wald, und es ging nur noch langsam voran.

Wir mußten uns behutsam vortasten, der Boden war uneben und nicht zu erkennen, Zweige und Äste versperrten uns den Weg, verfingen sich in Haaren und Kleidungsstücken, als wären sie gegen uns.

Hinter mir hörte ich Jans mühsames Atmen und hoffte inständig, daß ich den richtigen Weg in der Dunkelheit finden würde.

Es würde schon so schwierig sein. Aber für Umwege hatten wir weder Zeit noch Reserven.

Wir hasteten weiter, tasteten uns mit den Händen vor und stolperten über Baumwurzeln.

Niemand sprach. Zweimal spürte ich mehr als ich sah, daß Jan einen Moment anhielt. Jedes Mal nahm Lisa wortlos seine Hand und zog ihn weiter.

Nach etwa einer Viertelstunde kamen wir an eine kleine Lichtung und machten kurz Halt, weil ich mich orientieren mußte.

Ich erkannte die Lichtung wieder, und das war immerhin ein gutes Zeichen, aber ich war nicht sicher, wie weit links ich mich von hier aus halten mußte.

Als unsere eigenen Schritte verklangen, hörten wir weiter hinten die der Verfolger. Ich hatte gehofft, wir hätten sie abgeschüttelt.

»Hendrik, wir ...«

»Still, Lisa. Wir müssen viel leiser sein. Sonst werden wir sie nie los.«

»Aber Jan ...«

»Pst.«

Wieder fiel ein Schuß, und wieder splitterte Holz, irgendwo ganz nahe, und sofort folgte ein zweiter Schuß, und wieder splitterte Holz.

Es riß mich um, als hätte mich ein Bus gestreift.

»Hendrik!«

»Verdammt, nicht so laut, Jan.« Ich biß die Zähne zusammen und tastete vorsichtig meinen rechten Arm ab. Er hatte kein Loch oder so was. Aber er blutete gewaltig. Komm in einem Stück zurück, hatte Stella gesagt. Haha. Ich stand auf. »Alles in Ordnung. Los, weiter.«

Aus purer Verzweiflung wählte ich einen Weg, der fast geradeaus und nur ganz wenig nach links führte. Das war nicht der richtige Moment für langwierige Beratungen. Ich konnte nur hoffen, daß die Richtung ungefähr stimmte. Sie kamen immer näher, ihre Schritte waren schon fast zu unterscheiden. Nur die Finsternis schützte uns noch.

Es ist fast ausgeschlossen, im Wald gleichzeitig schnell und leise zu sein. Jedenfalls wenn man kein Indianer ist. Für die nächsten fünf oder zehn Minuten verlegte ich den Schwerpunkt auf Schnelligkeit, bis die Geräusche hinter uns zurückblieben.

Dann hielten wir kurz an.

»Hendrik, du blutest«, flüsterte Lisa.

Ich sah auf. Ein schwaches Licht schimmerte durch die Äste und Blätter der alten Eiche, unter der wir standen. Ich konnte Lisa und Jan erkennen.

Offenbar hatte ich mich verschätzt. Der Mond ging auf.

Ich zuckte mit den Schultern. »Na ja, was erwartest du.«

»Ist es schlimm?«

»Nein.« Es ging wirklich. Es brannte nur, und es blutete wasserfallartig. Das würde früher oder später ein Problem werden. Aber im Augenblick war nichts zu machen. T-Shirt in Streifen reißen oder so was kam nicht in Frage. Viel zu laut. Ich konnte nur hoffen, daß ich nicht ausgeblutet sein würde, wenn wir am Wagen ankamen.

Wir gingen weiter durch den Wald, langsam jetzt und bemüht, jedes Geräusch zu vermeiden. Es schien zu funktionieren. Ich konnte die Verfolger nicht mehr hören.

»Denkst du nicht, sie werden am Hotel auf uns warten?« fragte Jan leise.

»Ich hoffe nicht. Aber selbst wenn, mitten in der Stadt werden sie uns kaum über den Haufen schießen.«

»Das nicht. Aber wenn sie mit dem Wagen sind, könnten sie uns verfolgen.«

Ich schüttelte den Kopf und lächelte. »Nein.«

Wir kamen fast an der richtigen Stelle auf die Straße, nur etwa zweihundert Meter zu weit nördlich. Ich war zufrieden. Wir gingen weiterhin im Schatten der Bäume, ein Stück rechts von der Straße, und näherten uns Straelen. Tief im Wald fiel ein Schuß. Er klang beruhigend weit entfernt. Wer konnte wissen, was er getroffen hatte. Einen Fuchs vielleicht oder einen Nachtvogel. Jedenfalls befanden wir uns weit außerhalb seiner Reichweite. Wenn sie sich nicht aufgeteilt hatten, waren wir sie los.

Als es sich nicht länger aufschieben ließ, verließen wir den Schutz der Bäume und eilten die Straße entlang. Jan schleppte sich nur noch vorwärts. Ständig taumelte er, und einmal fiel er hin. Lisa half ihm auf, und ich lehnte mich gegen eine Hauswand und ging gegen meine eigene Schwäche an.

»Ihr seid ja echt ein tolles Team«, bemerkte Lisa und versuchte ein Grinsen.

Ich zeigte die stille Straße entlang. »Ist nicht mehr weit. Nur noch hier runter.«

Wir hasteten weiter, so gut wir konnten. Jan stützte sich ein bißchen auf Lisa. Als wir gerade durch das Tor in den Innenhof des Hotels traten, brauste ein Wagen die Straße hinauf und kam mit quietschenden Reifen vor dem Eingang zum Stehen.

Wir drückten uns in den Schatten.

»Das werden sie sein«, flüsterte Jan besorgt.

Ich nickte. »Da vorn, der zweite von links, das ist meiner. Machen wir uns davon.«

Wir überquerten den kleinen Hof, ohne ein Geräusch zu verursachen.

»Mann, das ist ein Testarossa«, murmelte Lisa.

Ich zuckte mit den Schultern und grinste.

Die Türen waren unverschlossen, und der Schlüssel steckte.

Genau, wie ich's mit der Rezeption vereinbart hatte. Ich hatte zwar nicht damit gerechnet, daß ein schneller Abgang so lebenswichtig werden würde, aber ich hatte die Möglichkeit trotzdem mit einkalkuliert.

Die Schlösser klickten nur leise, als wir die Türen öffneten, Jan glitt auf die Rückbank und Lisa neben mich. Ich lehnte mich für einen Moment tief in den Sitz zurück und drückte Daumen und Zeigefinger gegen meine Augenlider.

Meine Schwäche nahm zu.

Ich konnte noch sehen, aber nicht mehr so gut wie

sonst. Schlechtes Timing. Denn ich würde gute Augen brauchen.

»Lisa, unter deinem Sitz ist der Verbandskasten. Vielleicht kannst du diesen Quell hier mal stoppen.«

Sie tastete unter den Sitz, und ich zündete den Motor ohne Gas. Er tuckerte leise und samtweich. Langsam rollte ich zum Tor.

»Hier ist der Verbandskasten.«

»Gut. Warte einen Moment.« Ich ließ die Kupplung kommen, gab Gas, und der Wagen schoß aus dem Tor. Ich riß ihn nach links und gab Vollgas, wir waren schon fast am Ende der Straße, als ich hochschaltete. Im Rückspiegel sah ich Terheugens Coupé. Ich konnte nicht mehr erkennen, wer darin saß, ich sah nur noch, wie die Scheinwerfer aufleuchteten und es einen Satz nach vorne machte, um sich auf eine ziemlich hoffnungslose Verfolgungsjagd zu begeben.

Es war spät geworden, und es herrschte nicht viel Verkehr. Die schnurgerade Straße gehörte mir und ein paar LKW, die ich problemlos überholen konnte. Zum ersten Mal in meinem Leben fuhr ich mit zweihundert Sachen über eine Landstraße.

»Wenn Terheugen uns nicht umbringt, wirst du es tun«, murmelte Jan von der Rückbank.

»Nein, keine Panik. Die Straße ist okay, kaum Kurven.«

»Siehst du was?«

Ich sah in den Rückspiegel. Weit, weit hinten waren Scheinwerfer, die möglicherweise zu Terheugens Wagen gehörten. »Kann sein. Mach dir keine Gedanken. Warte, bis wir auf der Autobahn sind.«

Er seufzte und sagte nichts mehr. Ich verstellte den Spiegel für einen Moment und sah ihn mir an. Es ging ihm wirklich nicht gut. Sehr viel schlechter als mir. Es war fast ein Wunder, daß er es überhaupt bis zum Wagen geschafft hatte. Also vermutlich besser, wenn er so bald wie möglich zu einem Arzt kam.

Als ich auf die Autobahn auffuhr, holte ich alles aus dem Wagen, was er hatte.

Es war nicht viel los, ich klemmte mich auf die linke Spur und fuhr Bleifuß. Die Scheinwerfer holten uns nicht mehr ein.

Lisa verband mir unterdessen den Arm. »Geht's auch wirklich?«

»Ja. Guck nicht so traurig. Das sieht schlimmer aus, als es ist.«

Sie nickte. »Hendrik, es tut mir so leid, was ich zu dir gesagt hab. Ich war wirklich ein Dummkopf. Ich konnt's einfach nicht glauben. Es erschien mir so ... irrsinnig.«

Ich unterdrückte ein Seufzen. Ich fand, es war genug, was dieser Abend mir bislang abverlangt hatte. Für besondere Großmut hatte ich keinen Sinn mehr. Aber ich riß mich zusammen. Die Sache schien es wert. »Vergiß es. Ist in Ordnung.«

»Du bist mir nicht böse?«

Sie konnte einen wirklich fertigmachen mit ihren großen Kinderaugen. Ich lächelte wider Willen. »Nein. Ehrlich nicht.«

Sie seufzte erleichtert, und wir sprachen nicht mehr,

bis wir vor der Oberkasseler Brücke von der Autobahn fuhren.

»Sag mal, meinst du nicht, daß sie bei dir zu Hause auf uns warten?« fragte sie.

Ihre Stimme klang mehr gespannt als besorgt, und ich fragte mich zähneknirschend, ob sie die ganze Sache vielleicht einfach nur als spannende Episode im Leben der Lisa S. betrachtete.

»Unwahrscheinlich. Meine Adresse ist nicht ohne weiteres rauszukriegen. Sie steht nicht im Telefonbuch oder ähnliches. Aber wir gehen trotzdem auf Nummer Sicher. Wir fahren nicht zu mir nach Hause.«

»Wohin denn?«

»Dahin, wo uns keiner sucht.«

Stella war einfach unschlagbar, wenn's darum ging, keine Überraschung zu zeigen. Sie hielt uns die Tür auf und machte eine einladende Geste. »Kommt nur rein.«

Jan und Lisa zauderten auf der Schwelle, ich ging an ihnen vorbei und winkte sie rein. Sie folgten unsicher.

»Stella, das sind Jan und Lisa. Jan, Lisa, das ist Stella.«

»Hallo.«

»Hallo.«

»Hallo.«

»Stella, ruf Felix an, ja?« Felix hatte seine Praxis auf unserem Flur.

»Wozu?«

Ich ließ mich auf ihr Sofa fallen und war für einen Augenblick nicht sicher, ob ich nicht ohnmächtig werden würde. »Tu's einfach.«

Sie wandte den Blick gen Himmel. »Felix ist Gynäkologe, Hendrik.«

»Verdammt, diskutier nicht mit mir, ja? Nicht heute abend. Wir brauchen einen Arzt, der nicht gleich die Bullen ruft, wenn er sieht, was hier los ist. Okay?«

Sie zuckte mit den Schultern und nickte ungerührt. »Na schön. Ich wette, er wird begeistert sein.«

Er war keineswegs begeistert, aber er versprach, sich sofort auf den Weg zu machen. Während wir auf ihn warteten, kochte Stella Kaffee, nahm Lisa mit in die Küche, und nach einer Weile hörte ich sie leise lachen. Ich hätte gerne gewußt, worüber sie redeten. Ohne mich unnötig zu bewegen, streckte ich den linken Arm aus und erreichte die Hennessy-Flasche. Ich zog den Korken mit den Zähnen raus und reichte sie Jan. Schweigend ließen wir sie ein bißchen hin und her wandern.

Nichts ist besser dazu geeignet, die Lebensgeister zu wecken, als ein Kaffee von Stella.

Sie sagt, sie tue eine Prise Kakao rein und ein bißchen Salz. Aber ich bezweifle, ob das alles ist.

Er brachte mich jedenfalls wieder soweit in die Gänge, daß ich ihr erzählen konnte, was sich abgespielt hatte.

Sie wurde ein bißchen blaß. »Und jetzt?«

Ich schüttelte den Kopf. »Keine Ahnung. Ich werd' morgen drüber nachdenken.«

Ich fühlte mich höchst merkwürdig. Meine Schwäche kam in Wellen. Ich konnte nicht riskieren aufzustehen. Meine Beine trugen mich nicht mehr. Der Verband, den Lisa mir gemacht hatte, hatte sich rot verfärbt, aber es schien nicht schlimmer zu werden. Offenbar hatte die Blutung aufgehört.

Felix kam mit seiner typischen Aura von Eile und Verfahrenheit. »Was ist hier los?« Ich wies auf Jan. »Eine gebrochene Rippe oder so was.«

»Und da rufst du *mich*?«

»Felix, sei ein guter Junge, geh mir nicht auf die Eier, ja. Du wirst dich ja wohl erinnern, was zu tun ist.«

Er warf mir einen düsteren Blick zu und forderte Jan auf, mit ihm in Stellas Schlafzimmer zu kommen. Nach einer Weile erschien er allein. Er machte ein besorgtes Gesicht.

»Was ist mit ihm?« fragte Lisa atemlos.

Er hob die Schultern. »Ich schätze, er hat zwei Rippen gebrochen. Ich kann nicht viel tun. Das muß auf jeden Fall geröntgt werden. So bald wie möglich. Ich hab' ihm ein Schmerzmittel gegeben. Im Krankenhaus wär' er besser aufgehoben«, schloß er mit einem vorwurfsvollen Blick in meine Richtung.

Ich setzte mich mühsam auf. »Aber du glaubst nicht, daß sich was in die Lunge gebohrt hat oder so?«

Er schüttelte den Kopf.

»Dann wär' er tot, Hendrik. Keiner macht eine Nachtwanderung durch den Wald mit durchbohrter Lunge. Und nur die wenigsten mit gebrochenen Rippen. Und jetzt laß mich deinen Arm sehen.«

Ich fragte mich säuerlich, was Jan ihm sonst noch alles erzählt hatte, und schüttelte den Kopf. »Nicht nötig. Es blutet nicht mehr, und es wird heilen.« Es tat weh, aber es war in Ordnung, solange ich den Arm nicht bewegte und niemand ihn anrührte. Ich wollte, daß er mir vom Leib blieb.

Er durchschaute mich sofort. »Komm schon, stell dich nicht an. Du mußt es mich wenigstens ansehen lassen. Sonst werde ich die Verantwortung nicht übernehmen.«

»Das verlangt ja auch niemand.«

Er setzte sich neben mich. »Hendrik, du hast eine Schußverletzung. Ich müßte das der Polizei melden. Das willst du nicht. Also schön, ich werd's nicht tun. Aber du mußt es mich sehen lassen. Das ist meine Bedingung.«

Düstere Aussichten. »Meinetwegen.«

Er löste Lisas Verband, und ich zuckte ein bißchen. Es blutete wieder, aber nur schwach. »Meine Güte. Das sieht aber echt scheußlich aus. Besser, du gehst ins Krankenhaus, alter Junge.«

»Nein. Es ist nur ein Streifschuß.«

»Stimmt. Aber es hat ein bißchen Fleisch weggerissen, als es an dir vorbeigestreift ist, denkst du nicht? Du mußt Unmengen an Blut verloren haben.«

»Kann schon sein. Trotzdem. Schreib mir ein paar Eisentabletten auf oder so was.«

Er seufzte. »Bist du gegen Tetanus geimpft?«

»Keine Ahnung.«

»Großartig. Hör mal, ich werd' das desinfizieren, ja?«

»Das könnte dir so passen. Kommt nicht in Frage. Du wolltest es sehen, jetzt hast du's gesehen. Mach es zu und laß mich zufrieden.«

Unter gemurmelten Protesten befolgte er meine Bitte, nannte mir mindestens zehn verschiedene Infektionskrankheiten, an denen ich höchstwahrscheinlich innerhalb der nächsten paar Tage krepieren würde, und verabschiedete sich schließlich. Ich war schon eingeschlafen, bevor er ging.

14

Das Telefon weckte mich. Ich schlug die Augen auf und wußte sofort, daß es ein Fehler gewesen war. Kopfschmerzen setzten explosionsartig in meinen Schläfen ein.

Ich kniff die Augen wieder zu und richtete mich behutsam auf. Es war ein Desaster. Alles tat mir weh, ich war vollkommen steif, mein rechter Arm brannte wie das Feuer der Hölle, und ich hatte einen mörderischen Durst.

Das Telefon klingelte gnadenlos weiter.

Ich lag immer noch auf dem Sofa, jemand hatte mich mit einer leichten Decke zugedeckt. Ich warf sie zurück, kam langsam auf die Füße und torkelte in die Küche, wo das Telefon an der Wand hing. Ohne alle Lust nahm ich ab. »Ja?«

Es war Stella. »Hendrik, komm sofort hierher. In dein Büro ist eingebrochen worden.«

Meine Kopfschmerzen wurden schlimmer. »Na ja, damit war zu rechnen. Ich hatte die Büroadresse im Hotel angegeben. Wie schlimm ist es?«

»Ach, was weiß ich. Wahrscheinlich nicht so schlimm, wie es aussieht. Scheint, als hätte jemand in fieberhafter Eile die Aktenschränke durchwühlt. Kommst du?«

»O verdammt, Stella, ich kann mich kaum rühren. Ich kümmer' mich später drum, ja?«

»Aber die Polizei ist hier.«

»Halt mir die bloß vom Leib. Sag, du hättest mich nicht erreicht, ja? Sei ein Schatz.«

Sie stöhnte. »Also schön. Und was wirst du jetzt tun?«

»Heiß duschen.«

Gesagt, getan.

Als ich aus dem Bad kam, fand ich Lisa mit einem Becher Kaffee in der Küche. Sie wirkte müde und sorgenvoll, ihr Gesicht war blaß, und unter den Augen lagen dunkle Schatten. Kremers Faust hatte ein paar Spuren hinterlassen. Als sie mich hörte, sah sie auf und lächelte. »Hallo.«

»Hallo. Gibt's noch 'nen Kaffee?«

Sie zeigte mit dem Finger auf eine Thermoskanne, und ich bediente mich schweigend.

»Wie geht's dir?« wollte sie wissen.

Ich konnte nicht mal mit den Schultern zucken. »Na ja. Unkritisch. Was ist mit dir?«

Sie winkte ab. »Alles in Ordnung. Jan ist eben mal kurz wach geworden. Er sagt, er sei wie neu, aber er ist sofort wieder eingeschlafen. Das war ... ein hartes Rennen, was?«

»Ja. Und es ist noch nicht vorbei. Bei mir im Büro haben sie letzte Nacht eingebrochen.«

Sie schien ein bißchen in sich zusammenzusinken. »Alles wegen mir. Das ist mir erst letzte Nacht so nach und nach klargeworden. Alles, was passiert ist, war meine Schuld. Jans Vater ...«

»Nein, Lisa. Das ist völliger Blödsinn. Jans Vater war hier wegen der Mine. Nicht wegen dir. Und niemand hat ihn drum gebeten, den Detektiv zu spielen. Abgesehen davon wußte er genau, was er tat. Er kannte sein Risiko. Frag mich um Himmels willen nicht, warum, aber er hat es für *ihn* getan.«

»Für Vater?«

Ich nickte.

Sie zog die Schultern hoch, als friere sie. »Ja, vielleicht. Aber trotzdem. Es ist alles so schrecklich. Mein Leben ist total durcheinandergeraten.«

Damit stand sie nicht allein. Ich versuchte, ihr aufmunternd zuzulächeln. »Das wird schon wieder. Du hast ja noch so viel vor dir.«

Sie seufzte und trank von ihrem Kaffee. »Wenn ich nur wüßte, was ich jetzt tun soll. Ich ... ich will nicht nach Hause.«

»Hast du Angst vor ihm?«

Sie hob überrascht den Kopf. »Nein. Mit Angst hat es nichts zu tun. Wie kommst du darauf?«

»Mir ging es früher so. Aber wer weiß, vielleicht hat er sich geändert.«

Sie schüttelte den Kopf. »Ich hatte nie Grund, Angst vor ihm zu haben. Wir waren immer ... die besten Freunde. Bis das alles anfing. Vorher waren wir unzertrennlich. Ich hab' immer gedacht, er sei der großartigste Mensch auf der Welt.«

Ich war, gelinde gesagt, erstaunt. Ich konnte kaum glauben, daß wir über denselben Mann sprachen. Denn er war nicht großartig. Ehrlich nicht. »Und was denkst du jetzt?«

Sie schwieg eine Weile und suchte nach Worten. »Hm. Jetzt hat sich so viel geändert. Klar, was Anton anging, hatte er recht, das weiß ich jetzt. Aber warum zum Teufel hat er mir nicht von Anfang an die Wahrheit gesagt? Über Anton und diesen Terre Blanche und die Mine. Ich frage mich, ob er mich je für voll genommen hat, wie ich immer geglaubt habe. Ich denke jetzt Sachen, die ich früher nie gedacht habe. Ich kann ihn einfach nicht mehr so sehen wie früher.«

»Das ist ganz normal.«

»Du meinst, es hängt damit zusammen, wenn man erwachsen wird, ja? Klar, das ist wahr.« Sie kaute an ihrer Unterlippe und dachte nach. Dann hob sie resigniert die Hände. »Ich frag' mich, ob ich ihn überhaupt kenne. Wie er wirklich ist. Du weißt ja wahrscheinlich, wie das ist, ich war immer auf irgendwelchen Schulen. Und dann auf dem College. Nur in den Ferien zu Hause. Ich hab' mir nie was dabei gedacht. Aber jetzt kommt's mir manchmal so vor, als wäre er ein Fremder. Und dann ist da noch die Sache mit der Mine.«

»Was ist mit der Mine?«

»Na ja. Das ist irgendwie seltsam. Ich hab' nie über die Mine nachgedacht. Ich wußte, daß es sie gibt, und das war alles. Und dann, als Anton auftauchte und sich so sehr für die Mine interessierte, bin ich ein paarmal dagewesen ...«

»Du willst sagen, du bist vorher nie in der Mine gewesen?«

Sie schüttelte den Kopf.

Ich war sprachlos. Und hegte den Verdacht, daß er

sie ferngehalten hatte, um einen alten Fehler nicht zu wiederholen.

»Und dann hab' ich gesehen, was sich hinter dem Wort verbirgt. Es hat mich ... völlig fertiggemacht. Ich meine, die Wüste, die Hitze, die Arbeit ... es ist unglaublich. Und die Löhne sind einfach lächerlich. Ich hab' mich geschämt. Ich hatte das Gefühl, daß unser Reichtum auf Kosten der Leute geht. Das ist Ausbeutung. Und ich hab' versucht, mit Vater darüber zu reden, und da hab' ich zum ersten Mal erlebt, wie er sein kann, wenn ihm ein Thema nicht paßt, und wenn er glaubt, daß jemand ihm in seine Angelegenheiten reinreden will. Wir haben uns plötzlich gestritten. Das hat's früher nie gegeben. Und jetzt ... kann ich nicht zurück. Ich kann kein Geld mehr annehmen, das aus der Mine kommt, um weiter aufs College zu gehen. Am liebsten würde ich überhaupt nicht mehr zurückgehen. Kann ich nicht bei dir bleiben?«

Es war eine unüberlegte Bitte, aber in dem Moment kam sie aus tiefster Seele, und es durchrieselte mich warm. Ich hatte nie gewußt, wie es ist, der große Bruder eines hinreißenden, aber hoffnungslos weltfremden Mädchens zu sein, und ich hatte mich ganz sicher nie darum gerissen.

Aber jetzt gefiel es mir.

Und ihr Vertrauen war mir sehr viel lieber als ihre Abneigung.

»Du kannst bei mir bleiben, solange zu willst.«

Ihre Augen leuchteten auf. »Ehrlich?«

»Ehrlich. Aber ich glaub' nicht, daß es das richtige für dich ist. Du hast schon jetzt Heimweh. Du hast eine so starke Bindung an dein Zuhause. Und gute Freunde.«

»Du meinst Jan?«

Ich nickte.

Sie lächelte. »Jan war außer dir wohl die größte Überraschung der letzten Woche. Scheint, als hätte ich ihn auch nicht richtig gekannt.«

Ich nickte und unterdrückte ein Grinsen.

»Ja, ich dachte an Jan. Aber selbst ohne Jan. Vielleicht sollte nicht gerade ich das sagen, aber es ist wirklich nicht immer die beste Idee, vor den Sachen wegzulaufen. Sicher nicht für jemanden wie dich. Ich glaube ehrlich, du solltest lieber zurückgehen. Du würdest es hinkriegen. Du hast einen richtigen Dickschädel. Und Hirn. Du wirst schon bekommen, was du willst. Du hast Möglichkeiten, an die du vielleicht noch gar nicht gedacht hast.«

Sie sah mich verständnislos an.

»Was meinst du damit?«

Ich erklärte es ihr. Zuerst wollte sie mir nicht glauben. Dann war sie wütend auf mich. Und zum Schluß war sie ziemlich begeistert.

Als sie verschwunden war, um nach Jan zu sehen, rief ich einen alten Freund an. Wir kannten uns aus der Zeit, als ich ganz neu in Düsseldorf gewesen war, mich viel in der Altstadt rumgetrieben hatte und noch nicht so recht wußte, in welcher Welt ich Fuß fassen wollte. Ich war schließlich in einer bürgerlichen Existenz gelandet. Er nicht. Er war familiär vorbelastet. Sizilianer.

Aber wir hatten uns nie aus den Augen verloren und verbrachten hin und wieder eine wirklich wilde Nacht in merkwürdigen Läden, die immer er aussuchte.

Er begrüßte mich herzlich und wortreich wie immer. »Ah, Enrrrico! Lange nichts von dirrr gehörrrt, alterrr Frrreund. Was macht Börrrse, eh? Ziehst du alle überrr die Tische, eh?«

»Natürlich.«

»Also? Wann und wo?«

»Nächste Woche vielleicht? Dienstag?«

»Bene.«

»Aber deswegen ruf ich nicht an.«

»Nein? Gibt's Prrrobleme?«

»Nein. Ich brauche nur einen Namen.«

»Wessen Namen?«

»Die größte Nummer, die du beim LKA kennst.«

Er schwieg pikiert. Schließlich erholte er sich. »Sag mal, was zum Teufel trrreibst du?«

»Am Dienstag. Nicht jetzt. Sag mir den Namen.«

»Woherrr soll ich jemanden kennen bei LKA, eh?«

»Was weiß ich. Du kennst überall irgendwen. Aber möglichst jemand, der nicht zu kaufen ist, ja?«

Er zierte sich noch ein bißchen und gab mir schließlich eine Telefonnummer.

Ich verabschiedete mich, rief die Nummer an, stellte mich vor, gab meine Verbindung als Referenz an und erklärte die Lage im Groben.

Die Stimme am anderen Ende klang zuerst ungläubig, dann skeptisch, dann interessiert und zuletzt blutgierig. Wir verabredeten uns für den Nachmittag in meinem Haus. Als ich aufgelegt hatte, fühlte ich mich besser. Erleichtert. Wir waren nicht mehr allein. Die Staatsgewalt würde sich der Sache annehmen. Und ich würde endlich wieder Frieden haben.

Das Telefon klingelte wieder. Es war wieder Stella. »Tut mir leid, aber du mußt einfach kommen. Ich weiß nicht, wo mir der Kopf steht. Deine Kunden rufen an und fragen alles mögliche Zeug, und deine Akten sind ein Chaos, und aus deinem Computer sind die Kabel gerissen. Wenn dir was an deinem florierenden Laden liegt, beweg deinen Arsch hierher. Und zu allem Überfluß ist auch dieser Junge noch aufgetaucht und fragt mich nach Arbeit. Ich bin ein bißchen überfordert. Ich meine, ich hab' ja schließlich auch noch ein Geschäft.«

Ich sah es ein. »Gut. Ich komme.«

Ich riet Lisa, sich nicht von der Stelle zu rühren und nicht ans Telefon zu gehen, nur zur Sicherheit, rasierte mich, zog mir ein paar respektable Klamotten an, die ich in Stellas Schrank deponiert hatte, und fuhr in die Innenstadt.

In der Wüstenei, die einmal mein Büro gewesen war, fand ich Jörg.

Er kniete am Boden und stapelte wild umherliegende Papiere in kleine, ordentliche, sinnlose Häufchen.

Er staunte nicht schlecht, als er mich sah. »Mann, was machst du denn hier? Wo hast'n die Klamotten her?«

Ich hörte auf, mich staunend umzusehen.

»Komm her, Jörg. Setz dich. Ich muß dir ein paar Sachen erklären.«

Es war eine komplizierte Geschichte. Er hörte mir

mit viel Kopfschütteln und verklärter Miene zu und brauchte eine Weile, bis er alles geschluckt hatte.

Ich ließ ihm Zeit. Ich begab mich an seiner Stelle auf den Fußboden, nahm mir einen der Papierstapel zur Hand, die er gemacht hatte, und sortierte ein bißchen.

»Und warum zum Teufel hast du mich hergeholt? Ich meine, was hab' *ich* mit der ganzen Sache zu tun?«

Ich wußte es selbst nicht so recht. »Nichts eigentlich. Ich dachte einfach, ich könnte dir ein bißchen unter die Arme greifen. Dir vernünftige Arbeit besorgen. Eine Bleibe. Irgendwas.«

Er war fassungslos. »Okay, aber *warum*?«

»Damit's dir nicht so geht wie mir.«

Er verstand das alles nicht so recht, und bevor es fruchtlose Diskussionen geben konnte, erklärte ich ihm, nach welchem System ich meine Unterlagen geordnet hatte, und setzte ihn daran, sie wieder in die Reihe zu bringen.

Dann ging ich rüber zu Stella. »Hi.«

»Oh, hallo. Gut, daß du da bist. Hier, alle Leute, die auf dieser Liste stehen, mußt du dringend zurückrufen. Und dann hat vorhin noch dieser geheimnisvolle Mensch angerufen, der seinen Namen nicht nennen wollte. Der geht mir schon seit Tagen auf die Nerven. Er meldet sich wieder, hat er gesagt.«

Ich bekam eine Gänsehaut. »Was für eine Stimme hatte er? Jung und kultiviert? Angenehm?«

Sie schüttelte den Kopf. »Älter und griesgrämig.«

Ich war erleichtert. Nicht Terheugen. »Was haben die Bullen gesagt?«

»Daß sie morgen wiederkommen.«

»Schön. Gib mir die Fotos und den ganzen Kram, ja?«

»Hast du was in die Wege geleitet?«

Ich erzählte ihr von dem Typen vom Landeskriminalamt. Sie schien zufrieden. Sie stand auf, ging an den kleinen Safe, der sich unauffällig hinter ihrem Schreibtisch verbarg, und kam schließlich mit einer ledernen Aktenmappe zurück. »Hier. Da ist alles drin.«

Ich nahm die Mappe, warf sie auf den Tisch und legte die Arme um Stella. »Vielen Dank. Keine Ahnung, was ich ohne dich gemacht hätte.«

Sie lächelte und zog mich behutsam noch ein bißchen näher. »Ich bin froh, daß du zurück bist.«

Ich war mir gar nicht so sicher, ob ich zurück war. Es kam mir so vor, als hätten die Dinge sich gewandelt. Oder vielleicht war mit mir irgendwas passiert. Schwer zu sagen. Wie wenn man auf dem Bahnhof in einem Zug sitzt und aus dem Fenster sieht und nicht weiß, ob der eigene Zug oder der auf dem Nachbargleis fährt.

Sie sah mich an. »Bist du in Ordnung? Geht's dir gut?«

»Natürlich.«

»Was macht der Arm? Wird er schon schwarz?«

»Keine Geschmacklosigkeiten bitte.«

Sie grinste. »Wenn ich dich so ansehe, glaub' ich doch, daß du durchkommen wirst.«

»Heißen Dank.«

Sie ließ mich los. »Geh lieber deine Leute anrufen. Tu mal was für dein Geld.«

Ich nickte. »Ja. Du hast recht. Aber ich bin ehrlich

froh, daß es einzig und allein *mein* Laden ist, und ich mir so was normalerweise nicht anhören muß.«

Sie lachte.

Ich nahm die Liste mit den Anrufern mit rüber zu mir und arbeitete mich von oben nach unten vor. Als ich fertig war, hatte Jörg das Schlachtfeld schon fast wieder in ein Büro zurückverwandelt.

Ich sah mich erleichtert um.

»Phantastisch. Vielen Dank, Mann.«

Er zuckte mit den Schultern und grinste. »Gern geschehen.« Er sah mich kopfschüttelnd an.

»Ich kann das echt immer noch nicht glauben. Daß du so'n Bürotyp bist. Mit Krawatte und so. Und 'nem eigenen Büro. Ich mein' ... du redest ganz anders. Du siehst ganz anders aus. Du bist wer. Und ich hab' dir das echt abgekauft. Die Nummer von dem kleinen Hilfsgärtner.«

Ich grinste zurück. »Der Unterschied ist nicht so groß. Ob du wer bist und was du bist, hängt nicht von solchen Sachen ab, oder?«

»Doch. Natürlich.«

»Wenn du das glaubst, dann fang hier als Lehrling an. Dann wirst du sehen, daß ich recht hab'. Denn hier geht's nur ums große Geld und Leute, die glauben, sie sind wer, weil sie das haben.«

Er starrte mich mit offenem Mund an. »Ist das dein Ernst? Mit der Lehrstelle, mein' ich.«

Ich dachte einen Moment darüber nach, ob es mein Ernst war. Eigentlich war die Idee gar nicht so übel.

Ich brauchte dringend Hilfe.

Aber ich wollte keine Sekretärin, und am wenigsten auf der Welt wollte ich einen Kompanion. Aber ein heller Junge, mit dem mich irgendwas verband und der meine Sprache sprach?

Ich nickte. »Warum nicht.«

Er schüttelte den Kopf und grinste und bekam einen roten Kopf und wußte nicht so recht, wo er sich lassen sollte. Und dann fiel ihm was ein. »Aber ich wollte diesen Sommer noch nach Griechenland. Mindestens zwei Monate.«

»Dann fahr. Fang an, wenn du wiederkommst.«

Er lachte erleichtert. »Gut.«

Ich stand auf. »Hör mal, ich muß mal zu mir nach Hause. Aber ich weiß ehrlich nicht, was mich da erwartet. Ob sie meine Adresse rausgekriegt haben. Ob sie schon da waren, oder ob sie vielleicht auf mich warten. Und ich bin nicht in Topform. Würd's dir was ausmachen, mitzukommen?«

Er grinste. »Was ist, wenn's mir was ausmacht? Gefeuert?«

»Nein. Natürlich nicht.«

»Macht mir nichts aus.«

Wir fuhren runter in die Tiefgarage, und Jörg verfiel vorübergehend in sprachlose Ekstase wegen meines Wagens. Unterwegs holten wir *Pizza*, die wir im Wagen verspeisten. Gegen halb zwei kamen wir bei mir an.

Die Haustür war nur angelehnt. Das warnte mich

natürlich. Vorsichtig und so lautlos wie möglich schlichen wir hinein und erschreckten meine Putzfrau halb zu Tode.

Es brauchte einen Cognac und viel gutes Zureden, bis sie in der Lage war, zu erklären, daß sie heute später dran war als sonst, daß sie nicht vor vier mit mir gerechnet hatte, und daß sie die Haustür offen gelassen hatte, weil sie doch gleich das Altpapier in die Garage bringen wollte.

Es gelang mir schließlich, sie zu beruhigen, und Jörg und ich begaben uns in meinen zu lange vernachlässigten Garten.

Er bestand darauf, mir mit der Arbeit zur Hand zu gehen, weil ich mich doch kaum rühren könnte, das sähe schließlich ein Blinder, und wir verbrachten einen Nachmittag voller Mühsal und in unveränderter Eintracht. Als es auf vier ging, sagte ich Jörg, er hätte genug getan.

Er nickte, schnappte sich seine Jacke und wollte sich davonmachen.

»Wo willst'n hin?«

Er schob die Unterlippe vor und hob kurz die Schultern. »Keine Ahnung. Find' schon was. Bis morgen.«

Mein Haus war riesig. Platz genug. Aber ich wußte zu gut, wie er sich fühlte, um ihm einen Platz für ein paar Nächte anzubieten. Das war vermutlich das letzte, was er wollte. Ich zog einen Fünfziger aus der Tasche. »Ein Vorschuß, okay?«

Er erhob keine Einwände, nahm das Geld, hob grinsend die Hand und entschwand.

Ich beschloß, daß ich für heute ebenfalls genug getan hatte, kochte mir einen Kaffee und genoß das Gefühl, wieder zu Hause zu sein.

Es kam mir vor, als sei ich jahrelang weg gewesen. Dabei waren es nur zwei Wochen gewesen. Zwei lange Wochen.

Es klingelte. Ich sah auf die Uhr. Mein Besucher war pünktlich auf die Minute.

Erwartungsvoll und fast euphorisch ging ich zur Tür und öffnete. Draußen standen zwei Männer, der eine war eine gedrungene, mausgraue Erscheinung mit schütterem Haar und goldumrandeter Brille. Um die Fünfzig. Ein intelligentes Gesicht mit kleinen, meergrauen Augen. Der andere war Terheugen.

Ich starrte ihn verständnislos an, und als sie näher traten, wich ich zurück.

So gelangten wir ins Wohnzimmer.

Ich konnte den Blick nicht von Terheugen wenden.

Ich konnte nicht verstehen, was passiert war, wie es sein konnte, daß er plötzlich in meinem Wohnzimmer stand, in der anderen Welt, und eine schallgedämpfte kleinkalibrige Automatikpistole auf mich richtete.

Wir sahen uns wortlos an, und der kleine Mann redete. »Mein Name ist Bergmann. Wir haben heute morgen telefoniert.«

Ich nickte wie hypnotisiert. Bergmann. Der Mann vom LKA. Die Staatsgewalt. Ich war bis in die Knochen entsetzt, und meine Ungläubigkeit brachte mich dazu, den Blick von Terheugen abzuwenden und den Fremden anzusehen.

Er lächelte mich höflich an.

»Sie sagten, sie hätten interessantes Beweismaterial für mich.«

»Das war wohl ein Irrtum.«

Er schüttelte den Kopf. »Nein, keineswegs. Ich bin sehr interessiert.«

Ich nickte. Das war kaum zu übersehen.

Ich rührte mich nicht. Es war, als hätte mich der Blitz getroffen.

»Komm schon, Simons«, sagte Terheugen ungeduldig. »Gib meine Unterlagen raus. Beeil dich ein bißchen.«

Ich bewegte mich immer noch nicht. Ich wollte es einfach nicht glauben.

Der kleine Mann lächelte wieder. »Sehen Sie, Herr Simons, ich will versuchen, es Ihnen zu erklären. Sie werden denken, daß ich meinen Pflichten nicht nachkomme, Schaden von diesem Land abzuwenden und seine Verfassung zu schützen. Aber genau das ist es, was ich tue.«

Ich konnte nichts sagen. Ich fragte mich dumpf, welches böse Schicksal mir das eingebracht und was ich falsch gemacht hatte. Warum ich von allen Landeskriminalern ausgerechnet das vielleicht einzige faule Ei erwischt hatte.

»In meiner Position ist es wichtig, in größeren Zusammenhängen zu denken«, fuhr er pompös fort. »Über den nächsten Tag hinauszudenken. Verstehen Sie?«

»Nein.«

»Herr Terheugen und seine Organisation mögen Ihnen vielleicht gefährlich erscheinen. Eine Bedrohung des freiheitlich demokratischen Rechtsstaates. Das ist verständlich. Es ist auch eine Frage der politischen Anschauung. Aber ich teile Ihre Meinung nicht.«

»Nein, offenbar nicht.«

»Herr Terheugen ist mir seit langem bekannt. Wir halten ständig Verbindung. Ich kenne seine Organisation genauestens. Glauben Sie mir, ich weiß, wovon wir reden.«

»Und was ist mit Ihrer Behörde? Ist er ihr auch genauestens bekannt?«

Er lachte leise, es war fast nur ein Hüsteln. »Nein. Es ist ein eher privater Kontakt. Aber glauben Sie mir, wenn ich sage, daß ich die Dinge richtig einschätzen kann. Ein öffentlicher Skandal, in den ein Staatssekretär eines Bundesministeriums verwickelt wäre, ist das letzte, was wir brauchen. Viel gefährlicher, als eine politische Vereinigung je sein könnte.«

»Es ist keine politische Vereinigung. Es ist eine bewaffnete Terrorgruppe.« Ich sah wieder zu Terheugen.

Er grinste mich häßlich an. »Wen kümmert, was du denkst? Gib die Sachen raus.«

Ich schüttelte den Kopf. »Sie sind nicht hier.«

Sie machten verdutzte Gesichter. Aber das graue Männlein erholte sich gleich wieder.

»Sie sagten doch, Sie würden die Unterlagen mitbringen.«

»Ich hab's mir anders überlegt.«

Terheugen machte einen Schritt auf mich zu, und der Lauf der Waffe berührte meine Brust. »Ich hab' langsam wirklich genug von dir. Sag mir, wo sie sind!«

Ich wich einen Schritt zurück, und er folgte mir.

Bergmann sah an mir vorbei und entdeckte die schwarze Aktenmappe auf dem Regal. Mit kleinen, tippelnden Schritten ging er hinüber, nahm die Mappe, öffnete sie und zog die Dokumente heraus. Dann sah er lächelnd auf. »Alles in Ordnung. Hier sind sie.« Er vergewisserte sich, daß alles da war, was ihnen abhanden gekommen war, dann schloß er die Mappe wieder und klemmte sie sich unter den Arm. Er nickte Terheugen zu. »Ich warte im Wagen.«

Er ging zur Tür, und Terheugen und ich blieben allein zurück.

Wir standen uns direkt gegenüber, ich konnte ein geplatztes Äderchen in seinem Auge sehen. Sein Gesicht war fast reglos. Er sah mich ohne erkennbare Emotionen an. »Wo sind Lisa und van Relger?«

»Keine Ahnung.«

»Wer hat meine Minen-Aktien?«

»Was weiß ich?«

Er drückte mir den Lauf noch ein bißchen fester zwischen die Rippen. »Sag es mir. Für dich macht es keinen Unterschied mehr.«

Mir war schwindlig. Ich taumelte noch einen Schritt nach hinten. »Ich weiß es nicht.«

Er kam näher, drängte mich rückwärts gegen die Wand und schlug mir mit der linken Faust auf den rechten Oberarm, genau da, wo der Verband war. Er traf exakt. Mir wurde schwarz vor Augen, ich umklammerte den Arm in einem Reflex mit der Linken und fiel hin. Für eine kleine Ewigkeit bestand die Welt nur noch aus loderndem Schmerz, der mir die Luft abschnitt.

Als ich die Augen wieder öffnete, stand Terheugen

turmhoch über mir, hielt die Waffe mit beiden Händen und zielte auf meine Brust.

Ich dachte verzweifelt, daß niemand so sterben sollte. Von der Hand eines Psychopathen, so vollkommen ohne Sinn. Ich versuchte aufzustehen, und diesmal trat er gegen meinen Arm.

Ich fiel wieder um, und jetzt sandte der Schmerz elektroschockartige Wellen durch meinen ganzen Körper. Kalter Schweiß brach mir aus allen Poren, und ich krümmte mich unkontrolliert zusammen.

Wie aus weiter Ferne hörte ich ihn lachen. Es klang sehr leise. »Ja, schrei nur. Es hört dich ja doch niemand. Sieh mich an.«

Mit Mühe hob ich den Kopf.

Seine Augen leuchteten, als amüsiere er sich über einen heimlichen, privaten Scherz. Er korrigierte die Zielrichtung um wenige Millimeter, entsicherte die Pistole und lächelte.

»Ich kann dich ebensogut sofort erschießen. Lisa finde ich auch so.«

Das war also das Ende. So fühlte es sich an.

Ich wollte ihm sagen, daß er das einfach nicht tun konnte. Ich war kerngesund und erst zweiunddreißig Jahre alt. Ich war nicht darauf vorbereitet. Aber ich sagte nichts. Ich konnte nicht. Paralysiert, genau wie früher.

Der Schuß fiel, und ein allumfassender Krampf ergriff von meinem Körper Besitz. Er schloß mich ein wie ein Schraubstock, sprang von Muskel zu Muskel über und lähmte mich vollkommen. Aber erstaunlicherweise starb ich nicht.

Als ich meine Sinne wieder halbwegs beisammen hatte und meinen Kopf bewegen konnte, sah ich auf, um festzustellen, wo er mich getroffen hatte. Fühlen konnte ich nichts, nur der beißende Pulvergeruch stach mir in die Nase.

Terheugen stand nicht mehr vor mir. Er lag kaum einen Meter von mir entfernt auf der Seite, seine Augen waren geschlossen.

Ein paar Schritte hinter ihm stand mein Vater.

Er rührte sich als erster und kam um Terheugen herum auf mich zu. Er zog das rechte Bein leicht nach, und ich erkannte, daß er tatsächlich ein kranker Mann war. Kaum gealtert schien er, aber weniger vital. Geschwunden.

Er blieb vor mir stehen und streckte mir die linke Hand entgegen. Ich nahm sie nicht. Ich stützte mich vorsichtig auf meinen gesunden Arm und setzte mich auf. Nichts wäre mir lieber gewesen, als aufstehen zu können, aber so weit waren die Dinge noch nicht wieder gediehen.

Ich zeigte auf Terheugen. »Ist er tot?«

Er sah ohne erkennbare Regung auf die leblose Gestalt und legte seine alte Luger bedächtig auf einen kleinen Tisch, der in der Nähe stand. »Ich weiß es nicht. Hauptsache, du bist nicht tot. Dein Arm blutet.«

Wir sahen uns ratlos an.

Wie ein Springteufel erschien Jörg plötzlich in der Tür. »Hendrik, ich hab' Terheugens Wagen auf der Straße gesehen und ...« Er erfaßte die Situation mit einem Blick, wurde blaß und biß sich auf die Unterlippe. »Oh, Scheiße.«

»Jörg, ruf einen Krankenwagen. Und die Bullen.«

Er nickte verstört, gab sich einen Ruck und ging zum Telefon.

Während er telefonierte, rutschte ich zu Terheugen hinüber und sah ihn mir an. Die Kugel hatte ihn in den unteren Rücken getroffen. Es blutete nicht sehr stark, der kleine Fleck schien sich kaum zu vergrößern. Vorsichtig nahm ich sein Handgelenk. Ich fand einen schwachen, flatternden Puls. »Jörg, sie sollen sich beeilen!«

Er nickte, legte schließlich auf und kam zögernd näher. »Lebt er noch?«

»Ja.«

»Und was ist mit dir?«

»Auch noch.«

Er hockte sich zu mir runter, legte einen Arm um meine Taille und half mir auf die Füße. Langsam steuerten wir auf das Sofa zu, und ich war froh, als ich wieder saß.

Mein Vater folgte uns und setzte sich mir gegenüber in einen Sessel. »Wo ist Lisa?«

»Bei meiner Freundin. Es geht ihr gut.«

»Und van Relger? Jan, meine ich«, schob er hinterher und schien für einen Moment noch ein bißchen weiter zu schrumpfen. Er trauerte also tatsächlich um van Relger. Ich war überrascht.

»Jan ist soweit in Ordnung.«

Er nickte.

Ich wollte ihn fragen, was zum Teufel er hier verloren hatte. Er und die alte Luger. Wieso er wie aufs Stichwort hier aufgekreuzt war, um mir das Leben zu retten. Aber ich fragte nicht. Ich spürte einen heftigen Drang, unsichtbar zu werden und zu fliehen. Der Situation zu entkommen. Statt dessen konnte ich mich kaum rühren, fand es mühsam zu reden, und Terheugens Anblick schnürte mir die Kehle zu. Ich sah stumpfsinnig auf meine Hände und sehnte den Krankenwagen herbei. Jemanden, der wissen würde, was zu tun war. Jemanden, der das bißchen Leben festhalten konnte und ihn vor allem wegschaffen würde.

Sie kamen gleichzeitig mit dem Streifenwagen, und ein alptraumhafter, endlos erscheinender Abend nahm seinen Anfang.

Es kam mir vor, als wäre ich in einem langen Tunnel ohne Licht. Und in der äußeren Welt wirbelten sinnlose, unzusammenhängende Bilder an mir vorbei. Männer in weißen Gewändern, die Terheugen auf eine Trage hoben und eilig hinausbrachten. Jemand lief nebenher und hielt eine Flasche mit einer trüben Flüssigkeit hoch, von der ein Schlauch hinabführte. Polizisten, die mit Kreide auf meinem Teppichboden rummalten, in Funkgeräte sprachen, alle Lichter einschalteten, obwohl es erst dämmerte. Ich beobachtete fasziniert, wie jemand die Luger mit einem Stück Plastikfolie hochhob und sie in einen Klarsichtbeutel fallen ließ.

Jörg verband mir den Arm und brachte mir schließlich einen Cognac, während ich einen Ozean von Fragen beantwortete. Zuerst glaubten sie mir natürlich nicht, obwohl Jörg jedes meiner Worte bestätigte. Ich riet ihnen, bei Stella anzurufen. Als sie dann endlich mit Lisa und Jan eintrudelte und sie dieselbe Geschichte noch mal erzählten, ging der Zirkus erst richtig los. Sie riefen die großen Bosse auf den Plan.

Während die Kompetenzträger diverser Behörden tröpfchenweise eintrafen und mein Haus mit Beschlag belegten, versank ich tiefer und tiefer in einen diffusen Dämmerzustand. Alles schien mir zu entgleiten. Mit dem Aufmarsch der Offiziellen wich eine erdrückende, bleischwere Last von mir, und gleichzeitig schwanden meine letzten Kräfte. Ich sammelte mich noch einmal, stand auf, schlich mich davon und legte mich auf mein Bett. Dankbar sank ich in watteweiches Vergessen und schlief augenblicklich ein.

15

Ich wachte früh auf, denn mein Arm schmerzte und pochte unheilvoll. Mißmutig und ein bißchen besorgt sah ich ihn an, setzte mich vorsichtig auf und stopfte ein Kissen in meinen Rücken. Stella lag neben mir. Ihr Gesicht war mir zugewandt, sie hatte eine Hand leicht auf mein Bein gelegt und schlief. Ich betrachtete sie eine Weile. Ihr Anblick tat mir gut.

Fast hätte ich mir vormachen können, es sei der Samstag vor zwei Wochen, als ich ebenfalls neben ihr in meinem Bett wach geworden war, und als sei alles, was danach passiert war, nur ein Alptraum, der mit zunehmendem Tageslicht immer unwirklicher wurde.

Aber nur fast. Rücksichtslos verlangten die Ereignisse des vergangenen Tages Einlaß in mein Bewußtsein. Ich angelte nach dem Telefon, rief im Krankenhaus an und erkundigte mich nach Terheugen. Er lebte, teilten sie mir mit, und er befände sich im OP. Mehr könnten sie augenblicklich nicht sagen. Wenig erleichtert legte ich auf.

Stella blinzelte und öffnete zögernd die Augen. »Morgen.«

»Hallo. Schlaf noch ein bißchen. Es ist noch furchtbar früh.«

Aber sie setzte sich auf und rieb sich entschlossen die Augen. »Nein. Ich hab' Durst. Ich hol' mir was zu trinken. Willst du auch was?«

»Machst du Kaffee?«

»Wenn du willst.«

»Ja. Wär' toll.«

Sie nickte, entschwand in meinem Bademantel und kam kurz darauf mit Tablett und Kaffeeduft zurück.

Die erste Tasse tranken wir schweigend. Dann zeigte sie kurz auf das Telefon. »Was haben sie gesagt?«

»Er lebt, und er wird operiert.«

Sie nickte bedrückt.

»Was ist gelaufen letzte Nacht?«

Sie zog die Knie an die Brust und legte einen Arm darauf.

»Oh, nachdem sie einmal verstanden hatten, daß wir die Wahrheit sagen, haben sie schnell reagiert. Sie haben die ganz große Maschinerie in Gang gesetzt. BKA. Verfassungsschutz. Was weiß ich. Sie haben den geheimnisvollen Herrn Bergmann vom LKA geschnappt, als er die Beweise gerade in seinem Garten verbrennen wollte. Sie haben diesen Kremer und die beiden anderen geschnappt. Sie haben für Monika Vogtländer, Werner Meurer, Ludwig Argent und die Manager der Maibaum GmbH Haftbefehle beantragt. Sie haben versucht, den Außenminister zu erreichen, wegen seines Staatssekretärs, aber der Herr Minister ist wohl auf Reisen. Jedenfalls geht's dem Staatssekretär an den Kragen. Sie haben die Geschäftsräume der Maibaum und der Mermora beschlagnahmt und versiegelt. Sie haben Terheugens Haus auf dem Gut beschlagnahmt und versiegelt. Sie suchen nach der Leiche von Hans Körber. Alles ist in die Gänge gekommen. Plötzlich waren sie irrsinnig schnell und effektiv.«

»Ist doch toll.« Großartig. Nur irgendwie schmeckte alles nach Asche.

Stella sah mich einen Moment nachdenklich an. »Warte ein paar Tage, Hendrik. Es wird wieder besser werden. Du hast einen Schock. Du wärst gestern beinah gestorben. Du darfst keine Wunder erwarten.«

»Nein. Ich weiß. Ich wünschte nur, es nähme ein Ende. Und alle würden mich zufrieden lassen. Damit ich mal wieder zu Verstand kommen kann.«

Sie nickte.

»Ja, ich kann dich verstehen.«

»Wo sind Lisa und Jan? Und Jörg? Und ... mein Vater?«

»Jörg ist mit unbekanntem Ziel verschwunden, sobald sie ihn ließen. Lisa und Jan und dein Vater sind alle hier geblieben. Es war eine lange Nacht, weißt du. Die Typen haben noch zweimal versucht, dich zu wecken, aber zum Glück erfolglos. Sie wollten deine Aussage, daß du ihnen noch mal selber sagst, was du weißt, wer mit drinsteckt und so. Sie haben wieder und wieder die gleichen Fragen gestellt. Die arme Lisa war schließlich mit den Nerven am Ende. Hör mal, dein Vater ist echt ein merkwürdiger Zeitgenosse.«

»Was bringt dich zu der Einsicht?«

»Er und Lisa haben den ganzen Abend kaum einen Blick gewechselt. Und als sie nachher so durcheinander war und sagte, sie hätte die Nase voll und wolle schlafen gehen, da hat er sie angebrüllt. Sie solle sich zusammenreißen, schließlich hätte sie sich das selber eingebrockt und so weiter.«

»Ja. Das klingt original nach ihm.«

»Hm. War schon komisch. Es kam mir so vor, als hätt' er sie lieber in den Arm genommen und die Bullen zur Hölle gejagt, aber er war steif und biestig. Irgendwie gegen seinen Willen, verstehst du, als würde er mit Lisa eine alte Fehde fortsetzen, obwohl er gar nicht wollte.«

»Mit der alten Fehde, das könnte hinkommen. Und was war dann?«

»Jan ging dazwischen und hat's irgendwie geschafft, sie beide zu beruhigen. Es war erstaunlich. Und dein Vater hörte auf ihn. Kurz darauf gingen die Bullen dann. Sie sagten deinem Vater, er brauchte nicht mit Schwierigkeiten zu rechnen, die Lage sei völlig klar, Notwehr und so weiter.«

»War er erleichtert?«

»Nein. Schien, als wär's ihm nie in den Sinn gekommen, daß er in Schwierigkeiten sein könnte. Jedenfalls, weil mir alle so vorkamen, als wären sie mehr oder weniger am Ende, hab' ich ein paar Decken verteilt und ihnen gezeigt, wo sie sich hinhauen können. War das okay?«

Es war ein höchst seltsames Gefühl, daß ich meinen Vater unter meinem Dach beherbergte. Weil er so viele Jahre lang nur ein immer weiter verblassendes Phantom gewesen war. »Natürlich war das in Ordnung.«

Sie lächelte. »Er wird schon wieder verschwinden.

Nur ein paar Tage, und du kannst ihn wieder vergessen.«

Ich nickte, zog sie näher zu mir rüber, und wir blieben noch eine Weile im Bett.

Wenn's nach mir gegangen wäre, hätte ich den ganzen Tag so zubringen können.

Aber es ging nicht nach mir. Sie stand schließlich auf, weil sie Jan versprochen hatte, mit ihm zum Arzt zu fahren, und ich blieb allein zurück und lauschte den fremden Geräuschen von Betriebsamkeit in meinem Haus.

Anton Terheugen hatte eine äußerst kritische Nacht und eine mehrstündige Operation überstanden. Als ich mittags noch mal nachfragte, galt es als sicher, daß er überleben, aber nie wieder einen Schritt laufen würde. Ein Wirbel war zersplittert, das Rückenmark irreparabel verletzt. Nichts zu machen. Querschnittslähmung.

Es ließ mich nicht kalt. Dafür waren wir uns zu nahe gekommen, wenn auch im perversen Sinne des Wortes. Es machte mir zu schaffen. Mir wäre lieber gewesen, er hätte den Untergang seiner Mission als gesunder Mann erlebt. Es hätte sich besser angefühlt.

Mein Vater nahm es gelassen.

Er saß in einem bequemen Gartenstuhl im Schatten der alten rotblühenden Kastanie, als ich wieder nach draußen kam, um zu erzählen, was sie mir am Telefon gesagt hatten. Er nickte einfach nur.

Ich fragte mich unbehaglich, ob er gewußt hatte,

was er tat. In dem Moment, als er abdrückte. Er war ein meisterhafter Schütze.

Vermutlich hatte er es gewußt.

Aber es machte ihm nichts aus. In seiner merkwürdigen, diffusen Denkweise fand er es wohl in Ordnung.

Ich setzte mich in den anderen Stuhl ihm gegenüber und legte meinen rechten Arm behutsam auf die Lehne. Müßig sah ich Lisa und Jörg zu, die sich an meinen Blumentöpfen zu schaffen machten. Sie banden die kleinen Kletterpflanzen an, diskutierten angeregt und lachten viel. Es war ein friedvolles Bild. Fast hätte man denken können, es sei alles in Ordnung.

Schließlich sah ich ihn wieder an. »Warum bist du gekommen?«

Er richtete sich ein bißchen auf. »Ich war in Sorge um Lisa. Dann verschwand auch noch der junge van Relger. Und tagelang hörte ich nichts. Ich habe wieder und wieder versucht, dich anzurufen, aber offenbar besuchst du dein Büro nur selten und bist nie zu Hause. Ich dachte, es sei das beste, wenn ich mich selbst darum kümmere.«

»Du fandest, es war bei mir nicht in den richtigen Händen, ja?«

»Und hatte ich damit vielleicht unrecht?«

Darauf gab es nichts zu sagen.

»Ich habe mich gewundert, daß du überhaupt den Mut hattest, es mit Terheugen aufzunehmen«, fuhr er fort, mit der gleichen Verächtlichkeit wie früher. »Aber ich habe von Anfang an nicht geglaubt, daß du viel zustande bringen würdest.«

»Nein. Natürlich nicht.« Alles in mir fühlte sich taub an, so, als wäre ich immer noch in Watte gewickelt.

»Du bist also ein erfolgreicher Geschäftsmann geworden«, sagte er nach einer Pause.

»Überrascht?«

Er schob die Unterlippe vor und nickte langsam. »Vielleicht. Aber schließlich, es ist im Grunde nicht schwierig, ein Vermögen zu machen.«

»Nein. Das ist wahr.« Vor allem dann nicht, wenn man es erbt, hätte ich hinzufügen können, aber ich ließ es sein. Ich sah keinen Anlaß, mich auf sein Niveau herabzubegeben.

»Gestern morgen sagte man mir in deinem Büro schon wieder, du seiest nicht da. Also entschloß ich mich, hierher zu kommen. Ich dachte, Lisa sei vielleicht hier.«

»Dir liegt wirklich viel an ihr, ja?«

Er schien verwundert. »Natürlich. Was für eine alberne Frage. Das sieht dir ähnlich. Du siehst die Dinge immer nur so, wie sie dir gefallen. Du denkst, ich hätte dich ungerecht behandelt. Das ist lächerlich. Ich habe dir alles gegeben, was ein Sohn von seinem Vater erwarten kann. Und du hast nichts davon gewollt.«

Ich schüttelte den Kopf. »Nein. Stimmt. Was du für mich hattest, wollte ich nicht, und was ich wollte, hattest du nicht. Vergiß es. Es spielt keine Rolle mehr. Aber wenn dir an Lisa wirklich liegt, dann versuch nur dieses eine Mal, über deinen Schatten zu springen und zu akzeptieren, daß sie tut, was sie für richtig hält.«

Er hörte mir gar nicht zu. »Was weißt du von Lisa

und mir? Nichts. Lisa hat mich für alles entschädigt, worin du mich enttäuscht hast. Sie und ich, wir haben uns immer verstanden.«

»Wer weiß. Vielleicht. Vielleicht hat sie dich auch einfach immer nur toleriert. Schon mal drüber nachgedacht?«

»Was zum Teufel redest du da? Hast du etwa versucht, sie gegen mich aufzubringen? Das wäre dir zuzutrauen. Du bist ja geradezu besessen davon, mir etwas heimzuzahlen.«

Ich seufzte. Was für ein sinnloses Gespräch!

Wieso machte ich mir nur die Mühe?

Es war im Grunde so unwichtig. Seit er plötzlich aufgetaucht war, war mir überhaupt erst aufgegangen, wie bedeutungslos er geworden war.

Er hatte all seine Schrecken verloren. Er war ein Fremder, irgendwer, ohne Belang. Ich verabscheute ihn nicht mehr.

Und ich fürchtete mich auch nicht mehr vor ihm. Er war mir einfach nur noch unsympathisch.

Ich atmete tief durch. Die Luft roch nach Sonnenschein, nach Wiese und nach der ersten Sommerblüte. Das war mir vorher gar nicht aufgefallen.

»Nein. Du irrst dich. Es ist nicht meine Absicht, dir irgend etwas heimzuzahlen. Ich bin ... fertig mit dir. Es geht nur um Lisa. Ob du akzeptieren kannst, daß sie sich verändert hat.«

Er sah mich mißtrauisch an. »Wovon redest du, zum Teufel?«

»Sie hat mit mir über die Mine gesprochen. Und sie hat sich entschlossen, das Stimmrecht für ihre Aktien in Zukunft selbst auszuüben. Als erstes will sie, daß du die Löhne anhebst. Und zwar gewaltig.«

Er schnaubte wütend. »Das hast du ihr vermutlich eingeredet. Du hast dich schon immer vom Gejammer der Arbeitsscheuen erweichen lassen. Und wenn schon. Wenn sie zu Hause ist, wird sie wieder zu Verstand kommen. Außerdem, mit zwanzig Prozent kann sie mir keinen Ärger machen.«

Ich schüttelte den Kopf. »Nein. Das stimmt. Aber ich habe Jan van Relger Terheugens zehn Prozent abgekauft. Darum haben Lisa und ich zusammen dreißig.«

Für einen Moment dachte ich, der Schlag würde ihn treffen. Sein Gesicht wurde dunkelrot, und die Adern an seinem Hals traten deutlich hervor. Sein Mund öffnete sich ein paarmal, bevor es ihm endlich gelang, etwas zu sagen. »Du wirst sie mir verkaufen.« Es klang gepreßt.

»Um keinen Preis der Welt.«

»Du intriganter Feigling. Das ist also der Dank dafür, daß ich dir das Leben gerettet habe!«

Ich hatte gewußt, daß er irgendwann darauf herumreiten würde. Ich grinste. »Daß du mir das Leben gerettet hast, war ein Zufall, oder? Nur deswegen wärst du sicher nicht gekommen. Natürlich bin ich dir trotzdem dankbar. Aber meine Aktien kriegst du nicht.«

»Du willst mich also auch ruinieren. Ebenso wie er.«

Das fand ich nun wirklich originell, daß er mich mit Terheugen in einen Topf warf. Ich schüttelte den Kopf. »Nichts dergleichen. Im Gegenteil. Ich verdiene gerne Geld. Die Mine wird wunderbar gedeihen. Wenn du die besten Löhne zahlst, wirst du auch die besten Leute kriegen. Ganz einfach. Es funktioniert, Henry Ford hat es bewiesen, und das brauche ich dir doch wohl nicht zu erzählen.«

Er hörte kaum hin. Sein Gesicht wurde wieder dunkler, er schoß einen mörderischen Blick in Lisas Richtung und stand auf.

»Überleg dir lieber gut, was du zu ihr sagst. Überleg dir, ob du die Zeit, die dir bleibt, mit ihr oder ohne sie verbringen willst.«

Er sah wieder zu mir, und seine Augen verengten sich. »Hätte ich gewußt, was aus dir geworden ist, wäre ich Terheugen nicht zuvorgekommen. Ich hätte ihn schießen lassen.«

Ich schluckte trocken. Ich wußte wirklich nicht, ob er das ernst meinte. Ich bemühte mich um ein höfliches Lächeln und zuckte mit den Schultern. »Zu spät.«

Er schien für einen Moment verblüfft. Dann wandte er sich ab und ging, ohne das Bein nachzuziehen, über die Wiese und durch das kleine Tor im Zaun. Ohne sich umzudrehen verschwand er hinter dem Haus. Und ich dachte, daß er doch wirklich der sturste Bastard war, den die Welt je gesehen hatte, und daß es bei jedem anderen ein kläglicher Abgang geworden wäre. Bei ihm nicht. Das mußte man ihm wohl lassen. Aber was zum Teufel ist das schon wert.

Epilog

Etwa zwei Monate später liefen die Ermittlungen im Fall Terheugen immer noch auf Hochtouren. Der Staatssekretär im Außenministerium war von seinem Amt zurückgetreten. Spielende Kinder hatten in einem Waldstück auf der grünen Grenze nahe bei Straelen Hans Körbers Leiche gefunden. Genickschuß natürlich. Die Polizei in Antwerpen hatte Klaus, den Jungnazi, geschnappt und ausgeliefert. Alles ging seinen Gang.

Mein rechter Arm war wider alle Prognosen nicht abgefallen, und ich erfreute mich auch ansonsten bester Gesundheit. Aber ich hatte trotzdem ein paar Probleme.

Durch irgendein Leck bei irgendeiner Ermittlungsbehörde hatte irgendwer meinen Namen rausbekommen. Irgendeiner von den Kameraden. Ein paar gute Kunden hatten mir den Rücken gekehrt, ein paar Kollegen sprachen nicht mehr mit mir. Das machte mir nichts. Ich fand, ich war ohne sie zweifellos besser dran. Aber ich bekam auch Drohbriefe. Böse Anrufe. In der Nacht vom einundzwanzigsten Juni, der Sonnenwende, veranstalteten ein paar Skinheads und Neo-Nazis einen Fackelzug zu meinem Haus. Ich saß drinnen wie eine Maus in der Falle und hörte sie nach mir rufen. Als sie sich an der Tür zu schaffen machten, alarmierte ich die Polizei. Die hatte sie dann schließlich verscheucht. Aber sonst reagierten die Ordnungshüter auf mein Problem hauptsächlich mit schuldbewußtem Lächeln und hilflosem Schulterzucken. Sie konnten nichts machen. Es würde schon wieder aufhören, versicherten sie mir.

»Fragt sich nur, wann«, sagte Stella wütend. »Fragt sich nur, ob sie aufhören, bevor sie dich geschnappt haben.«

Es überlief mich kalt. »Nun übertreib mal nicht, ja.«

Sie schüttelte den Kopf. »Mach dir lieber nichts vor. Und außerdem, wenn die Sache dich wirklich kalt läßt, warum bist du dann quasi hier bei mir eingezogen, he?«

Ich seufzte. »Du bist schrecklich unromantisch.«

»Jetzt mach mal 'nen Punkt. Wenn ich zu Illusionen neigen würde, hättest du längst die Flucht ergriffen.«

»Stimmt.« Aber ich war mir dessen gar nicht mehr so sicher. Meine Unruhe, wenn ich allein in meinem Haus war, hatte mehrere Gründe, nicht nur Paranoia. »Geh'n wir essen?«

Sie schüttelte entschieden den Kopf. »Weich mir nicht andauernd aus, Hendrik. Du mußt etwas unternehmen. Am besten, du verschwindest eine Weile.«

Ich hatte mit dieser Möglichkeit schon ein paarmal geliebäugelt. Sie erschien mir in vieler Hinsicht reizvoll. Seit Wochen plagte mich Unrast.

»Du weißt, daß ich recht habe, oder?« hakte sie nach. »Du glaubst auch, daß es das beste wäre. Fahr zu Jörg nach Kreta. Er wird sich freuen.«

Ich schüttelte den Kopf.

»Ich will nicht nach Kreta. Und Jörg würde vermutlich eine Herzattacke kriegen, wenn ich plötzlich aufkreuze. Er ist weit gerannt, um jedweder Fürsorge zu entkommen. Und recht hat er.«

»Dann nicht. Dann fahr woanders hin.«

»Willst du nicht mitkommen?«

Sie sah mich überrascht an. »Was?«

»Keine Lust?«

Sie lachte unsicher. »Hör mal, irgendwer muß sich hier um alles kümmern.«

»Wir könnten jemanden einstellen. Ich werd' ihn oder sie bezahlen. Ist ja nur für ein paar Wochen. Nur bis Jörg zurückkommt. Dann will ich wieder hier sein. Ich hab's ihm versprochen.«

Sie schüttelte ungläubig den Kopf. »Was glaubst du, was es kostet, jemanden einzustellen, der kompetent genug ist, beide Geschäfte zu führen. Und außerdem ...«

»Egal. Wir können auch zwei Leute einstellen. Gute Leute. Laß mich nur machen.«

»Scheiße, ich frag' mich, wieso du soviel reicher bist als ich!«

»Ich hab' ein paar Jahre Vorsprung. Also? Was ist jetzt?«

Sie schüttelte den Kopf und sah nachdenklich auf ihre Hände. Ich spürte ihre Unsicherheit. Vielleicht ging's ihr so wie mir. Vielleicht hatte sie das Gefühl, daß es um mehr ging als ein bißchen Urlaub. Ich ließ ihr Zeit, schenkte ein bißchen Champagner nach und wartete.

Schließlich sah sie wieder auf. »Und wohin?« Ich grinste erleichtert, griff in meine Innentasche und gab ihr den Brief, den ich an diesem Morgen bekommen hatte.

Liebster Hendrik,
vielen Dank für Deinen Brief. Immer, wenn Du schreibst, denke ich, daß Du der einzig vernünftige Mensch in dieser Familie bist. Du fehlst mir.
Hier steht das Stimmungsbarometer mal wieder auf Sturm. Vater ist krank geworden. Das heißt, er ist schon lange krank, aber das hat er mir erst vor ein paar Tagen gesagt. Jetzt ist es so schlimm, daß er ins Krankenhaus muß. Sie haben gesagt, wenn er sich nicht behandeln läßt, wird es zu spät sein. Aber wenn er jetzt ins Krankenhaus geht, hat er vielleicht eine Chance.
Er sagt, er kann nicht ins Krankenhaus, weil er nicht zulassen wird, daß jemand die Mine leitet, der nicht zur Familie gehört. Ich hab' gesagt, ich würde Dich bitten, zu kommen und es zu machen, nur für ein paar Wochen, bis es ihm wieder besser geht. Da hat er natürlich gesagt, wenn ich das täte, würde er nie wieder ein Wort mit mir reden. Aber das hat er in letzter Zeit oft gesagt. Und er macht nie ernst. Ich hab' zu ihm gesagt, wenn er stirbt, ist auch keiner mehr von der Familie da, der die Mine leiten kann, denn meine Mutter will nichts davon wissen, und ich weiß noch nicht genug. Dazu ist ihm nichts eingefallen.

Bitte komm nach Südafrika, Hendrik. So schnell wie möglich. Es wird sowieso Zeit, daß du siehst, was in unserer Mine passiert. Wage ja nicht, Dich zu drücken.

*Tausend Küsse
Deine Schwester Lisa*

Als der angesehene Geschäftsmann Arthur Wohlfahrt stirbt, soll sein ältester Sohn Magnus die Firma übernehmen, während dessen jüngerer Bruder Taco eine Karriere als Komponist anstrebt. Magnus erkennt schon bald, daß sich hinter der untadeligen Fassade der Firma dubiose Dinge abspielen: Sein Vater war mit der Drogenmafia im Geschäft und ist keines natürlichen Todes gestorben!

Als Magnus sich weigert, weiterhin große Beträge aus der Drogenszene zu waschen, initiiert sein Gegner Ambrosini einen Mord, für den nur einer ein Motiv zu haben scheint: Magnus Wohlfahrt. Dieser steckt in der Klemme, bis er Hilfe von Natalie erhält, einer Frau, die mehr als ein Geheimnis umgibt. Aber dann fällt Ambrosini, der weiß, wo Magnus verwundbar ist, etwas Neues ein – und der labile Taco wird zur Schachfigur im tödlichen Spiel ...

ISBN 3-404-14984-X

»Heiliger Florian, verschone mein Haus, zünde lieber das Dach meines Nachbarn an.« Nach diesem Prinzip entsorgt die Wohlstandsgesellschaft ihren Müll in der dritten Welt, und keiner will Genaueres wissen. Da bildet auch Mark Malecki keine Ausnahme, denn er hat genug eigene Probleme als alleinerziehender Vater. Doch als seine Freundin Sarah ihn bittet, ihr bei der Aufklärung eines Versicherungsbetrugs zu helfen, führen seine Ermittlungen ihn zu einem Müllschieberring – einer Organisation, die mit illegaler Abfallbeseitigung Millionen verdient und auch skrupellos jeden »entsorgt«, der die Geschäfte gefährdet. Als ein Mord geschieht, wollen Mark und Sarah den Müllschiebern das Handwerk legen. Sie erkennen zu spät, daß Giftmüll nicht nur ein Handelsgut, sondern auch eine gefährliche Waffe sein kann ...

ISBN 3-404-14986-6

Für Mark Malecki, Revisor bei einer Düsseldorfer Privatbank, ist die Welt nicht mehr in Ordnung, seit ihn seine Frau verlassen hat. Als alleinerziehender Vater fühlt er sich überfordert, trinkt zuviel und kommt morgens zu spät zur Arbeit. Schließlich verliert sein Chef die Geduld und schickt ihn auf eine »Strafexpedition«: Mark soll in der Nähe von Freiburg eine Bankfiliale überprüfen – ein Routinejob, der außer guter Schwarzwaldluft wenig verspricht.
Doch in Ellertal erleben Mark und sein Kollege Paul eine Überraschung: Die kleine Zweigstelle hat höhere Wertpapierumsätze und Spareinlagen als die Hauptstelle, mehrere Kontoinhaber sind nicht auffindbar. Es riecht nach Steuerbetrug! Die Fäden laufen zusammen in der Hand des eigenartigen Filialleiters Alwin Graf Brelau, eines passionierten Jägers. Malecki spürt, daß Brelau mehr als nur eine Leiche im Keller hat ...

ISBN 3-404-14987-4